Le visuel de couverture a été réalisé par © Alexis Courtin à partir de quatre images :

- © Nuli | Dreamstime.com 2017
- © Matthew Kane | Unsplash.com 2017
- © Staffan Kjellvestad | Unsplash.com 2017
- © Salvatore Ventura | Unsplash.com 2017

Prologue

Deux jours après la fin de l'appel d'offres

L'hiver s'était installé quelques jours plus tôt en expirant son souffle glacial partout sur son passage. Une fine couche de givre tapissait le sol le long d'un chemin mal goudronné. De part et d'autre, les arbres, recouverts par la neige, frissonnaient dans le vent. Quelques flocons se détachaient des branches et tombaient au sol avec légèreté. Alex emprunta une allée sombre et sinueuse, bordée par un parc, en contrebas, traversa un grand parking désert et atteignit enfin sa voiture. Une fois à l'intérieur, il se frotta vigoureusement les mains pour tenter de les réchauffer. Puis, il s'enfonça dans son siège, anéanti par les regrets, et s'enferma, ce soir-là encore, dans un mutisme absolu. Des larmes vaines coulaient le long de ses joues. Ses doigts tremblaient nerveusement. Alex aurait aimé assouvir sa colère, hurler de toutes ses forces... Mais devant la profonde lassitude qui le gagnait peu à peu, il se résigna à accepter son sort, la mort dans l'âme.

La nuit froide et silencieuse enveloppait la ville de son voile ténébreux. Les maisons du quartier avaient disparu derrière des nuages sombres et menaçants. Seul le grand bâtiment de briques rouges, qui brillait dans le noir, se dressait vers le ciel tel un rempart indestructible. Alex contemplait les lumières qui s'échappaient des fenêtres du vieil édifice. Des fenêtres derrière lesquelles se cachaient des histoires. Alex imaginait la vie de ces gens que le destin avait fait basculer du jour au lendemain. Il aurait pu rester des heures ainsi, coupé de la réalité, simplement pour fuir ses problèmes. Beaucoup de choses s'entremêlaient dans son esprit à l'intérieur duquel régnait la confusion la plus totale. Son passé lui paraissait tellement flou qu'il ne parvenait plus à dénouer les fils de sa mémoire. Il secoua la tête et songea à rentrer chez lui afin de rapporter à sa fille sa peluche préférée, oubliée sur la table du salon.

Alex était perdu dans ses pensées lorsqu'une voiture surgit de nulle part et vint se garer à une dizaine de mètres de lui. Le conducteur attendit de longues secondes avant de descendre, comme s'il devait aller puiser au fond de lui le courage nécessaire pour affronter les drames qui se jouaient ici. Il s'éloigna en direction du grand bâtiment de briques rouges. Alex attendit encore un peu et descendit à son tour. Il empoigna le racloir, gratta minutieusement chacune des vitres de sa voiture et termina par le pare-brise. Il jeta alors un coup d'œil au véhicule qui était entré sur le parking quelques minutes plus tôt. Sans raison particulière, son regard s'arrêta sur la plaque d'immatriculation. Et son corps tout entier se figea. Alex relut plusieurs fois la suite de chiffres et de lettres pour se convaincre qu'il ne rêvait pas. De lourdes vibrations se propagèrent dans sa poitrine. Ses jambes chancelèrent sous le poids de l'émotion. Il dut même se poser sur le capot de sa voiture pour retrouver sa lucidité. Il imagina un plan dans l'urgence : déplacer sa voiture, se cacher dans un recoin dissimulé, et prendre le véhicule en chasse. Mais la vigilance restait de mise, car Alex n'avait pas l'intention de laisser passer cette occasion inespérée de pouvoir se venger.

Alex étudiait les nouvelles perspectives qui s'ouvraient devant lui. D'ici peu, il connaîtrait l'adresse de ce mystérieux visiteur, le Visiteur du Soir, cet individu sans scrupules qui lui avait pris sa femme. Il pourrait l'observer, le traquer, épier ses moindres faits et gestes, s'immiscer dans son intimité... Mais tandis qu'il goûtait la folle ivresse de l'espoir retrouvé, un sentiment de panique s'empara de lui. Anna. Comment avait-il pu la laisser seule avec ce monstre qui rôdait dans les parages ?

Alex ouvrit brutalement sa portière... mais fut stoppé dans son élan. Une lueur venait de se propager dans le hall du grand bâtiment. Une personne sortit à la hâte. Alex était trop éloigné pour distinguer son visage. Dans l'obscurité, il devinait à peine une silhouette aux contours imprécis. Mais lorsque les deux phares du véhicule clignotèrent au loin, Alex sut qu'il s'agissait de lui. Son ennemi. Si près. Alex se saisit de son téléphone et composa un numéro. Une femme décrocha après deux sonneries. Alex s'inquiétait pour sa fille. On l'invita à patienter. Au même instant, le moteur du véhicule se mit à rugir dans la nuit. Alex s'agitait nerveusement sur son siège lorsque la voix se fit entendre de nouveau : Anna dormait à poings fermés. Il raccrocha aussitôt et se concentra sur son seul et unique objectif : suivre le véhicule.

Alex conserva ses distances afin de ne pas se faire repérer. Les deux voitures s'engagèrent peu de temps après sur l'autoroute, roulèrent une trentaine de kilomètres, avant de sortir à Flins, dans les Yvelines, où elles s'enfoncèrent alors dans un dédale de ruelles toutes plus ou moins semblables. Alex touchait au but, il devait garder son sang-froid.

Le conducteur se décida finalement à ralentir, et s'arrêta tout près d'une cabine téléphonique aux vitres cassées. Alex éteignit ses phares et s'approcha discrètement. Il se gara le long du trottoir et observa la scène avec attention. Le conducteur resta immobile un long moment au volant de son véhicule. Alex passa une main crispée dans ses courts cheveux bruns pour tenter de réprimer ses pulsions assassines. Le rétroviseur intérieur de sa voiture reflétait son regard sombre. À quelques mètres de là, le conducteur ouvrit la portière de son véhicule. Le corps tout entier de l'individu se révéla peu à peu. Un bras apparut, puis une jambe se dessina dans l'entrebâillement. Chaque seconde sembla durer une éternité. Et enfin, le visage du Visiteur du Soir se dévoila sous les yeux stupéfaits d'Alex. Le Visiteur du Soir s'éloigna lentement et disparut dans un immeuble des années soixante. Alex n'esquissa pas le moindre mouvement, il n'en avait pas la force. Il voulait seulement comprendre. Il imagina alors une pièce aux murs recouverts de noms, de photos, de notes manuscrites... pour découvrir son ennemi, pour pénétrer en lui, dans son esprit... et asseoir son emprise, petit à petit. Tout cela nécessiterait un travail de longue haleine et une incroyable ténacité, mais l'enjeu en valait la peine. Car Alex en était certain, plus grande serait sa patience, plus belle en serait sa vengeance.

LUNDI

Chapitre 1 – Sacha

08h00

Un homme aux cheveux bruns s'approche de deux touristes à l'accent espagnol qui semblent perdues dans les couloirs du métro parisien. L'homme interpelle les deux jeunes femmes dans un anglais impeccable et les aide à retrouver leur chemin. Quelques indications plus tard, la discussion dévie sur le programme des deux touristes qui sont en France pour une semaine encore. L'homme leur dresse une liste des lieux méconnus du grand public à ne surtout pas manquer. Il vante également la beauté de la capitale et prétend même pouvoir faire office de guide. Les deux femmes échangent un sourire entendu et lui tendent la main à tour de rôle pour donner leur approbation.

— C'est d'accord, lance la moins timide des deux femmes dans un français hésitant.

— On peut se retrouver ce soir, propose l'homme.

— Comment vous appelez-vous ?

L'homme se racle la gorge le temps de réfléchir à ce qu'il va dire. Il pense un instant à sa femme, avant de faire le vide dans sa tête, et finit par se jeter à l'eau.

— Sacha.

— Et on peut avoir votre numéro, Sacha ?

L'homme sait pertinemment qu'il est allé trop loin et qu'il ne pourra pas tenir sa promesse. Cependant, cela lui fait du bien de se sentir aussi sûr de lui. « Tout cela n'est qu'un jeu, rien qu'un jeu », tente-t-il de se convaincre. Alors, sourire aux lèvres, il confesse avoir été heureux de faire leur connaissance. Puis il s'éclipse aussi vite que possible pour ne plus avoir à affronter leur regard.

Assis à l'avant du métro qui le conduit vers le centre de la capitale, Sacha semble perdu dans ses pensées. Il échafaude des scénarios invraisemblables, des scénarios dans lesquels tout peut arriver. Car bien qu'il soit déterminé à mener à bien son projet, Sacha n'a pas la moindre idée de ce qui l'attend. Il a pourtant vécu cet instant-là de très nombreuses fois dans sa tête. La nervosité s'est emparée de lui ces derniers jours, mais il se sent nettement mieux à présent. Il se félicite, d'ailleurs, d'avoir fait preuve d'une telle patience. La fatigue se lit malgré tout sur son visage amaigri. Il faut dire que la vie ne l'a pas épargné ces dernières années. Les épreuves qu'il a endurées l'ont profondément marqué.

Sacha descend à la station « Bourse », et se fraye un chemin parmi la foule. Tandis qu'il s'éloigne du quai, il observe les derniers retardataires de cet étonnant ballet se presser, se masser, se bousculer, dans l'espoir de réussir à monter dans l'une de ces rames déjà surchargées. Une fois dehors, un bistrot situé à l'angle d'une rue attire son attention. Sacha traverse le carrefour et pénètre dans l'établissement.

L'endroit, bien que rustique, est assez convivial. Quelques clients accoudés au comptoir parcourent leurs journaux tout en avalant leur café. Sacha commande un chocolat chaud et va s'installer au fond de la salle. Il s'assied sur une petite banquette en cuir et pose son manteau sur ses genoux. Puis il extirpe une feuille de sa sacoche qu'il place devant lui et relit le descriptif du poste pour lequel il a décroché un rendez-vous ce matin. Il ne veut rien laisser au hasard. Depuis qu'il a démarré sa carrière, Sacha a fréquemment sollicité des entretiens. Pour parer à toute éventualité. Son discours s'est rôdé au fil du temps, et il a appris à interpréter son personnage à la perfection. Les questions des recruteurs sont toujours les mêmes, ce qui lui simplifie la tâche. *Quel est votre parcours ? Pourquoi démissionner ? Pourquoi postuler chez nous ?* Cette fois-ci, cependant, les circonstances sont très particulières. L'enjeu est de taille. Sacha sait qu'il n'arrive pas en terrain conquis. Aussi, il tente de retrouver calme et sérénité et s'imprègne une dernière fois du rôle qu'il va devoir tenir, le rôle d'un homme ambitieux et sûr de lui, ouvert aux autres, et même un peu charmeur... tout ce qu'il n'a plus l'impression d'être en somme. Il s'offre finalement un petit moment de répit, en buvant son chocolat, et quitte les lieux aux environs de huit heures trente, pour se rendre à son rendez-vous.

En entrant dans l'immeuble flambant neuf, haut d'une quinzaine d'étages, Sacha est agréablement surpris par l'architecture intérieure, à la fois simple et moderne. Comme beaucoup de banques européennes, Astero a subi ces dernières années les dommages collatéraux d'une crise économique sans précédent. Le groupe se devait de réagir et a donc investi des sommes colossales dans des opérations de marketing et de communication destinées à attirer de nouveaux clients. Astero n'en reste pas moins un mastodonte. Les bénéfices réalisés l'an passé ont permis de dégager un budget alloué à la rénovation de certains sites stratégiques. Paradoxalement, cette manne financière n'aura pas suffi à empêcher le licenciement de cinq cents personnes dans le même laps de temps... L'immeuble dans lequel se trouve Sacha est le siège social d'Astero. Les dirigeants lui ont logiquement offert une cure de jouvence afin d'en faire le symbole de ce renouveau. Des spots multicolores fixés aux murs éclairent des tableaux de maîtres tandis que des canapés en velours trônent sur d'immenses tapis de sol. Le mobilier dernier cri, composé d'étagères et de tables basses, semble avoir été choisi pour son côté très « tendance ». Sacha traverse la grande salle et se présente à l'accueil. Il échange quelques mots avec l'une des hôtesses qui l'invite à patienter le temps que l'on puisse le recevoir.

Sacha se tient debout dans le hall d'entrée, seul parmi ces employés qui affluent, toujours plus nombreux à mesure que les minutes défilent. Ces derniers, petites fourmis du quotidien, arrivent par groupes de trois ou quatre, et s'entassent devant les ascenseurs dans un mouvement ininterrompu qui n'est pas sans rappeler la chorégraphie du métro. « Un deuxième acte, en somme », se moque intérieurement Sacha, qui les imagine pénétrant dans leur bureau, démarrant leurs ordinateurs, l'œil inquiet, attendant fébrilement ces premiers mails qui rythmeront ensuite leur journée.

Sacha fixe la porte d'entrée depuis quelques minutes lorsque, tout à coup, au milieu de cette foule empressée, apparaît une jeune femme à la beauté saisissante. La tristesse qui l'habite fait partie de son charme. Un charme naturel et envoûtant. Sacha éprouve un petit pincement au cœur tant la ressemblance avec sa femme lui saute aux yeux. Son air angélique, son allure sobre et élégante, ses longs cheveux frisés. Chaque détail ravive en lui le souvenir d'une époque révolue. La ravissante demoiselle se hâte vers les ascenseurs. Sans réfléchir, Sacha ôte son alliance et s'avance dans sa direction. La jeune femme s'arrête net, surprise par cette arrivée soudaine. L'espace d'un instant, elle ressent une sensation étrange, la sensation d'avoir déjà vu ce visage quelque part.

— On se connaît ? lance-t-elle à l'adresse de Sacha.

— Non, je ne crois pas. Je m'en souviendrais.

Puis, Sacha poursuit sur un ton ironique :

— Par contre, je suis un peu inquiet. Vous avez l'air déprimé ! Pour ne rien vous cacher, je suis là pour un entretien d'embauche. Alors, si c'est Astero qui vous met dans cet état, il faut me le dire tout de suite ! conclut-il, face au regard perplexe de la jeune femme.

— Pardon ?

— Je sais pas ce qui m'a pris. Je... Je suis désolé, je ne voulais pas être impoli. Je me sens un peu perdu au milieu de tous ces gens. Je cherchais juste à discuter.

— C'est pour quel poste ?

— Une place de manager, à la direction des achats.

S'ensuit alors un long silence embarrassé. La jeune femme et Sacha se regardent fixement. Le bourdonnement incessant des voix qui les entourent ne parvient plus à leurs oreilles.

— Je travaille dans le même département.

— Ah, effectivement ! C'est une sacrée coïncidence, rétorque Sacha. Mais ne vous en faites pas, on aura tout oublié d'ici là ! Je peux tout de même connaître votre prénom ?

La jeune femme fronce les sourcils, puis finit par se détendre.

— Je m'appelle Sandra. À bientôt, ajoute-t-elle, avant de tourner la tête et de reprendre sa route.

Après quelques minutes d'attente supplémentaires, Sacha est enfin autorisé à accéder aux étages. Il se dirige vers les ascenseurs. À son grand étonnement, Sandra l'attend derrière le portique de sécurité. Plus il se rapproche de la jeune femme, plus il sent son regard braqué sur lui, ce qui le trouble quelque peu. Il admet toutefois que cette situation lui procure également un certain plaisir, comme une excitation soudaine qui briserait la routine dans laquelle il s'est enlisé depuis trop longtemps. La rencontre avec les deux touristes espagnoles, plus tôt dans la matinée, n'était en fin de compte qu'une simple répétition.

— C'est une joie de vous revoir ! s'exclame-t-il.

— En fait, je crois que je suis partie un peu vite. Je ne sais pas comment tu t'appelles, précise Sandra, en esquissant un léger sourire.

— Hum...

Sacha est pris au dépourvu. L'assurance de la jeune femme le déstabilise complètement. Il tente de se ressaisir, mais sa réponse est un peu confuse.

— Sa... Sacha. Je... je monte au... au treizième. Je vais...

Mais Sandra, qui ne l'écoute plus, s'empresse de clore la discussion.

— Très bien, merci. À plus tard, alors !

Sacha en reste bouche bée. Il regarde la jeune femme se retourner, s'éloigner lentement, puis disparaître à l'intérieur d'un ascenseur. La dernière image qu'il garde d'elle est celle de sa longue chevelure frisée ondulant le long de son dos, se balançant au rythme de ses pas dans un va-et-vient hypnotique.

Sacha monte à son tour dans un ascenseur, et se joint à un groupe de quatre personnes. Lorsque le petit groupe descend au huitième étage, Sacha, de nouveau seul, se met à gamberger. Sandra vient de bousculer ses certitudes. Une boule de stress tiraille son ventre et se diffuse dans tout son corps. Sa femme est là. Elle le regarde silencieusement. Elle ne comprend pas ses motivations. Elle l'implore d'en rester là : « *Alex ! Alex, s'il te plaît, ne fais pas ça !* » Sacha s'interroge. N'est-il pas sur le point de commettre une grave erreur ? Mais il retrouve ses esprits et le visage de sa femme s'efface peu à peu.

L'ascenseur s'arrête au treizième étage. Sacha reste immobile. Sa vie parfaitement ordonnée, où tout a une place bien précise, vient de prendre un tour inattendu. Ce face à face avec Sandra lui a ouvert les yeux. La réalité a fini par le rattraper. Il doit être sûr de son choix. Car ensuite, il sera trop tard pour faire machine arrière. Il essaye d'apprécier la situation dans son ensemble. Il pense à sa famille, à ses proches, à sa fille. Toute sa vie ne tient plus qu'à un fil. Il a conscience que cet entretien chez Astero ne lui est plus d'aucune utilité. Aller plus loin pourrait même s'avérer dangereux. Il ne doit laisser aucune trace. Les portes de l'ascenseur se referment lentement et Sacha redescend au rez-de-chaussée.

Sacha traverse le hall et sort du bâtiment. Il inspire une grande bouffée d'air frais, puis se dirige vers la station de métro la plus proche. Il songe à ses projets, à son avenir, à ce qui vient de se produire. Il a besoin de s'évader. Il a besoin d'être Sacha, d'être quelqu'un d'autre. Sa décision était prise depuis longtemps, il attendait seulement un déclic. Il n'a qu'une idée en tête, désormais. Revoir Sandra. Et il fera tout son possible pour y parvenir. Car il en est certain, la jeune femme représente sa dernière chance de renaître. Sa dernière chance de sauver Alex.

Chapitre 2 – Alex

09h45

— Oh ! T'as vu l'heure, Alex ! tonna Christophe, l'air particulièrement contrarié. T'étais où ? Quand je dis neuf heures trente, c'est pas dix heures moins le quart ! C'est pas possible ! T'as oublié ce qui nous attend cette semaine ?

Alex connaissait si bien Christophe qu'il ne jugea pas utile de répondre. Son arrivée n'était pas passée inaperçue ce lundi-là. Il savait cependant que la tension finirait par retomber dès qu'ils entameraient la préparation de leur soutenance orale prévue pour le vendredi suivant.

Depuis trois ans, Alex œuvrait pour le compte d'Agility, une société spécialisée dans le développement de logiciels. L'ambiance qui régnait au sein de la start-up, qui ne comptait qu'une vingtaine de collaborateurs, était propice à l'épanouissement personnel. En contrepartie, la situation financière de l'entreprise réclamait un engagement sans failles de chacun des salariés. Il fallait sans cesse prospecter des clients et décrocher de nouveaux contrats. Le combat pour la survie était à ce prix. Agility, qui avait répondu à un appel d'offres lancé quelques mois plus tôt par Synergie, un grand groupe industriel, venait justement d'être sélectionnée pour participer au second tour de la compétition.

Christophe, le directeur de la start-up, était devenu l'ami d'Alex au fil des années. D'apparence plutôt banale, brun aux yeux marron, celui-ci portait une moustache naissante légèrement retroussée. Il s'était forgé une réputation d'homme de fer auprès de ses clients en raison de ses talents de négociateur. Il savait faire preuve de fermeté lorsque les intérêts de la start-up étaient en jeu et défendait toujours ses équipes. Alex avait tout de suite accroché avec son chef pour deux raisons essentielles. Tout d'abord parce que Christophe était quelqu'un de très avenant, jamais avare en discussions, avec qui il était facile de sympathiser. Ensuite, et surtout, parce qu'il avait vu en lui un véritable mentor. Christophe s'était battu d'arrache-pied pour créer son entreprise et avait dû prendre des décisions parfois difficiles. À son contact, Alex avait énormément appris et s'était peu à peu mué en équipier modèle. Il s'était fortement impliqué pour répondre à la confiance que son directeur avait placée en lui. Christophe l'avait d'ailleurs incité à racheter onze pour cent des parts de la société afin qu'ils deviennent, ensemble, actionnaires majoritaires. Cependant, en se consacrant uniquement à son travail, celui-ci avait fini par atteindre le point de non-retour. Sa vie privée lui avait échappé en raison du rythme effréné que lui imposaient ses activités professionnelles, et il vivait séparé de sa femme depuis de nombreuses années. De son côté, Alex flirtait lui aussi avec la ligne jaune sans l'avoir totalement franchie jusque-là.

Christophe se leva pour aller se servir un café et laissa Alex seul dans son bureau. Le directeur s'élança dans un long couloir qui traversait l'appartement de bout en bout. La société avait emménagé dans ses nouveaux locaux un an auparavant. À l'époque, Christophe avait misé sur ce déménagement pour donner un second souffle à son entreprise. Agility occupait la moitié d'un étage de ce vieil immeuble du centre de Paris. Les salariés se répartissaient dans de petites pièces aménagées avec du mobilier d'occasion et situées de part et d'autre du couloir, tandis que les bureaux d'Alex et de Christophe occupaient le fond de l'appartement.

Finalement, Christophe revint quelques minutes plus tard, la mine beaucoup plus détendue.

— Ça va ? lança-t-il à Alex.

— Oui, un peu fatigué, mais...

— Je parlais de Stéphane, le coupa Christophe.

Il y eut alors un court moment de flottement durant lequel les deux hommes s'observèrent en silence. Alex eut bien du mal à dissimuler son embarras. C'est pourquoi Christophe précisa ses pensées.

— Les problèmes se sont accumulés ces dernières semaines. Je veux être sûr que tout va bien, expliqua-t-il d'un ton paternaliste. Je te connais, tu t'impliques énormément dans tout ce que tu entreprends ! Tu fais passer le travail avant tout le reste. Tu dois préserver ta famille ! Je suis bien placé pour le savoir !

— Je vais bien !

— Alex, on peut tout se dire ! Tu as l'air épuisé, insista Christophe.

— J'ai connu des périodes plus tranquilles, admit Alex du bout des lèvres.

— Oui, je sais que c'est compliqué. Tu consacres beaucoup de temps à Agility, et les résultats ne sont pas au rendez-vous.

— J'aimerais faire plus !

— Tu cherchais un vrai challenge en venant ici. Tu l'as trouvé ! Et tu as toujours répondu présent !

— Ce n'est pas assez, visiblement.

— Alex, on ne gagne pas assez d'argent, c'est un fait ! On doit s'adapter... trouver de nouvelles recettes. Mais tu ne dois pas baisser les bras ! Et surtout, tu n'y es pour rien ! Ne te rends pas responsable du départ de Stéphane !

— Je sais ce que je fais ! rétorqua Alex. C'est juste un cap à franchir. J'accumule de l'expérience !

— Alex, n'esquive pas la question ! Je préfère qu'on se parle franchement. C'est toi qui es allé voir Stéphane. Il faisait partie de ton équipe, c'était ton rôle. Mais je sais bien que ça t'a affecté. C'est le contraire qui aurait été surprenant ! Ça ne peut pas te laisser indifférent !

— Christophe, qu'est-ce que je peux répondre à ça ? Bien sûr que ça me touche ! Bien sûr que je me sens responsable ! Je suis toujours là alors qu'il est au chômage ! Il ne méritait pas ça.

— Personne ne mérite ça !

— De toute façon, je crois que ça m'a soulagé de lui parler.

— Il était en période d'essai. C'était notre seule option. Dans notre secteur, il n'aura aucun mal à retrouver du travail. J'ai rédigé une lettre de recommandation. Je sais que c'est peu...

Christophe prit soudain un air plus solennel.

— En créant Agility, je ne pensais pas vivre des moments aussi difficiles. J'ai pris des risques, j'en prends encore. Parfois, ça marche, parfois je dois faire des choix douloureux. J'espère seulement qu'on n'a pas fait tout ça pour rien et qu'on réussira à remonter la pente.

— J'en suis sûr !

— J'aimerais y croire... mais il faut être réaliste. Ça sera très compliqué. On doit remporter l'appel d'offres vendredi. Sinon, on ne pourra plus continuer. Les actionnaires ne nous suivront plus !

— On va se battre jusqu'au bout !

Christophe baissa les yeux comme si, pour la première fois depuis bien longtemps, l'issue d'une bataille lui paraissait incertaine. Alex s'étonna de cette réaction, lui qui avait toujours vu Christophe encourager ses troupes, les motiver, les pousser à se surpasser. Cela ne ressemblait pas à son chef. Mais ce dernier suggéra finalement d'attaquer leur préparation, afin de repartir de l'avant.

L'exercice dura deux heures. À l'issue de la réunion, Christophe, qui avait un coup de fil important à passer, invita Alex à quitter le bureau. Les deux hommes se retrouveraient en début d'après-midi. Alex en profita pour prendre sa pause-déjeuner. En sortant de l'immeuble, il croisa le facteur qui portait un colis. Il remonta ensuite une grande avenue, puis disparut au premier carrefour en laissant derrière lui les locaux d'Agility en pleine effervescence, à l'aube de cette échéance si cruciale. Au même instant, un salarié de l'entreprise vint ouvrir la porte au facteur et le conduisit jusqu'au bureau de Christophe. Le directeur d'Agility se vit remettre un paquet qu'il s'empressa de déballer sitôt le facteur reparti. Christophe découvrit alors une enveloppe sur laquelle avait été inscrite la phrase suivante :

« Allez-vous remporter l'appel d'offres ? »

Chapitre 3 – Sacha

12h30

Sandra ne semble pas vraiment surprise lorsqu'elle aperçoit Sacha à la sortie d'Astero. Elle jette un coup d'œil dans sa direction, lui fait un signe discret de la main, puis s'adresse à l'une des trois femmes qui l'entourent. Sacha observe son petit manège d'un air amusé. Il se demande quel odieux mensonge la jeune femme est en train d'inventer pour parvenir à se libérer à la dernière minute. Les trois femmes s'éloignent lentement et Sandra reste seule sur le trottoir. Sacha vient aussitôt à sa rencontre, impatient de lui parler à nouveau. Tandis qu'il s'approche, un léger sourire se dessine sur les lèvres de Sandra. Sacha la rejoint et la salue à son tour en lui retournant son sourire.

Il est midi et demi, l'heure à laquelle Sandra déjeune quotidiennement. Elle suit à la lettre les conseils de sa psychologue, qui lui a vivement recommandé de s'adonner à des rituels immuables afin de lutter contre ses crises d'angoisses récurrentes. Manger à la même heure tous les jours est une règle parmi d'autres. Tout cela a fini par porter ses fruits. Les crises se sont espacées au bout de quelques mois et Sandra a pu reprendre une vie presque normale. Elle a néanmoins conservé certaines habitudes tel le ciment nécessaire à sa reconstruction.

—Je suis rassuré, j'avais peur de te manquer, lui lance Sacha.

—Tu as de la chance, je déjeune rarement à l'extérieur.

—Je serais revenu ce soir s'il l'avait fallu.

Sacha sait que ses premiers mots seront déterminants. Il s'efforce de paraître sûr de lui.

— Comme tu m'as dit « à plus tard », ce matin, j'ai supposé que tu accepterais un déjeuner avec moi.

— C'est une interprétation.

— Il en existe une autre ?

— Oui. Et elle est beaucoup plus réaliste !

Sacha acquiesce timidement. La tâche s'avère plus difficile que prévu.

— Je suis désolée pour tout à l'heure, reprend Sandra. Les débuts de semaine sont toujours un peu... difficiles. Je n'étais pas de bonne humeur et je n'aime pas me faire aborder par des inconnus.

— Je n'en suis plus un.

— Si on veut. Mais, il y a quand même quelque chose qui me gêne.

— Quoi ?

— Je préfère éviter de sortir avec des collègues.

— C'est donc ça la vraie raison ? Dans ce cas, rassure-toi ! L'entretien ne s'est pas bien passé, ment Sacha. En fait, j'ai pas vraiment senti le truc. Le recruteur ne s'est pas montré très persuasif. Que ce soit au niveau du salaire ou de mon évolution de carrière.

Sacha dévisage Sandra avec insistance. Il lui offre un magnifique sourire. La jeune femme, troublée par ce regard pénétrant, finit par baisser la tête.

— On mange ensemble, alors ? s'obstine Sacha.

— Je ne peux pas, c'est compliqué. On va dire que ce n'est pas le bon moment.

— Tu vis avec quelqu'un ?

— Hein ? Mais ça ne te regarde pas !

— Excuse-moi ! Tu as raison. Je n'aurais pas dû te poser cette question. On a tous nos petits secrets, ajoute Sacha, en palpant la poche de son pantalon, pour s'assurer que son alliance s'y trouve toujours.

— Sacha, je...

Sacha se sent mal à l'aise tout à coup. Son ventre se noue, ses bras se crispent. Il ne prête plus attention à ce que lui dit Sandra. Il se demande comment une relation peut s'établir sur la base d'un mensonge. L'image qui lui vient à l'esprit est celle de ces personnes vivant en couple, trompant leur conjoint, et rentrant chez elles le soir sans laisser transparaître la moindre émotion. Cela reste pour lui un grand mystère.

— Tu es sûr que tout va bien ? demande Sandra.

— Oui, pardon ! J'étais en train de penser à... enfin, rien d'important. Mais tu allais me poser une question, je crois.

— Je voulais m'assurer que ce n'était pas de ma faute si tu avais renoncé à ta candidature chez Astero ? Parce que je n'ai rien à t'offrir en retour.

— Ne t'inquiète pas ! Tu n'y es pour rien. Je pense avoir trouvé beaucoup mieux ailleurs ! Mais, dis-moi ! J'aimerais te poser une question à mon tour.

— Je t'écoute !

— Tu leur as dit quoi à tes collègues tout à l'heure ?

— Que je venais de rencontrer l'homme de ma vie !

Sacha sourit malicieusement.

— Et pour de vrai ?

— Ma réponse ne te convient pas ?

— Je préférerais qu'elle soit sincère.

— Très bien, Monsieur le rabat-joie. Je leur ai fait croire que j'avais une réunion à treize heures que j'avais complètement oubliée. En général, quand on mange à l'extérieur, on rentre vers quatorze heures. Ça me laisse le temps d'aller m'acheter un sandwich !

Sacha, qui sent poindre la fin de la discussion, cherche un moyen de gagner du temps. Mais rien ne lui vient à l'esprit. Et c'est finalement Sandra qui met un terme à la conversation.

— Bon, eh bien, je vais devoir partir. Je suis ravie d'avoir fait ta connaissance. Je m'excuse encore pour ce matin. Ça m'a fait plaisir de te parler. Tu es sympathique et... plutôt charmant. En d'autres circonstances, j'aurais certainement accepté ton invitation. Alors, à bientôt, si jamais on se recroise.

— Mais... on ne peut vraiment pas se revoir ?

— Non Sacha ! C'est impossible !

— Au revoir, répond timidement Sacha, le regard désabusé.

Chapitre 4 – Alex
14h00

— Qu'est-ce que ça veut dire ? demanda Alex, une main plaquée contre sa cuisse tandis que l'autre tapotait sur sa chaise avec nervosité.

— Aucune idée, répondit laconiquement Christophe.

Alex se saisit de l'enveloppe que lui tendait son chef et fixa pendant quelques secondes les mots qui avaient été inscrits au dos, sans parvenir à en saisir le sens exact.

« Allez-vous remporter l'appel d'offres ? »

Alex ouvrit l'enveloppe et en sortit une lettre manuscrite que Christophe avait lue en son absence. D'un simple hochement de tête, ce dernier l'incita à en faire autant.

« Bonjour,

J'imagine très bien votre réaction en découvrant ces quelques lignes. Vous vous posez d'innombrables questions, j'en suis certain. Je vais tenter de vous apporter quelques réponses.

Tout d'abord, n'y voyez rien de personnel ! La vie nous a conduits sur la même route, voilà tout. Je ne fais pas ça de gaîté de cœur.

Je souhaiterais savoir combien vaut Agility. Comprenez-moi bien ! Vous avez réussi à fidéliser la plupart de vos clients, ce qui n'est pas une mince affaire par les temps qui courent. Et vous disposez d'un potentiel largement sous-exploité. Mais vos finances sont en berne !

Vous avez licencié l'un de vos salariés récemment. Le moment est venu pour vous de passer la main. Il vous faut vendre Agility ! Et je suis prêt à me porter acquéreur.

Si vous suivez mes consignes à la lettre, tout se passera pour le mieux. Mais si vous déclinez cette offre, je ne pourrai plus garantir la pérennité de vos activités. Je tiens à préciser que je n'agis jamais seul. J'ai des amis avocats, politiciens, chefs d'entreprise... qui se feront une joie de m'appuyer dans ma démarche. Nous vous recontacterons demain par téléphone. La nuit porte conseil. Réfléchissez bien !

À très bientôt. »

Cela faisait dix minutes qu'Alex tâchait en vain de trouver une explication rationnelle à tout cela. Des idées avaient commencé à germer dans son esprit. Rien de vraiment cohérent cependant. Il tentait de se remémorer les évènements qui étaient survenus ces dernières semaines et les comportements inhabituels qu'il avait pu observer dans le même laps de temps. Mais Alex le savait, essayer d'identifier un responsable sans disposer d'aucune preuve tangible revenait à faire de tous ceux qui l'avaient approché récemment de potentiels coupables.

Qui pouvait se cacher derrière ce courrier anonyme ? Quel était son but ? Pourquoi avait-il mentionné l'appel d'offres ? Fallait-il prendre la menace au sérieux ? Très préoccupé par la situation, Alex livra son sentiment à Christophe.

— Ça a forcément un lien avec l'appel d'offres Synergie !

— On n'en sait rien, rétorqua Christophe. Ça peut être n'importe qui. Celui qui a fait ça est bien renseigné, c'est certain. Mais on ne connaît pas ses intentions !

— Il tente de nous déstabiliser pour l'oral !

— Ou peut-être qu'il cherche seulement à se venger, suggéra le directeur d'Agility.

— Comment ça ?

— J'ai dit ça sans réfléchir. Je n'aurais pas dû !

— Tu penses à Stéphane ?

— C'est une hypothèse comme une autre.

— Il s'est fait licencier, je conçois qu'il puisse nous en vouloir... Mais de là à nous menacer ! Je n'y crois pas un instant !

— Je n'ai pas dit que c'était lui. Je suis aussi perdu que toi. J'essaye simplement de comprendre.

Alex réfuta ces accusations en bloc. Tout cela ne ressemblait pas à son ancien collègue. Stéphane n'avait passé que six mois en leur compagnie, mais il avait laissé l'image d'un homme droit et intègre à l'ensemble des salariés de l'entreprise. *Lorsqu'Alex lui avait annoncé son licenciement, Stéphane avait réagi de manière exemplaire. Certes, la douloureuse nouvelle avait eu l'effet d'une bombe. Stéphane n'y était pas préparé. Au-delà de toute considération financière, il perdait une famille avant tout. Alors, oui, il leur en voudrait. Il avait néanmoins reconnu que la position d'Alex n'était pas non plus des plus confortables. Il en avait conclu qu'il s'agissait d'un choix stratégique et qu'il n'y avait ni à le commenter ni à le regretter. Il ne devait pas s'apitoyer sur son sort. Pas plus qu'Alex ne devrait culpabiliser. La décision s'imposait d'elle-même, tout simplement. Parce que sauver l'entreprise nécessitait d'en passer par là.*

Alex proposa alors une nouvelle approche.

— Et les actionnaires dans tout ça ?

— Les actionnaires ? répéta Christophe, hébété.

— Si tu étais à leur place, que penserais-tu de notre situation ?

Christophe fit la moue avant d'acquiescer du bout des lèvres.

— Je serais inquiet, c'est sûr ! Notre chiffre d'affaires a été divisé par deux cette année.

— Ils essayent peut-être de nous mettre sous pression ?

— Pourquoi feraient-ils ça à une semaine de l'oral ? Pour qu'on perde vendredi ? On risque de déposer le bilan, Alex ! Ça n'a aucun sens ! Il y a trop d'argent en jeu.

— Sans doute... sauf s'ils ont un but précis.

— Où veux-tu en venir ? demanda Christophe en fonçant les sourcils.

— Tu possèdes quarante pour cent des parts d'Agility, et moi, onze. À nous deux, on est majoritaires. Invest et Global Player détiennent les parts restantes. Mais aucune des deux n'a de minorité de blocage. Leurs dirigeants cherchent peut-être à prendre le pouvoir.

— Non, c'est impossible, répliqua sèchement Christophe. Ce sont des structures qui accompagnent les start-ups dans leur développement. Évidemment, nos actionnaires attendent un retour sur investissement. Mais ils ne se sont jamais immiscés dans nos affaires internes. Ils m'ont toujours soutenu depuis la création d'Agility. Et puis, ça m'étonnerait qu'ils se cachent lâchement derrière un courrier anonyme.

Alex et Christophe tournaient en rond. Découvrir l'identité de l'expéditeur du colis relevait de l'utopie. Trop de possibilités s'offraient à eux.

À mesure que les minutes défilaient, Alex sentait la nervosité s'emparer de lui. Son visage blême traduisait son malaise grandissant.

— On doit faire quelque chose, s'exclama-t-il.

— Et si c'était une mauvaise plaisanterie ? Ou une tentative d'intimidation ?

— Ça ne change rien ! On ne peut pas rester les bras croisés !

— Oui, tu as raison, soupira Christophe. Je voulais patienter jusqu'à demain, histoire de les jauger au téléphone...

— Ça n'a pas l'air de t'inquiéter, s'étonna Alex.

— Si, mais j'en ai vu d'autres durant ma carrière. J'ai participé à de nombreux appels d'offres, j'ai déjà subi des pressions, j'ai appris à faire avec.

— OK, mais on doit quand même prévenir la police !

— Oui, je m'en occupe.

— C'est forcément quelqu'un qu'on connaît ! La lettre fait référence à Stéphane, à l'appel d'offres, à nos problèmes financiers...

— Alex, je suis désolé d'insister, mais je n'arrive pas écarter la possibilité que ce soit Stéphane. Tu te souviens qu'il parlait souvent de l'un de ses amis bien placé au gouvernement ? Celui qui a écrit cette lettre fait référence à son réseau. Stéphane aurait très bien pu s'associer avec d'autres personnes. Il s'est fait renvoyer. Il a de bonnes raisons de nous en vouloir. Moi, parce que je suis le directeur. Toi, parce que tu lui as annoncé la mauvaise nouvelle. Accessoirement, on est aussi actionnaires de l'entreprise. On représente le pouvoir et l'argent.

Alex demeura sceptique. Il trouvait les conclusions de son chef un peu hâtives. Le raisonnement de Christophe tenait la route. Toutefois, cette histoire ne collait pas au profil de Stéphane. Alex acquiesça pour ne pas contrarier son chef, sans être convaincu par ses arguments pour autant.

Chapitre 5 – Sacha

19h00

Sacha est arrivé il y a près d'une heure pour ne pas manquer Sandra à la sortie de son travail. Malheureusement, la jeune femme est restée inaccessible. Accompagnée d'une collègue, elle est passée à quelques mètres de lui, sans même s'en apercevoir. Ce petit contretemps a obligé Sacha à revoir ses plans. Il a donc suivi Sandra dans le métro.

La voilà qui descend enfin. Sacha saute du wagon à son tour et se fond dans la masse. Il ne quitte pas Sandra des yeux. Il tient à lui parler seul à seul, car il appréhende sa réaction. S'ils s'étaient croisés à côté de la tour Astero, il aurait pu justifier sa présence sans difficulté. Les choses se compliquent, mais il garde espoir. Il a d'ailleurs imaginé un scénario durant le trajet. Il expliquera qu'il a rendez-vous dans le quartier, et que cette rencontre est totalement fortuite. Mais il craint tout de même que ce mensonge soit un peu gros.

Ils sont maintenant à l'air libre. Un coup de vent glacial s'abat sur le visage de Sacha. Ne devrait-il pas reporter son projet à plus tard ?

L'effervescence retombe peu à peu, à mesure qu'ils s'éloignent des artères principales. Sandra plonge une main dans son sac et en ressort un trousseau de clefs. Elle n'est plus très loin de chez elle. Sacha doit se décider. Mais au même instant, un bruit de voiture parvient à ses oreilles. Une Mercedes noire s'engage dans la rue, le dépasse, puis freine brusquement, avant de s'arrêter à quelques mètres de Sandra. Sacha fronce les sourcils. La jeune femme se retourne, s'approche lentement, et monte à l'intérieur du véhicule qui démarre sur les chapeaux de roue. Le vrombissement du moteur s'empare de la rue. Puis le calme revient vite tandis que la Mercedes disparaît au loin. Sacha demeure immobile de longues secondes. Ce départ précipité le laisse perplexe. Il tente de se convaincre qu'il en est peut-être mieux ainsi. Il s'accordera une nouvelle chance demain. Sa dernière chance.

Sandra contemple tristement les rues de Paris, la tête collée à la vitre. L'atmosphère qui règne dans la capitale lui rappelle cet évènement tragique. Cela fera bientôt quatre ans. L'homme qui est assis à ses côtés la regarde avec tendresse. Son visage est marqué de quelques rides. Ses courts cheveux grisonnants encadrent discrètement son front large et serein. Patrick Marchal médite en silence. Il songe à ce qu'il va dire. Ses mots ne sont jamais choisis au hasard, il pèse chacune de ses paroles. Ce sont ses activités professionnelles qui l'ont façonné au fil du temps. Bien qu'il ait connu quelques difficultés ces dernières années, Marchal reste l'un des hommes d'affaires les plus influents de sa génération. Il s'est beaucoup investi tout au long de sa carrière pour en arriver là. À présent, il souhaite prendre du recul et passe petit à petit le flambeau à son fils unique. Son plus grand regret est de ne pas avoir eu de fille. L'occasion s'est présentée, mais le sort en a décidé autrement. Il pense à cela quand il se retourne enfin vers Sandra.

— Je vous emmène dîner au restaurant.

La jeune femme ne bronche pas. Son regard se perd dans le flot continu des passants qui marchent dans la nuit.

— Ai-je le choix ?

— On a toujours le choix, réplique Marchal. Mais je sais que vous avez besoin de soutien, surtout en ce moment !

— Vous auriez pu vous lasser en quatre ans. Pourtant vous ne m'avez jamais laissé tomber. Pourquoi ?

— Je ne suis pas ce genre de personne ! J'ai mes défauts. J'ai commis des erreurs par le passé, peut-être même des fautes impardonnables. Mais si je l'ai fait, c'était uniquement pour protéger ma famille, mes amis. Je prends soin des personnes qui me sont chères. Vous faites partie de cette catégorie privilégiée. Je vous ai donc apporté mon aide.

— C'est drôle, cela fait quatre ans que l'on se côtoie, et j'ai parfois l'impression de ne pas vous connaître... comme si vous n'aviez jamais dévoilé qu'une seule facette de votre personnalité.

— J'espère qu'il s'agit de la meilleure, ironise Marchal.

— C'est justement ce qui me fait peur !

Marchal esquisse un léger sourire tandis que ses yeux plissés jaugent la jeune femme.

— Vous vous êtes toujours montré très attentionné, poursuit Sandra. Je me demande simplement pourquoi. J'aimerais découvrir l'homme qui se cache sous ce masque impénétrable.

— Très bien ! s'exclame Marchal, d'un air solennel. Que désirez-vous savoir que vous ne savez déjà ?

— Pourquoi vous êtes-vous intéressé à mon histoire ? Que faisiez-vous dans le cabinet ce soir-là ? Qu'est-ce qui...

— Laissez-moi le temps de répondre !

— Je vous écoute !

Marchal réfléchit à la manière de présenter les choses. Le moment lui paraît idéal pour révéler à Sandra une sensibilité qu'elle ne lui connaît pas.

— Mon ex-femme m'en veut depuis très longtemps. Elle a de bonnes raisons de m'en vouloir. J'ai toujours privilégié ma carrière. Pendant des années, j'ai cru que l'argent suffisait à son bonheur. Je lui offrais des tas de cadeaux pour compenser mes absences. C'était une erreur. J'ai fini par m'en rendre compte, mais il était trop tard. Nous avons entamé la procédure de divorce il y a six ans. Seulement, l'affaire a traîné en longueur...

Marchal se redresse subitement. Il plante son regard dans celui de Sandra pour accaparer toute son attention.

— Enfin bref, poursuit-il, j'ai dû faire appel à un avocat. J'avais rendez-vous au cabinet ce jour-là. Vous êtes passée en pleurs devant moi. Alors, j'ai commis l'inconvenance de me renseigner à votre sujet. Le destin a fait le reste. Mon avocat était tenu au secret professionnel. Mais j'ai su me montrer persuasif ! Et il m'a raconté votre histoire ! J'ai pris contact avec l'un de mes amis le soir même, afin de solliciter son aide. Je n'ai pas hésité une seconde à...

Marchal s'interrompt brusquement au milieu de sa phrase. De vieux souvenirs refont surface. Mais il parvient à se ressaisir et poursuit sans se départir de son flegme si particulier.

— Je ne vais pas vous mentir. Je n'avais plus de femme dans ma vie. La seule que j'avais jamais aimée venait de me quitter. Vous représentiez, d'une certaine manière, la fille dont j'avais toujours rêvé. Alors oui, je l'avoue, mon comportement n'était pas totalement désintéressé. Cela dit, j'éprouve une affection sincère à votre égard.

— Je n'en doute pas. En tout cas, je ne vous remercierai jamais assez pour tout ce que vous avez fait pour moi. L'avocat que vous nous avez recommandé...

— Je devine ce que vous allez dire. Il n'a pas répondu à toutes vos attentes.

— Vous n'y êtes pour rien.

— Oh, ne vous inquiétez pas ! Je ne le prends pas mal, je comprends.

— Il a fait ce qu'il a jugé nécessaire pour le procès. Mais c'est vrai, j'aurais aimé qu'il m'écoute davantage. J'avais besoin...

— Je sais ce dont vous aviez besoin ! Ou plutôt, ce dont vous pensiez avoir besoin. Mais regardez-vous ! Vous êtes resplendissante, vous allez beaucoup mieux ! Nous avons fait les bons choix...

— Nous ? répète la jeune femme.

— Je considérais, peut-être à tort, que je faisais un peu partie de tout ça, moi aussi.

— Non, vous avez raison, je suis désolée, regrette aussitôt Sandra, qui cherche à réparer sa maladresse.

Au même instant, le chauffeur annonce à Marchal et Sandra qu'ils sont arrivés à destination. Il se range le long du trottoir, contourne la voiture et fait descendre ses deux passagers. Marchal entraîne alors la jeune femme dans l'un des restaurants les plus luxueux de la capitale.

À quelques kilomètres de là, Sacha erre comme une âme en peine sur le chemin du retour. Il va bientôt regagner son univers, un univers de solitude et de désolation...

Il sort son alliance de sa poche et la replace autour de son annulaire. Sa femme apparaît soudain dans ses pensées. Sacha se sent défaillir. Peut-être que s'il avait suivi ses conseils, les choses seraient différentes aujourd'hui. Il tente de se persuader qu'il l'aime toujours, que cet amour ne s'est pas totalement consumé. Néanmoins, au fond de lui, il sait que tout cela n'a aucun sens. Il se voile la face, assurément. Il pourrait encore tout arrêter avant qu'il ne soit trop tard, mais il ne veut pas. Il ne veut plus de cette vie sans saveur, de cette routine rassurante. Il songe à sa fille, également. Il regrette d'être si distant. Son comportement n'a rien d'exemplaire. Il fait comme il peut. Il s'adapte, il survit. Il aimerait avoir la force de se battre, il aimerait pouvoir retrouver le bonheur d'une existence normale. Il suppose cependant que cela n'est peut-être pas impossible. Mais pour y parvenir, il devra faire table rase de son passé.

Chapitre 6 – Alex

20h30

Mélanie préparait le biberon d'Anna lorsque des bruits de pas résonnèrent dans le couloir. Alex, qui venait de rentrer du travail, apparut soudain devant elles. Il se tenait là, sur le seuil de la porte, les traits tirés, la mine fatiguée, mais le sourire aux lèvres, heureux de retrouver sa femme et sa fille. Il pénétra dans la cuisine, les embrassa toutes les deux, et s'installa à côté d'Anna. Très discrètement, il lorgna Mélanie du coin de l'œil. Alex était incapable de résister à son charme envoûtant. Il suffisait d'un regard pour que son visage d'ange fasse chavirer son cœur. Il avait toutefois un penchant pour sa longue chevelure brune et frisée qui recouvrait la moitié de son dos. Anna, qui avait soufflé sa première bougie quelques semaines plus tôt, ressemblait beaucoup à son père. Ses magnifiques yeux bleus pétillaient de curiosité, tandis que ses jolies boucles blondes flottaient gracieusement au-dessus de sa tête.

— Ça va les filles ? demanda Alex. Comment s'est passée votre journée ?

— Il faut que je fasse semblant ? répondit froidement Mélanie.

— Mel, je sais qu'Anna t'a réveillée plusieurs fois cette nuit, mais tu pourrais être un peu plus souriante, non ?

Mel, exaspérée par l'attitude de son mari, lui lança un regard noir. Quand elle manquait de sommeil, elle ne supportait pas qu'Alex emploie ce petit ton arrogant. Elle se doutait qu'il faisait ça volontairement, pour la provoquer, ce qui avait tendance à la contrarier encore plus. De son côté, Alex soupira de découragement. Il aurait préféré s'abstenir et éviter un nouveau conflit, mais la tentation avait été trop forte. Il adorait pousser Mel dans ses derniers retranchements, espérant à chaque fois qu'elle serait capable de garder son calme. Le caractère de sa femme était cependant d'une constance à toute épreuve. Si la fatigue n'arrangeait pas les choses, Alex, qui rentrait fréquemment chez lui après vingt heures, savait pertinemment que ses horaires de travail étaient la principale cause de leurs disputes. *Au début, ce côté « jeune cadre dynamique à haut potentiel » avait plu à Mel. Mais les absences répétées de son mari l'avaient très vite fait déchanter. Elle s'occupait d'Anna en permanence ce qui ne lui laissait que peu de temps libre. Au bout de quelques mois, elle avait fini par prier Alex de trouver une solution. Mais ce dernier, ravi de ses nouvelles fonctions, ne s'était pas montré très réceptif. Leur relation avait alors traversé des zones de turbulence. Mel fit toutefois preuve d'une patience exemplaire tout au long de cette période mouvementée. Il lui était impossible de mettre un terme à cette belle histoire d'amour. Et puis, il y avait sa fille. La joie qui brillait dans les yeux d'Anna suffisait à apaiser ses tourments. Mel s'était accrochée. Elle avait saisi chaque occasion de se rapprocher de l'homme dont elle était toujours éprise malgré tout.*

Finalement, Mel se tourna vers Alex et osa le défier sur son propre terrain.

— Tu auras trente ans samedi. À ta place, je me ferais discret si je tenais à avoir un cadeau à la hauteur de mes espérances.

— Et si on allait au restaurant la semaine prochaine, je serais pardonné ? De toute façon, je suis sûr que mon anniversaire sera inoubliable. J'te connais !

— Ah ! Tu crois ça ? lui demanda Mel, l'air un peu plus détendu. Et d'abord, pour quelle raison comptes-tu m'inviter à dîner ?

— J'aimerais qu'on se voie davantage.

— Eh bien, démissionne !

— Mel, on ne va pas rouvrir une fois de plus ce sempiternel débat ? Je suis obligé de m'investir à fond jusqu'à vendredi, je n'ai pas le choix ! On doit remporter cet appel d'offres ! J'aurai plus de temps ensuite. Tu le sais ! Et puis, je te l'ai dit, j'ai mis à jour mon CV. Je cherche un emploi un peu moins... chronophage. J'ai déjà passé deux entretiens, mais ça n'a rien donné pour le moment.

— Ça n'a rien donné parce que tu n'as pas l'intention de démissionner. Tu adores ton travail, et tu as peur de perdre tes responsabilités ! Mais qu'est-ce qui compte le plus pour toi ? Ta carrière ou ta famille ?

Alex soupira. La discussion risquait de s'enliser s'il ne consentait pas à quelques concessions. Aussi, il fit un pas en direction de sa femme et proposa un compromis honorable.

— Bien sûr que c'est vous ! Je fais tout ça parce que je vous aime. Ça ne durera pas éternellement. Mais ça nous permet de mettre de l'argent de côté pour plus tard. Pour les études d'Anna, par exemple !

— Je sais que tu penses ce que tu dis, mais s'il te plaît, fais un effort ! On a besoin de toi.

Alex baissa les yeux. Face à un tel élan de sincérité, il n'y avait rien à ajouter.

Mel abandonna provisoirement son mari pour aller coucher Anna. Après avoir longuement hésité, Alex s'était finalement abstenu d'évoquer les incidents survenus l'après-midi même chez Agility. Il préférait y voir plus clair avant d'en parler à sa femme. Il ne voulait pas la voir s'inquiéter inutilement.

Une fois leur fille endormie, Alex et Mel purent enfin se reposer et dînèrent en amoureux dans le salon. Ces petits moments de répit étaient absolument indispensables à leur bien-être. Ils aimaient se raconter des histoires, se projeter dans l'avenir, échanger leur point de vue sur l'actualité, ou encore rire jusqu'aux larmes pour la moindre bêtise. Cet équilibre ne tenait qu'à un fil, cependant. Il suffisait d'un peu de fatigue ou d'une réflexion désobligeante de l'un ou de l'autre pour que la situation s'envenime. Mais ce soir-là, ils mirent leur ego de côté et discutèrent de tout et de rien jusqu'à tard dans la nuit.

Alex était allongé depuis quelques minutes lorsque Mel se glissa sous les draps à son tour, et vint se blottir contre lui. Elle regrettait d'avoir été si dure à son retour. Il avait ses torts, mais elle savait qu'il était parfois préférable de passer outre. Aussi, elle murmura dans son oreille quelques mots d'amour. Puis elle frôla son dos avec sa main droite et commença un massage très doux, en remontant jusqu'à la nuque. Mel avait longuement réfléchi à la manière la plus efficace de s'adresser à son mari. En dévoilant ses faiblesses, elle parviendrait peut-être à le toucher.

— Ces derniers mois, je t'ai reproché beaucoup de choses. Tu rentrais de plus en plus tard. Au début, ça me plaisait tout ça. Je veux dire... d'être la femme d'un homme à l'ambition dévorante.

Brun, ténébreux, attentionné... Mel avait toujours su qu'Alex serait l'homme de sa vie. Évidemment, il avait ses défauts. Il pouvait se montrer énervant, parfois même très agaçant, mais sa présence lui était absolument indispensable. Alex écarquilla ses grands yeux bleus, l'air amusé, et contempla sa femme avec admiration. Il la trouvait forte et courageuse à la fois.

— Et puis, petit à petit, les soirées ont commencé à devenir plus longues sans toi. Anna est arrivée, la fatigue avec... Je broyais du noir. J'ai même fini par croire que tu me trompais. Tu n'étais jamais là ! On s'était éloignés. Je m'inquiétais énormément. Mais au lieu de t'en parler, j'ai préféré garder ça pour moi, par fierté. Et le pire, c'est que je t'en voulais ! J'ai eu peur de te perdre, lui avoua-t-elle, troublée par ses propres confessions.

Alex la sentit fragile et hésita un instant à la prendre dans ses bras, avant de se raviser. Il souhaitait l'écouter jusqu'au bout.

— Je t'aime, Alex. Tu es mon mari, le père de ma fille, sans doute celui de mes prochains enfants, se moqua-t-elle. Je ne peux pas vivre sans toi, ni même imaginer la vie sans toi. Je veux que tu fasses attention à toi, que tu penses à nous.

Pour ne pas se laisser submerger par l'émotion, Alex colla ses lèvres contre celles de Mel. Il saisit ses poignets, l'attira contre lui et l'enlaça longuement. Il la caressa du bout des doigts et trouva les mots pour la réconforter. Et tandis qu'il reculait pour mieux la contempler, une envie folle et soudaine monta en lui. Il déposa un tendre baiser dans son cou frêle et gracieux. Mel céda peu à peu à la tentation. Son corps frissonnait de plaisir sous le souffle tiède qui balayait sa nuque. Alors, Alex se relâcha totalement. Sa main droite remonta le long de la cuisse de sa femme, glissa sur son ventre et effleura ses seins. Il appuya sa tête contre son épaule et mordilla délicatement le lobe de son oreille. Mel se retourna lentement. Son dos nu, légèrement cambré, apparut à la vue de son mari. Alex agrippa sauvagement l'épaisse chevelure de sa femme, sans que cette dernière oppose la moindre résistance. Mel ferma les yeux et se laissa entraîner. Sa peau satinée, imprégnée des effluves suaves d'un désir incontrôlable, trahissait son ivresse. De petits gémissements étouffés s'échappèrent de sa bouche entrouverte. Elle empoigna les bras de son mari et exerça une légère pression, de sorte que le contact devienne plus intense. Elle l'invita à venir encore plus près. Alex pénétra en elle avec une infinie douceur. Ils se regardèrent droit dans les yeux durant de longues secondes. Mel, guidée par son instinct, épousa le mouvement ample et régulier de son mari. Les battements de leur cœur s'accélérèrent brusquement. L'oscillation de leurs corps réunis, semblable à une danse envoûtante, les plongea dans une délicieuse extase. Le monde réel s'effaça pour laisser place à un univers étrange et chaleureux. Alors, Alex et Mel savourèrent au même instant la même jouissance éphémère.

Alex s'allongea sur le côté et posa sa main sur celle de sa femme. Mel se lova contre lui en lui susurrant un dernier « je t'aime » dans le creux de l'oreille. Alex tendit son bras pour éteindre la lumière, puis remonta la couette pour les recouvrir tous les deux. Gagnés par la fatigue, ils s'endormirent rapidement, main dans la main.

Interlude

Deux jours après la fin de l'appel d'offres

« Me voilà de retour à Saint-Cloud, il est trois heures du matin. Mel et Anna ne sont pas là, elles ne sont plus là. Mes pensées sont si confuses depuis deux jours que je me suis décidé à tenir un journal de bord. Il me faut tout noter, tout répertorier, pour ne pas perdre le fil. Tout cela peut paraître étrange, mais je crois que j'en ai besoin. Le problème, c'est que je ne sais pas par où commencer. J'hésite. Je me sens totalement impuissant face à cette situation qui m'échappe. Le plus simple est encore de reprendre à zéro et de suivre l'ordre chronologique.

J'ai connu Mel il y a sept ans. Le coup de foudre fut immédiat. Je n'aime pas cette expression, mais c'est bien celle qui résume le mieux ma vision des choses. Cependant, je ne m'étendrai pas sur le sujet. Cela doit uniquement me servir de point de repère. Nous avons acheté cette maison trois ans plus tard. Et nous avons tout refait à l'intérieur. De la cave jusqu'au grenier. Nous avons consenti des efforts considérables. Nous étions jeunes et insouciants. Et puis, un jour, Anna est arrivée...

Ce que j'écris peut sembler dénué de sens. Ce n'est pourtant pas le cas. Bien au contraire. En réalité, cela traduit notre engagement réciproque, sincère et indéfectible. Un amour naissant et plein de promesses. Notre relation a bien connu quelques soubresauts par la suite, mais les sentiments que nous éprouvions l'un pour l'autre n'ont jamais faibli.

Je viens d'entrer dans le bureau, cet endroit que nous aimions tant. Chacun y avait sa place. Les jouets d'Anna sont éparpillés sur le sol.

« Ce que le jour doit à la nuit », ce roman que Mel a dévoré du début à la fin, est posé sur la grande étagère en bois. Rien n'a bougé depuis leur départ. Le temps s'est arrêté. Ce dernier instant est resté figé pour l'éternité. Comme un souvenir tendre et poignant qui ne s'effacera jamais.

Je divague. Mais comment pourrait-il en être autrement en de telles circonstances ? Je veux me venger. De lui, mon ennemi. Le Visiteur du Soir, ce monstre qui m'a pris ma femme. J'ai découvert son visage, un peu plus tôt dans la soirée. Je ne m'attendais pas à ça. Mais cela n'a plus aucune importance désormais.

Je rêve de vengeance, mais en suis-je seulement capable ? Vaines illusions, triste réalité. Cette frontière s'estompe un peu plus à chaque instant.

Ne suis-je pas en train de me perdre ? Quel est mon but ? Je pense à ma femme. À cette infirmière si douce. Et si jolie. Elle avait pour habitude de me raconter des anecdotes, des histoires émouvantes qui mettaient en scène ses patients. Elle me parlait souvent de ces étapes qui jalonnent la vie des personnes touchées par la maladie. Et si je n'avais d'autre choix que d'en passer par là, moi aussi ? Vivre dans le déni, céder à la colère...

Mais je n'arrive pas à m'y résoudre. Non, je n'ai pas besoin de ça. Je n'ai besoin de rien ni de personne. Et pourquoi, d'ailleurs, devrais-je me résigner à accepter cet état de fait ? Tout peut encore changer ! J'en suis certain ! Je suis plus amoureux de Mel que je ne l'ai jamais été. Et je sens, au fond de mon cœur, que cet amour est réciproque. Je referai de cette maison un lieu paisible et accueillant. La traque sera longue. Je retournerai chez le Visiteur du Soir. Et je ferai ce qu'il faudra pour parvenir à mes fins, quel qu'en soit le prix à payer. »

MARDI

Chapitre 7 – Alex

11h00

L'appel d'offres lancé par Synergie quelques mois plus tôt représentait une formidable opportunité pour Agility. La start-up, bien que positionnée sur un créneau porteur, était frappée de plein fouet par la crise économique qui touchait toute l'Europe. Les commandes avaient chuté de moitié et la conjoncture n'incitait guère à l'optimisme. À présent, il fallait se battre sur tous les fronts pour attirer de nouveaux clients. C'est pourquoi Christophe avait fait du dossier « Synergie » sa priorité absolue. Au vu de la situation, la perspective d'un contrat à cinq millions d'euros ne pouvait pas le laisser insensible. Cependant, si Agility avait bien quelques arguments à faire valoir, la société n'avait pas fait figure de favori au lancement de l'appel d'offres. La compétition avait été très disputée et riche en rebondissements. Christophe avait pratiqué un lobbying intensif. Et sa stratégie avait payé. Seules deux entreprises restaient en lice pour décrocher le marché. Agility semblait même en mesure de remporter cette ultime bataille. Toutefois, le risque de la voir échouer si près du but n'était pas non plus à exclure.

De toute évidence, Alex ne comptait pas s'arrêter en si bon chemin. Il avait consenti trop d'efforts et de sacrifices ces dernières années pour envisager la défaite. Christophe, en gestionnaire aguerri, voyait les choses différemment. Il avait parfaitement conscience des réalités économiques qui s'imposaient à eux. Et dans son esprit, il valait mieux revendre la société à un prix raisonnable quitte à perdre un peu d'argent au passage, plutôt que de couler avec le navire. Six mois auparavant, il avait d'ailleurs failli céder aux avances répétées d'un repreneur potentiel. Mais Alex avait réussi à le convaincre de patienter encore un peu.

Ce matin-là, Alex travaillait seul dans son bureau tandis que Christophe participait à une réunion chez un de leur client. Les deux hommes avaient prévu de se retrouver en début d'après-midi pour faire le point sur l'appel d'offres. Il ne restait que trois jours avant la soutenance orale et le temps leur était compté dorénavant. Alex était censé peaufiner leur stratégie, mais l'avertissement reçu la veille le préoccupait bien davantage. Cela virait même à l'obsession. Stéphane se cachait-il réellement derrière tout ça ? Alex avait toujours autant de mal à l'envisager. Il avait d'ailleurs suggéré d'autres pistes à son chef, mais ce dernier n'y avait pas accordé le moindre crédit. Cependant, il n'y avait rien d'étonnant à cela puisqu'Alex avait imaginé les scénarios les plus fantaisistes dans l'espoir d'écarter l'hypothèse « Stéphane ». Durant la nuit, il s'était néanmoins forgé une conviction. Il ne faisait aucun doute que les menaces soient liées à l'appel d'offres. Le message était clair. Et le timing trop parfait pour n'y voir là qu'une simple coïncidence. Malheureusement, Christophe n'avait pas l'intention d'approfondir les recherches. Il n'avait de toute façon aucun moyen d'obtenir le nom de leur concurrent dans des délais aussi courts. Toutefois, Alex avait une idée derrière la tête. Il n'avait qu'un appel à passer pour tenter d'en savoir plus. Il hésita, malgré tout, à composer le numéro.

Tandis que les premières sonneries retentissaient dans le combiné, son cœur s'emballa littéralement. Il songea à raccrocher lorsqu'une voix grave se fit entendre à l'autre bout du fil.

— Alex Masca ? Que me vaut cet honneur ?

— Bonjour Vanessa. Je comprends ta surprise.

— Après tout ce temps... Il y a de quoi, non ?

— Oui, peut-être. Quoi qu'il en soit, je ne t'appelle pas pour ressasser de vieux souvenirs. J'ai besoin de toi !

— Hum... Tu as raison, venons-en aux faits. À quoi doit-on ce revirement inattendu ?

— Il me faut un renseignement !

— Un renseignement ? Tu cherches un prestataire ? Tu aimerais connaître nos tarifs ? Ou bien tu as un projet à nous soumettre ? À moins que tu ne préfères une présentation de nos activités !

— Je vois que tu n'as pas changé. Toujours aussi provocante !

— Ça te plaisait avant...

Alex en resta sans voix. Ce sous-entendu lui rappela quelques épisodes de sa collaboration passée avec Vanessa. *Cette dernière avait effectué une mission pour Agility deux ans et demi plus tôt. Elle avait fait profiter la start-up de ses conseils avisés et de son carnet d'adresses bien rempli, et avait eu pour unique objectif d'aider Christophe à démarcher de nouveaux clients. Elle avait excellé dans ce rôle taillé sur mesure. La consultante s'habillait toujours avec élégance. Son éloquence naturelle faisait le reste. Vanessa avait fait étalage de son talent pendant près de six mois, avant que ses relations avec Alex et Christophe ne se dégradent sérieusement. Agility venait de remporter un gros contrat. Alex, Christophe et Vanessa étaient sortis le soir même pour célébrer cette belle victoire. Mais la fête ne s'était pas déroulée comme prévu. Alex et Mel traversaient une mauvaise passe. Le jeune ingénieur ne savait plus comment s'y prendre pour renouer le dialogue. Au cours de cette nuit un peu trop agitée, il avait fini par évacuer le trop-plein de stress et d'émotion. Christophe avait dû intervenir. Et la brillante commerciale, au tempérament de feu, en avait fait les frais...*

— On participe à un appel d'offres, se reprit Alex.

— Oui, j'ai appris ça. Chez Synergie.

— J'en étais sûr, tu es au courant de tout ! C'est pour ça que j'ai pensé à toi. J'ai besoin de connaître le nom de la société qui est encore en course avec nous.

— Je ne suis pas si bien renseignée, malheureusement.

— Mais tu peux obtenir cette info !

— Je n'aurais jamais imaginé ça de toi, Alex. Tu suivais les consignes, tu respectais les règles...

— Je ne veux qu'un nom. Rien de plus !

— Et moi je veux savoir pour quelle raison je devrais coopérer !

— Très bien, soupira Alex, qui ne doutait pas que Vanessa finirait par découvrir la vérité par ses propres moyens s'il ne la lui révélait pas lui-même. On a reçu... des menaces !

— Des menaces ? s'étonna Vanessa.

— Ce n'est peut-être rien, mais j'aimerais en avoir le cœur net. Une semaine avant d'aller chez Synergie, c'est un peu bizarre.

— Et Christophe, il en pense quoi ?

— Il a une idée, mais... on n'est pas vraiment sur la même longueur d'onde ! Il a prévenu la police. Ça risque de prendre du temps.

— Et toi, tu as besoin de comprendre !

— Oui. Je veux savoir à qui on a affaire.

— Tu vois, je suis bonne joueuse. J'accepte.

— Arrête, Vanessa ! Tout ça t'intéresse au moins autant que moi ! Tu sauras quoi faire de ces infos.

— Peut-être, mais je le fais aussi pour toi.

— Vanessa, s'il te plaît, ne...

— Alex ! le coupa-t-elle. Écoute bien ce que je vais te dire ! Peu importe ce qui s'est passé entre nous ! Je t'ai toujours apprécié. J'ai adoré travailler pour Agility, et ça a été un véritable crève-cœur que d'avoir à partir du jour au lendemain. Tu peux me faire des reproches, mais pas celui de ne pas être sincère !

— Très bien ! Je te crois. Tu peux me dire comment tu vas t'y prendre ?

— J'ai ma petite idée. Rappelle-moi ce soir !

— OK, à ce soir, alors !

Chapitre 8 – Sacha

12h00

Le téléphone de Sandra retentit tout à coup alors qu'elle s'apprête à quitter son bureau. Elle doit prêter main-forte à l'une de ses collègues. Il lui reste encore beaucoup de choses à faire avant de pouvoir prendre sa pause-déjeuner. Elle a rendez-vous avec ses amies dans moins d'une demi-heure. Elle ne peut pas répondre, elle n'a pas le temps. Mais son téléphone ne s'arrête plus de sonner. Les sonneries redoublent d'intensité et résonnent jusque dans le couloir. Sandra hésite, puis finit par décrocher. Quelqu'un l'attend à l'accueil. Elle consulte son agenda, mais aucune réunion n'est programmée. Pourtant, quand l'hôtesse lui révèle le nom de son invité-surprise, Sandra comprend qu'il ne s'agit pas d'une erreur.

Cinq minutes plus tard, Sandra fait face à Sacha, dans le grand hall d'Astero. Elle n'aurait jamais imaginé qu'il chercherait à la revoir. Et à vrai dire, cela ne lui déplaît pas. Elle traverse une mauvaise passe, aussi, sentir qu'un homme s'intéresse à elle lui met du baume au cœur.

— Bonjour, lance Sacha, le sourire aux lèvres, à l'adresse de la jeune femme.

— Salut...

— Je sais que je suis têtu... C'est ma dernière tentative en quelque sorte. Si tu ne veux pas me suivre, tant pis ! Mais ce serait vraiment dommage. On ne fait pas des rencontres comme ça tous les jours. Ça me ferait vraiment plaisir que tu viennes déjeuner avec moi.

— Hum... Dis-moi... Comment tu as trouvé mon nom de famille ?

— Sur LinkedIn ! Avec ton prénom et Astero, c'est suffisant.

— Je vois... Bon, cette fois, je crois que je ne peux pas refuser. Je suis très étonnée de te voir ici, ajoute-t-elle. Je pensais t'avoir fait fuir, hier midi, mais tu ne renonces pas facilement... On y va ? Je ne tiens pas à laisser passer ma dernière chance, conclut Sandra, d'un petit air espiègle.

Dix minutes plus tard, Sacha et Sandra pénètrent à l'intérieur d'une grande brasserie. Un serveur les accueille puis les conduit au fond de la salle. Le garçon revient peu après pour prendre leur commande et repart sur-le-champ en direction des cuisines. Sandra prétexte devoir se laver les mains et en profite pour s'éclipser. Elle descend l'escalier accolé au comptoir, puis s'engage dans un long couloir mal éclairé, avant de s'enfermer dans les toilettes. Son visage, qui semble vidé de sa substance, se reflète dans le vieux miroir accroché au-dessus du lavabo. Est-ce une simple faiblesse passagère ou, au contraire, une rechute plus brutale ? Cette invitation inattendue a bousculé ses habitudes. La jeune femme se sent fébrile et anxieuse. Ses angoisses étouffent sa gorge. Et le mal ne cesse d'empirer. Elle doit réagir. Alors, elle se résigne à fouiller au fond de son sac à la recherche de ce médicament qu'elle déteste tant. La petite boîte gît là, inerte, depuis près de quatre mois. Sandra avait espéré qu'elle resterait à jamais un lointain et mauvais souvenir. Mais la triste réalité s'impose à elle. Elle éprouve un terrible sentiment d'impuissance. L'amertume et les regrets dévorent son cœur. Avec le temps, elle a pourtant appris à mieux gérer ses crises. Chaque nouveau record d'abstinence la réconforte dans l'idée qu'elle progresse. Chaque rechute, à l'inverse, la frappe toujours plus durement, et la replonge dans les abysses les plus noirs de son âme. Elle n'a jamais cessé de se battre cependant, même dans les moments les plus difficiles, ce qui l'a rendue plus forte.

Sandra fixe la petite boîte plaquée dans le creux de sa main. Elle aimerait croire que cette récidive sera la dernière. Après une brève hésitation, la jeune femme avale un comprimé. Puis elle s'humidifie le visage pour effacer les traces les plus visibles de cette souffrance qui semble incurable. Au bout de quelques minutes, elle retrouve son calme. L'anxiolytique n'a pas encore agi, mais l'effet psychologique se fait d'ores et déjà ressentir.

Sacha, qui ne se doute de rien, patiente à l'étage supérieur. Son téléphone a sonné plusieurs fois, mais il a préféré ne pas répondre. Il rappellera sa mère plus tard, dans la journée, lorsqu'il sera seul. Il relève soudain la tête, attiré par un mouvement dans son champ de vision. Sandra vient de réapparaître au milieu du restaurant et s'approche à grands pas. Sacha a à peine le temps de ranger son appareil que la jeune femme est là, devant lui, arborant un sourire magnifique. Pour elle, c'est un moyen comme un autre de se persuader que tout ira pour le mieux désormais.

— Je pars deux minutes et tu en profites pour téléphoner ? lui lance-t-elle, sur le ton de la plaisanterie.

— Hum... non, bégaye Sacha, un peu embarrassé. C'était juste un message. Mais rien d'important.

— Bon, reprenons notre discussion ! Tu as toujours vécu à Paris, c'est bien ça ?

— Oui.

En réalité, Sacha habite la proche banlieue parisienne, mais il préfère garder ses distances. Il ne délivre à Sandra que des informations inexactes ou incomplètes. Enchevêtré dans ses mensonges, il se retrouve propulsé dans une fuite en avant effrénée et désespérée. Il vacille, mais s'accroche à ses illusions. Il se contente de vivre l'instant présent, conscient de ne plus maîtriser la situation. Les conséquences seront désastreuses, mais il est trop tard pour reculer. Il ne peut plus dire la vérité à Sandra. « Je... je ne m'appelle pas vraiment Sacha. J'ai un peu arrangé les choses. Je suis marié... et père d'une petite fille. » C'est inenvisageable, tout simplement.

— À part mes études à Lyon, j'ai toujours habité Paris, se reprend-il finalement. Je suis un vrai citadin.

— On a quelques points communs, alors. Moi, je n'ai jamais bougé d'ici. J'ai besoin d'être entourée, de sentir une certaine effervescence autour de moi. Et puis, comme ça, je ne suis pas trop loin de ma famille.

Le serveur apporte les plats ce qui interrompt momentanément la discussion. La jeune femme observe Sacha avec curiosité. Elle tente de lire en lui et use de tout son charme à cet effet. Elle esquisse un sourire complice et penche sa tête sur le côté dans un mouvement souple et gracieux. Ses doigts caressent délicatement l'extrémité de ses cheveux. Que veut-il vraiment ? Est-il sincère et attentionné comme le suggère son attitude, ou bien ne fait-il tout ça que pour s'amuser ? Mais en si peu de temps, Sandra s'avère incapable de trancher. Et ses réflexions finissent par susciter en elle de nouvelles interrogations. Des interrogations à son propre sujet. Pourquoi a-t-elle accepté ce déjeuner ? Est-elle à nouveau prête à faire confiance à un homme ? Sans savoir où tout cela la conduira, Sandra se laisse prendre au jeu.

— Qu'est-ce qu'on va faire maintenant ? On se revoit quand ? demande la jeune femme.

— Je suppose que le plus impatient de nous deux rappellera l'autre.

— À ta place, je ne parierais pas là-dessus, tu risques de t'en mordre les doigts.

— Très bien ! Dans ce cas, disons... ce soir ! Je t'attendrai à la sortie du bureau, à...

— À dix-neuf heures.

Sacha acquiesce et savoure sa victoire, mais sa joie est de courte durée.

— Je me posais une question. Je ne voudrais pas être indiscrète, mais tu n'as personne dans ta vie ? C'est vrai, tu es plutôt... séduisant, précise Sandra, un peu gênée. Et tu as au moins trente ans. C'est... surprenant !

À ces propos, Sacha se raidit brusquement. Son visage se crispe, sa respiration s'accélère. Il tente tant bien que mal de garder un air détendu.

— Je ne suis peut-être pas tombé sur la bonne personne. À moins que tu ne refuses de voir mes défauts ?

— Tu es un homme violent ? ironise Sandra.

— Mais dis donc, tu sais que je pourrais te retourner tes questions ?

Sandra regrette immédiatement ses dernières paroles. Elle se montre un peu trop guillerette pour un premier rendez-vous. Son médicament a eu un effet spectaculaire. Aussi, pour éviter de s'égarer dans le dédale de son passé, Sandra s'en tire à l'aide d'une jolie pirouette.

— Je crois que nous étions faits pour nous rencontrer !

À la fin du repas, Sandra déchire un bout de nappe en papier sur lequel elle griffonne une série de chiffres et le tend à Sacha. Ce dernier s'en empare et enregistre le numéro dans son tout nouveau téléphone, celui qu'il réserve à cette liaison secrète. Il a acheté l'appareil récemment, car le contexte l'incite à la plus grande prudence. Il donne à son tour ses coordonnées à Sandra puis l'invite à le suivre. Sacha s'arrête au comptoir pour payer en liquide. Il ne veut laisser aucune trace derrière lui. À force de vouloir tout contrôler, il a fini par céder à la paranoïa.

Sacha et Sandra sont enfin dehors. Ils échangent quelques mots avant que Sandra ne reparte en direction d'Astero. Sacha, quant à lui, demeure immobile sur le trottoir, et regarde la jeune femme s'éloigner, puis disparaître, noyée au milieu de la foule. Il est particulièrement satisfait de ce premier tête-à-tête. Il ne lui reste plus qu'à se convaincre qu'il se prénomme réellement Sacha. Mentir sciemment n'est pas chose aisée. Cela lui demande même de gros efforts. Mais il éprouve une agréable sensation à s'imaginer dans la peau d'un autre.

Sacha quitte les lieux à son tour et se met à errer dans les rues de Paris. Il se sent libre et vivant. Il désire revoir Sandra. En fait, il ne pense plus qu'à ça. Il rêve de composer son numéro, juste pour lui parler encore un peu. Mais il doit faire preuve de patience. L'anneau qui gît au fond de sa poche le lui rappelle à chaque instant.

Une voiture grise est garée à proximité de la brasserie. Et à l'intérieur, un homme n'a rien perdu de la scène qui vient de se dérouler sous ses yeux. L'individu saisit son Smartphone et envoie un texto auquel il joint une photo prise quelques minutes auparavant. Au même instant, alors qu'il participe à une conférence internationale, Patrick Marchal reçoit le message.

« La photo devrait vous intéresser. Je crois que nous devrions nous parler. »

Marchal jette un coup d'œil à l'image et fronce aussitôt les sourcils. Ce qu'il vient de découvrir le contrarie énormément.

Chapitre 9 – Alex

16h30

Alex et Christophe avaient passé l'après-midi à préparer la soutenance orale. Sans nouvelles de leur maître chanteur, le directeur d'Agility avait incité son collègue à se concentrer exclusivement sur l'appel d'offres. Techniquement, ils se sentaient prêts pour l'examen qui aurait lieu trois jours plus tard. Mais l'incident survenu la veille avait laissé des traces dans leur esprit. Une pause s'avérait nécessaire. C'est pourquoi Christophe avait proposé à son ami d'aller prendre un verre.

Les deux hommes marchèrent une dizaine de minutes dans les rues de Paris, en direction du « O'Donell ». Ce pub était devenu leur quartier général, l'endroit où ils avaient fêté leurs plus belles victoires ou essayé d'oublier leurs échecs les plus retentissants. *Ils étaient venus ici un an auparavant, le jour où le propriétaire de l'immeuble leur avait remis les clefs de leurs nouveaux bureaux. Christophe avait invité toute l'équipe pour célébrer dignement ce grand évènement. Mais six mois plus tard, le contexte avait radicalement changé. La start-up avait perdu trois de ses plus gros clients et la campagne de financement qui aurait dû lui permettre de renflouer ses caisses avait viré au cauchemar.*

Alex et Christophe entrèrent dans le pub, à l'intérieur duquel planait comme un doux parfum d'Irlande. Le maître des lieux, un certain Mac Geady, avait tenu à créer un cadre pittoresque, à l'image de son pays natal. La décoration y était typique, et le patron lui-même ne trompait personne sur ses origines. Ses longs cheveux roux et son accent marqué en avaient fait le symbole de son établissement.

Alex et Christophe s'installèrent au comptoir et dégustèrent des bières, tout en évoquant de vieux souvenirs. Ce moment passé ensemble leur fit le plus grand bien. Ils se remémorèrent, à tour de rôle, ces petites anecdotes qui étaient restées gravées dans leur mémoire et qui avaient contribué à faire des deux hommes bien plus que de simples collègues.

Plongés dans l'ambiance chaleureuse et décontractée du « O'Donell », Alex et Christophe semblaient avoir oublié tous leurs soucis. Mais leur répit fut de courte durée. Le téléphone de Christophe sonna tout à coup, ramenant les deux hommes à la réalité. Le libellé « Numéro masqué » s'afficha à l'écran. Le directeur d'Agility décrocha, puis regarda Alex d'un air sombre.

— C'est lui ! Suis-moi ! On va se mettre dans un coin plus calme.

Alex et Christophe empruntèrent l'escalier situé au milieu de la salle, et gagnèrent le premier étage qui était encore inoccupé à cette heure-là de l'après-midi. Ils s'assirent à une table sur laquelle Christophe posa son appareil.

— C'est bon, on est là, annonça le directeur d'Agility, en activant le haut-parleur.

— Parfait, répliqua une voix grave à l'accent de l'Est.

— Qui êtes-vous ? demanda Alex.

— Je ne suis qu'un simple intermédiaire, répondit l'individu. Je vous contacte pour vous faire une proposition. Je travaille pour des hommes influents, des hommes qui souhaiteraient acquérir Agility.

— Pourquoi ? Nous n'avons rien à vous apporter, rétorqua Alex.

— Détrompez-vous ! Votre entreprise dispose d'un certain potentiel. Il ne faudrait pas grand-chose pour parvenir à redresser la barre. Si vous remportiez un appel d'offres important, par exemple...

Les deux collègues se regardèrent interloqués.

— D'où tenez-vous cette information ? s'exclama Christophe.

— Ne nous éparpillons pas ! Écoutez plutôt ce que j'ai à vous dire ! Pour commencer, vendredi prochain, vous renoncerez à l'appel d'offres chez Synergie. Vous n'abandonnerez pas, évidemment. Mais vous vous contenterez de faire de la figuration.

— Ça n'a aucun sens, s'emporta Alex. Pourquoi nous racheter, si nous ne décrochons pas le contrat ?

— Votre vision du monde est trop réductrice. Mes patrons sont à la tête d'une dizaine de sociétés alors que vous en êtes encore à lutter pour la survie d'une start-up de vingt personnes. Et je vais vous expliquer pourquoi. Ce sont de grands professionnels, contrairement à vous. Ils savent gérer leurs affaires. Et aujourd'hui, ils sont prêts à vous tendre la main !

— Nous tendre la main ? répéta Alex. Arrêtez votre cinéma, tonna-t-il, écœuré par de telles pratiques. Je n'ai pas la moindre idée des raisons qui vous poussent à faire ça, mais...

— Laissez-moi terminer ! le coupa l'individu. Nous souhaitons bénéficier de vos compétences dans le domaine du digital. Les cinq millions d'euros promis au vainqueur de l'appel d'offres ne nous intéressent pas. L'argent n'est pas notre priorité.

— C'est-à-dire ? demanda Christophe de plus en plus nerveux.

— Nos discussions resteront secrètes. Mais lorsque le rachat sera entériné, nous rédigerons un communiqué officiel dans lequel nous mettrons en avant les bienfaits de cette opération. Pour faire court, nous deviendrons les sauveurs d'une start-up à la dérive. Nous passerons pour de bons patriotes. C'est un moyen très efficace de nous faire connaître du grand public.

— Et si nous refusons ? le provoqua Christophe.

— Il vaudrait mieux éviter d'en arriver là, répondit froidement l'individu. Nous signerons les documents d'ici trois jours, ajouta-t-il, sûr de lui. Vous n'aurez plus qu'à faire acte de présence vendredi prochain, chez Synergie. Ensuite, nous prendrons progressivement le contrôle de votre société.

— Pourquoi... pourquoi faites-vous cela ?

— Nous vous avons transmis une offre de rachat il y a six mois. Offre que vous avez rejetée. Cette fois, je vous conseille de faire preuve de discernement !

— C'était vous, les « repreneurs potentiels » ? en déduisit Christophe.

— Oui ! Nous souhaitions rester prudents, alors nous avons confié ce dossier à l'un de nos avocats. Mais revenons-en au sujet initial si vous le voulez bien ! Le temps presse ! Vous avez une heure pour nous faire parvenir votre réponse. Et laissez les autres actionnaires en dehors de ça ! Ils ont rejeté notre offre.

— Vous avez contacté nos actionnaires ?

— Oui... Mais ils ne détiennent que quarante-neuf pour cent du capital de toute façon. Or nous avons besoin du contrôle total d'Agility. C'est pour cette raison que nous ne traiterons plus qu'avec vous désormais. Faites le bon choix, et surtout, ne jouez pas aux plus malins ! Ce serait peine perdue. À très bientôt !

Les deux collègues restèrent muets un long moment. Alex, la mine dépitée, poussait de profonds soupirs. Quant à Christophe, il ne brisa le silence que pour faire part de ses inquiétudes à son collègue.

— Je me sens dépassé, Alex. Je me bats depuis trois ans pour cette entreprise... je ne sais plus où j'en suis aujourd'hui. Je ne sais plus quoi faire. Nous aurions dû vendre il y a six mois !

— Non ! On a fait ce qu'il fallait. On ne pouvait pas renoncer à la première difficulté !

— Si tu le dis…

— Tu as été courageux ! L'avenir des salariés était en jeu.

Christophe se frotta vigoureusement le front, le temps de se remettre les idées en place. Avec Alex, ils avaient surmonté de nombreux obstacles ces deux dernières années. Ils avaient lutté sans relâche, jour après jour, dans l'espoir de faire d'Agility une entreprise profitable. Après avoir traversé tant d'épreuves ensemble, il était inimaginable d'abandonner aussi facilement. Alors, Christophe se leva d'un bond, comme re-motivé par l'enjeu.

— Tant qu'on ne sait pas qui se cache derrière tout ça, on continue ! On ne va pas se laisser intimider ! On ne donnera aucune réponse. Ni dans une heure ni demain ! Et je vais rappeler la police !

— Génial ! renchérit Alex. On va se battre jusqu'au bout !

— Par contre, j'aimerais que tout ça reste entre nous. On n'en parle pas aux autres, OK ?

— OK.

— Je ne veux pas les impliquer là-dedans. Ils sont déjà sous pression et le licenciement de Stéphane n'a rien arrangé.

— Compte sur moi !

— Je ferai n'importe quoi pour qu'Agility survive à cette nouvelle crise. On doit s'accrocher !

Chapitre 10 – Sacha
19h00

La tour Astero se vide peu à peu, mais à chaque étage, les lumières des bureaux continuent de briller dans la nuit. Sacha surveille la sortie de l'immeuble et scrute attentivement chaque petit groupe qui s'en échappe. Il attend Sandra avec impatience. Et tout à coup, alors qu'il s'apprête à s'asseoir sur un banc, une silhouette familière apparaît au loin. Il plisse les yeux croyant reconnaître la jeune femme. Cette dernière est plus belle que jamais. Un large sourire illumine son visage. Sacha la regarde s'approcher et la salue d'un geste de la tête. Les deux amis échangent quelques mots, s'éloignent rapidement, et débouchent peu après sur une grande avenue. Ils déambulent au milieu des passants et discutent librement, sans se soucier de savoir où le hasard les conduira. Malgré la température hivernale qui règne sur le nord de la France, il est très agréable de se promener dans les rues de Paris en ce début du mois de janvier. L'odeur des marrons chauds et les guirlandes de Noël qui flottent dans les airs les replongent dans l'ambiance des fêtes de fin d'année. L'atmosphère est à la fois chaleureuse et conviviale. Sacha compte sur cette escapade nocturne pour en apprendre davantage au sujet de la jeune femme. Mais alors qu'il songe à mille choses à la fois, Sandra l'arrache brusquement à ses pensées.

— Tu ne travailles pas en ce moment ? lui demande-t-elle.

— Qu'est-ce qui te fait croire ça ?

— Eh bien, tu as beaucoup de temps libre, on dirait !

— Non, pas vraiment en fait. Demain, je ne suis pas là.

— Ah, on se revoit quand alors ?

— Jeudi, peut-être.

Sandra ne cache pas sa déception.

— C'est promis, je ferai mon maximum pour jeudi, se rattrape Sacha. Et puis, j'ai peut-être une idée pour ce week-end. Mais j'ai besoin de m'organiser avant de t'en dire plus.

— Bon, admettons ! Si tu as un super plan, je veux bien passer l'éponge, déclare la jeune femme, en prenant un air solennel qui fait sourire Sacha.

Sandra semble enthousiaste, ce qui n'a pas échappé à Sacha. Ce dernier a bien l'intention d'en profiter. Il souhaite gagner sa confiance en lui faisant une déclaration inattendue.

— Ça me fait plaisir d'être là avec toi.

— Moi aussi ! rétorque-t-elle.

— En fait, peu importe qu'on aille dîner. Je crois même que tu me coupes l'appétit. J'ai envie de discuter, j'ai envie de te regarder, j'ai envie de marcher avec toi. C'est ça, l'effet que tu me fais depuis hier.

Sandra sent son cœur palpiter. Elle garde la tête basse et se mord les lèvres.

— Je suis comme toi en fait, poursuit Sacha.

— C'est-à-dire ?

— Je suis étonné que tu sois célibataire.

— Je n'ai pas dit que je l'étais !

— Ah... hum... alors disons que j'ai interprété les choses. Mais, je suppose que si on est là tous les deux, c'est que je dois avoir un peu raison, non ?

— Soit. Supposons que tu aies raison !

— Tu vois, tu me fais rire ! Tu as tout pour toi. Tu es charmante et... plutôt sympathique, se moque-t-il.

— Je suis adorable, tu veux dire !

— J'adore ton sens de la répartie !

— Ça me demande beaucoup d'efforts, crois-moi !

— En général, ou avec moi en particulier ?

Sandra fait mine de réfléchir. Elle dévisage Sacha d'un air faussement réprobateur.

— Avec toi, évidemment !

— Je prends ça pour un compliment.

La jeune femme observe Sacha malicieusement. Ses magnifiques yeux verts, dissimulés derrière quelques mèches rebelles, brillent d'un éclat pur et intense. Sacha, qui a senti son regard, se tourne vers elle. Immobiles et silencieux, ils se sourient tendrement. Elle a peur de l'avenir, il la rassure. Il cherche à la comprendre, elle se dévoile peu à peu. Sacha en est certain, Sandra est prête à l'embrasser, là, maintenant, tout de suite. Le décor s'effacerait, la foule se volatiliserait, le temps s'arrêterait. Ils se rapprocheraient lentement l'un de l'autre, leurs mains se frôleraient. Et l'instinct ferait le reste. Mais les choses vont trop vite pour Sacha. Alors, ce dernier reprend la discussion, au grand dam de Sandra.

— On devrait peut-être aller manger, non ?

Le rire désabusé de la jeune femme en dit long sur sa vision des choses.

— Mon charme n'a visiblement aucun effet ! Ni sur toi ni sur... ton estomac. Tu aurais mieux fait de te taire tout à l'heure !

— OK, reconnaît Sacha, tu as raison. Je me suis un peu avancé. Mais on sera mieux à l'intérieur. Je suis gelé !

Le repas se termine. Attablés dans un restaurant indien depuis près d'une heure, Sacha et Sandra attendent leur dessert. Sacha, qui s'est montré très prudent jusque-là, devient soudainement plus curieux.

— Ce midi, tu m'as posé quelques questions indiscrètes. Tu t'en souviens ?

— Oui, enfin, tu es resté très évasif. Pourquoi tu me demandes ça ?

— J'aimerais jouer moi aussi.

— Hou là ! Tu me fais peur !

— J'ai envie d'apprendre à te connaître, c'est tout.

Sandra sent ses angoisses ressurgir. Elle regrette de ne pas avoir pris de comprimé en début de soirée. Il est trop tard maintenant. Elle doit se débrouiller par ses propres moyens. Elle ne peut pas fuir éternellement. La franchise reste sa seule issue.

— Très bien, je t'écoute...

— Bon. Par où commencer ? Tiens... À quel âge es-tu sortie pour la première fois avec un garçon ?

Sandra pouffe de rire et se détend par la même occasion.

— Qu'y a-t-il de si drôle ? s'enquiert Sacha.

— Je ne sais pas. Je ne m'attendais pas à ça. C'est plus facile que ce que je croyais. Mais je sens que ça va se corser. Enfin bref... Je devais avoir onze ans.

— Onze ans ! s'exclame Sacha, stupéfait. Mais tu étais encore à l'école primaire !

— Oui, répond Sandra, le sourire aux lèvres. On dit souvent que les filles sont plus matures à cet âge-là.

— Quel rapport avec la maturité ? Et puis, vous étiez deux, il me semble ! À cette vitesse, tu as dû en rencontrer un paquet !

— Je ne les ai pas comptés, je te rassure. Mais si tu veux tout savoir, le premier avec qui ça a été vraiment sérieux s'appelait Olivier. On était en terminale. On est restés ensemble un an. C'est moi qui ai rompu.

— Pourquoi ?

— Parce que j'étais jeune. Un an, ça me paraissait une éternité ! J'avais besoin de vivre d'autres expériences pour ne pas avoir de regrets.

— Et c'était toi la fille de référence au lycée ?

— La fille de référence ? répète Sandra, en grimaçant de dégoût. Ça veut dire quoi ?

— La plus belle ! Celle dont tout le monde parle ! À mon avis, tu devais déjà être très séduisante à l'époque. Je suis sûr que tous les garçons s'intéressaient à toi !

— Mais c'est n'importe quoi !

— Réponds !

— Franchement, j'en sais rien !

— Allez, arrête ! Ça se lit sur ton visage.

— Je te laisse imaginer ce que tu veux, conclut Sandra. Ensuite, il y a eu Maxime. On s'est connus à la fac, précise-t-elle, d'une voix mélancolique.

La jeune femme baisse la tête. Son enthousiasme a disparu. Elle n'est plus vraiment la même. Sacha, qui devine sa souffrance, tente de lui venir en aide.

— C'était l'homme de ta vie ?

— Apparemment non, soupire Sandra. On était dans la même promotion. On est sortis ensemble au bout de trois ans. Il avait décidé d'organiser une fête chez lui, après nos examens. Ça avait l'air officiel. Mais en réalité, il a appelé tous nos amis les uns après les autres pour annuler. Personne ne m'a rien dit, évidemment. Quand il a ouvert la porte de son appartement ce soir-là, j'ai tout de suite compris qu'il n'y aurait que nous deux. Ça m'a plu, et à vrai dire, je ne sais pas pourquoi. J'ai toujours pensé que si un garçon me faisait un coup comme ça un jour, je trouverais ça complètement idiot. Mais en fin de compte, ça m'a déstabilisée. Et puis, finalement, on s'est regardés et on s'est embrassés. Ça a marqué le début d'une belle histoire...

— Tu es restée longtemps avec lui ?

— Quatre ans. Et tu as raison, j'étais persuadée que ce serait lui l'homme de ma vie. On a vécu tellement de choses ensemble. On parlait de mariage. On allait avoir un bébé...

Sacha, qui avait écouté la jeune femme avec compassion, fronce subitement les sourcils. La sincérité avec laquelle Sandra évoque cet épisode de sa vie le perturbe terriblement. Il tient absolument à en apprendre davantage.

— Qu'est-ce qui s'est passé ?

— Il m'a quitté au moment où j'avais le plus besoin de lui.

— Pourquoi ? Il avait rencontré quelqu'un ?

Mais Sandra ne réagit pas. Elle n'a plus la force de continuer. Sacha comprend qu'il devra faire preuve de patience s'il désire obtenir les réponses aux questions qui le taraudent. Pourquoi Maxime a-t-il disparu ? Qu'est-il arrivé à ce bébé ? Sacha le sait, Sandra n'est pas encore prête à dévoiler tous ses secrets.

Une fois dehors, Sacha propose à la jeune femme de la raccompagner. Mais Sandra préfère rentrer par ses propres moyens. Elle a besoin d'être seule. De chaudes larmes ruissellent le long de ses joues. Sacha aimerait la prendre dans ses bras, mais il reste figé, incapable de la consoler.

Sur le chemin du retour, Sacha repense à cette étrange soirée. Il se sent mal à l'aise, partagé entre l'amour inconditionnel qu'il voue à sa femme et cette folle envie de revoir Sandra. Si cette dernière accepte un nouveau rendez-vous, il devra dévoiler à son tour une part de son intimité. Et cela lui fait terriblement peur. Car il se rend compte qu'en présence de Sandra, rien ne se déroule jamais comme prévu.

Chapitre 11 – Alex
22h00

Alex venait de traiter quelques mails reçus durant l'après-midi. Il disposait à présent d'une petite demi-heure pour rappeler Vanessa, avant que Mel ne soit de retour. Il composa alors le numéro de son ancienne collègue, qui décrocha aussitôt.

— Bonsoir, Alex. J'ai de bonnes nouvelles pour toi. J'ai tout ce dont tu as besoin. Mais il va falloir payer !

— Je ne suis pas sûr de comprendre ?

— Qu'est-ce que tu serais prêt à faire pour obtenir ces renseignements ?

— Hum...

— J'aimerais que tu m'invites à dîner ! Ce serait amplement mérité.

Mais devant le silence gêné d'Alex, la commerciale cessa la plaisanterie.

— Je rigolais ! Bon, tu m'écoutes ? J'ai beaucoup de choses à te raconter !

— Je ne voulais qu'un nom !

— Je suis perfectionniste, tu devrais le savoir. Tu as de quoi noter ?

— Je prends une feuille.

Vanessa communiqua à Alex l'ensemble des informations qu'elle avait glanées tout au long de la journée et termina par le point le plus important.

— La société s'appelle Suntek. C'est une entreprise spécialisée dans le développement d'applications mobiles...

comme Agility ! L'homme qui est à sa tête est un certain... Attends que je me relise... Ah oui, voilà : Jacques Petigo.

— Hum... Petigo ? J'ai déjà entendu ce nom-là quelque part. Mais, dis-moi, comment tu as fait pour te procurer ces infos en si peu de temps ?

— J'ai mon réseau ! Et pour le coup, ça n'a pas été très compliqué. Synergie est l'un de nos plus gros clients. Nous avons à peu près une centaine d'ingénieurs qui travaillent dans leurs différents services, à Lyon et à Paris. Mon collègue de bureau en connaît quelques-uns. Il est manager. Il va régulièrement les voir quand il se rend chez Synergie. Il a contacté l'un d'entre eux cet après-midi. Un chef de projet basé à Lyon qui devrait travailler avec l'entreprise qui remportera l'appel d'offres. Il avait entendu quelques bruits de couloir. Je lui ai seulement suggéré d'approfondir la question.

— C'est-à-dire ?

— Je lui ai fait croire que nous avions été consultés nous aussi, en tant que sous-traitant d'une des sociétés engagées dans l'appel d'offres. Par conséquent, toute information était bonne à prendre.

— Ton collègue de bureau savait que tu mentais.

— Oui, mais il m'a laissée faire. Ce genre d'info, ça vaut de l'or.

— Et votre prestataire ?

— Il a été un peu surpris, mais il ne s'est pas montré trop curieux. Il a fait ce que je lui ai demandé, ce qui est le plus important. Comme il a accès à certains répertoires sur le réseau informatique de Synergie, il a réussi à se procurer la grille de notation.

— Tu veux dire les scores attribués à chaque entreprise ?

— C'est bien ça. Avec, en prime, les commentaires des évaluateurs...

— Vanessa, je ne peux pas !

— Je me doutais que tu réagirais comme ça ! Mais, ne t'inquiète pas ! J'ai déjà tout envoyé à Christophe. Vous ne pouviez pas passer à côté d'une telle opportunité. C'est une façon de me faire pardonner pour... enfin, tu sais de quoi je parle.

Alex aurait aimé effacer ce souvenir de sa mémoire. Il regrettait amèrement l'épisode auquel Vanessa venait de faire allusion. Lui, qui s'était toujours vu comme un homme droit et intègre, avait dû se remettre en question à la suite de cet incident survenu deux ans plus tôt.

À l'époque, Alex et Mel essayaient d'avoir un enfant. Cela durait depuis près d'un an. Mel souhaitait ardemment tomber enceinte, mais Alex ne se sentait plus désiré. Son enthousiasme initial s'était peu à peu refroidi. La passion avait laissé place à une mécanique répétitive et monotone. Chaque mois, l'espoir renaissait avant de s'évanouir brutalement, balayé par cet intarissable flot de pourpre, véritable supplice à la fois cruel et éprouvant. Alex avait pris ses distances, lassé par l'attitude de sa femme qui n'avait plus que cette idée en tête. Sa vision des choses était sans doute un peu réductrice et il avait ses torts, lui aussi. Mais rejeter la faute sur Mel lui permettait de se déculpabiliser. Au travail, il ne cherchait pas vraiment à cacher ses problèmes. Christophe était toutefois le seul à en connaître tous les détails. Quant à Vanessa, elle se délectait à écouter ses lamentations. La commerciale, libre et désinvolte, ne s'était pas fait prier pour pointer du doigt le manque d'affection manifeste de sa femme. Elle avait d'ailleurs clairement affiché ses intentions. Et Alex avait trouvé un certain réconfort auprès d'elle. Il assimilait ça à une petite vengeance personnelle sur Mel, à qui il reprochait d'être trop distante. Dans son esprit, cependant, il restait persuadé que tout cela ne dépasserait pas le stade de la séduction. Mais sa vision des choses avait radicalement changé au cours de cette fameuse soirée, un peu trop arrosée. Il était sorti avec Christophe et Vanessa pour fêter ce contrat remporté contre toute attente. La commerciale avait tout fait pour attirer Alex dans ses filets, profitant, sans aucun scrupule, des effets de l'alcool sur son comportement. Elle le savait en couple, mais rien ne semblait pouvoir l'arrêter. Alex, bercé par l'ambiance et le bien-être que lui procuraient les regards aguicheurs de sa prédatrice, s'était laissé prendre au jeu. Il s'était mis à boire, plus que de raison. Christophe, qui observait la scène, avait attendu le moment opportun pour intervenir. Il avait proposé à ses deux collègues de se rendre dans une discothèque située à proximité. Mais une fois à l'extérieur, il avait vivement reproché à Vanessa son attitude déplacée. La commerciale, ulcérée par les critiques formulées à son encontre, avait répondu du tac au tac avant de rentrer chez elle, furieuse. Alex, qui était resté à l'écart, n'était plus en mesure de tenir debout. Son chef l'avait contraint à passer la nuit dans son appartement pour lui éviter d'avoir à croiser Mel dans un tel état. Il ne s'était pas gêné pour lui faire la morale le lendemain matin. En outre, il l'avait incité à prendre quelques jours de repos, le temps que Vanessa achève sa mission. Mel n'en avait jamais rien su. Quant à Alex, il avait longuement médité la leçon et en avait tiré ses propres conclusions. Il n'avait pas ménagé ses efforts les semaines suivantes... et s'était progressivement rapproché de sa femme. Le résultat ne s'était pas fait attendre, puisqu'Anna avait été conçue trois mois plus tard.

— Je sais que ça ne changera rien... mais je tenais à m'excuser pour ce qui est arrivé. Tu es partie à cause de moi... et depuis, on n'a jamais eu l'occasion d'en reparler. Je vivais des moments difficiles avec Mel. Mais je n'aurais pas dû te laisser croire que...

— Ne t'en fais pas, Alex ! On commet tous des erreurs. Il faut juste ne pas les reproduire. Tu as repoussé mes avances, alors ne trompe jamais ta femme ! Tu es quelqu'un de bien, j'en suis convaincue. C'est pour ça que j'ai envoyé les documents à Christophe.

— OK...

— Je ne voulais pas te mettre dans l'embarras. Christophe a des principes lui aussi, mais je suis sûre que ces fichiers l'intéresseront. Il est pragmatique. Je lui ai écrit que je lui transmettais ces infos pour le remercier de tout ce qu'il avait fait pour moi. Je ne lui ai pas parlé de toi et il ne sait pas non plus que c'est toi qui m'as contactée. J'imagine qu'il n'apprécierait pas.

— Merci, Vanessa, je dois te laisser. Mel vient d'arriver.

— Au revoir, Alex.

En ouvrant la porte, quelques instants plus tard, Mel fut surprise de tomber nez à nez avec son mari. Elle craignait fort qu'il ait pu entendre la fin de sa conversation téléphonique, mais le comportement d'Alex la rassura aussitôt. Ce dernier l'attendait dans le couloir et l'accueillit chaleureusement. Il l'embrassa sur la joue puis l'accompagna jusque dans le salon. Mel avait été imprudente. Elle devrait faire plus attention dans les jours à venir. D'ici samedi, tout serait fin prêt. Il fallait tenir encore un peu. Elle fixa alors son mari et se conforta dans l'idée qu'il ne pouvait pas imaginer un seul instant ce qui se tramait dans son dos.

Chapitre 12 – Sacha

23h00

Si des aveux sincères peuvent soulager les consciences tourmentées, ils peuvent également faire ressurgir du passé des secrets profondément enfouis... Sandra, qui vagabonde dans les rues de Paris, vient de l'apprendre à ses dépens. Les circonstances l'ont contrainte à écourter la soirée et elle redoute la réaction de Sacha, désormais. Elle regrette de ne pas être allée au bout de ses explications. Elle aurait aimé s'ouvrir davantage pour qu'il comprenne sa douleur. Cela reste un bon début malgré tout. Elle a levé le voile sur toute une partie de sa vie, presque naturellement, alors qu'elle le connaît à peine. Elle n'est pas entrée dans les détails, il est encore trop tôt pour cela. Peut-être doit-elle répéter l'expérience pour franchir un nouveau cap ? Elle se pose beaucoup de questions, cependant. Pourquoi a-t-elle fait ça ? Comment décrire cette étrange sensation, ce soulagement éphémère, qui s'est emparé d'elle après coup ? D'où lui vient ce besoin si pressant de revoir Sacha ? Elle apprécie sa gentillesse et elle se sent bien à ses côtés. Elle se plaît à croire qu'il est cet homme providentiel qu'elle attend depuis si longtemps, cet homme qui saura lui faire à nouveau goûter aux plaisirs de l'amour.

Sandra pénètre à l'intérieur de son immeuble, gravit rapidement les trois étages qui la séparent de son palier, et s'engouffre dans son appartement. Elle s'est installée ici il y a quelques années, après le départ de Maxime. Elle avait misé sur ce changement radical pour faire renaître l'espoir d'une vie meilleure.

Après avoir refermé la porte, Sandra file directement dans la salle de bain qui est devenue un point de passage obligé à chaque fois qu'elle rentre chez elle. Elle commence par se démaquiller et faire tomber le masque qu'elle porte en public. Puis elle enfile son pyjama et s'enveloppe dans un gros pull en laine. Finalement, elle regagne le salon, allume la petite lampe posée sur la commode et s'allonge sur son canapé. Elle peut rester des heures ainsi, à regarder la télévision, les yeux perdus dans le néant. Dans son entourage, seules sa famille et sa psychologue savent qu'elle mène une double vie. Sa voix, son visage... ses gestes maladroits... sont empreints d'une tristesse poignante. Son appartement s'est transformé en lieu de recueillement à l'intérieur duquel le temps semble s'être arrêté. Les photos accrochées au mur n'ont pas changé depuis qu'elle a emménagé ici. Les finitions, reportées à plus tard, attendent toujours le passage d'un artisan. Hormis Sandra, personne n'a mis les pieds ici depuis des mois. À force de patience et de persévérance, elle est parvenue à relever la tête et à réduire le désordre qui s'était propagé un peu partout. Toutefois, depuis quelques jours, Sandra sent poindre une rechute. La vaisselle s'est entassée dans la cuisine et la table de la salle à manger croule sous les papiers. L'atmosphère est pesante, presque suffocante. Seul le son de la télévision perce le silence feutré de la nuit. Sandra ne croit plus aux miracles. Elle connaît le prix à payer pour ne plus penser. Cela fera bientôt quatre ans jour pour jour. L'anniversaire funèbre approche à grands pas.

Sandra compare souvent sa vie à un électrocardiogramme lent et régulier qui aurait connu quelques soubresauts. *La naissance de sa sœur, Johanna, alors qu'elle n'a que cinq ans. Ses quelques victoires en tournois de tennis durant son adolescence. Ses diplômes.* Ses souvenirs défilent dans sa tête, mais c'est Maxime qui hante son esprit, à présent. *Leur rencontre, leur premier baiser, leur première nuit d'amour, la demande en mariage, le bébé. Jusqu'à ce jour maudit qui a tout remis en cause.* Sa psychologue l'a aidée à surmonter cette terrible épreuve. Sans elle, Sandra n'y serait jamais parvenue. La jeune femme en est persuadée. Après le choc, le déni, la colère... cela fait presque quatre ans qu'elle a sombré dans une profonde dépression. Elle a vécu des moments difficiles, connu des hauts et des bas... mais son traitement a fini par apaiser ses souffrances. Elle se sent à nouveau capable d'affronter le monde extérieur et d'en braver tous les dangers. Sa solitude, chaque soir, en est l'inévitable contrepartie. Elle ne regrette pas ce qu'elle a fait... ou plutôt ce qu'elle a dû faire. Tout s'est passé si vite. Elle a agi dans l'urgence, guidée par son instinct maternel. Elle en déplore aujourd'hui encore les conséquences. Mais elle s'est retrouvée confrontée à un dilemme insoluble. Alors, elle a fait le choix qui lui a semblé le moins mauvais. Avant d'être emportée dans un tourbillon infernal. Ce qui s'est écrit ensuite n'était que sa destinée. Sa tragique destinée.

Deux heures plus tard, alors qu'elle s'apprête enfin à aller se coucher, la sonnerie de son téléphone portable la fait tressaillir. C'est Patrick Marchal qui cherche à la joindre. Avec lui, rien n'est jamais conforme aux règles établies.

— Excusez-moi de vous déranger à une heure si tardive, je pensais tomber sur votre répondeur, se justifie l'homme d'affaires.

— Je ne dors pas... mais cela ne doit pas vraiment vous surprendre. Que voulez-vous ?

— Oh ! Je suis vraiment désolé. Il n'y avait rien d'urgent.

— Dites-moi !

— Très bien ! Je... je souhaitais simplement vous proposer de sortir un soir, cette semaine. Mais pas au restaurant. Quelque chose d'un peu différent. C'est toujours mieux que de rester enfermée chez vous, non ?

— Jusqu'à présent, nous nous contentions de dîners en tête-à-tête.

— J'aime le changement ! J'ai envie de vous faire partager ma passion pour la musique. J'adore l'opéra ! Je ne sais pas si vous y êtes déjà allée ?

— Non, jamais !

— Alors, ce serait un honneur de vous y emmener. Qu'en pensez-vous ?

— Eh bien, pourquoi pas ? Ça me changera les idées.

— Oui, je sais, vos souvenirs...

— Il y a de ça mais... pas seulement. J'ai rencontré quelqu'un.

— Ah bon ! s'exclame Marchal, qui feint l'étonnement. C'est une bonne nouvelle, non ?

— Oui... enfin, on ne s'est pas quittés en très bon terme. À cause de moi.

Marchal a réussi à obtenir ce qu'il souhaitait sans dévoiler ses intentions. Sandra fréquente bien quelqu'un. Son contact a vu juste. Dans l'absolu, cela ne lui pose pas de problème. Mais il faut qu'il en apprenne davantage. Cela fait quatre ans qu'il connaît la jeune femme. Il l'a prise sous son aile alors qu'elle vivait un véritable calvaire. Il s'est montré patient, et rassurant, comme l'aurait fait le propre père de Sandra parti quelques années plus tôt. Mais, s'il n'a jamais cessé de prendre soin d'elle, il contrôle également ses moindres faits et gestes. La relation qu'il entretient avec la jeune femme peut paraître ambiguë. Sandra n'hésite pas à lui demander conseil et prend toujours son avis en considération. Sans être un père de substitution à proprement parler, Marchal veille sur elle tel un vieux sage « désintéressé »...

— Dans ce cas, je ne suis pas prioritaire. Si cet homme vous plaît, vous devez tout faire pour le garder ! Est-ce indiscret de vous demander son nom?

— Sacha.

— Sacha, dites-vous ? Et quand le revoyez-vous ?

— Jeudi, s'il n'a pas changé d'avis...

— Je suis sûr que non... Bon, je ne vais pas vous déranger plus longtemps. Vous devriez aller dormir. Il est tard, et il me semble que vous avez beaucoup de travail en ce moment.

— Oui, comme tous les jours depuis quatre ans. J'en ai besoin !

— Je sais, mais vous devez aussi vous reposer. Bonne nuit Sandra.

— Bonne nuit.

Marchal vient à peine de raccrocher. Il doit maintenant répondre à son contact, cet homme qui lui a envoyé ce message très personnel et cette photo de Sandra en compagnie de son nouvel ami, plus tôt dans la journée.

« Oui, il faut que nous nous parlions. Et vite. Je vous appellerai demain. Je souhaite en savoir plus au sujet de Sacha. »

Interlude

Cinq mois après la fin de l'appel d'offres

« Le souvenir de cette vision surréaliste m'obsède comme si les faits s'étaient déroulés hier. Cela fait pourtant déjà cinq mois. Cinq mois se sont écoulés depuis cette nuit si étrange qui a vu l'espoir se substituer à la colère. Cinq mois durant lesquels j'ai appris à connaître le Visiteur du Soir. Cinq mois qui m'ont semblé si longs ! Rien ne s'effacera jamais. Mon esprit, hanté par une frustration grandissante, s'égare peu à peu. Seul ce but à atteindre, cette mission que je me suis fixée, me permet de supporter cette atroce souffrance.

Je me souviens de chaque détail... de cette voiture qui a surgi de nulle part alors que je m'apitoyais sur mon sort... de cette traque qui m'a conduit à Flins, au fin fond des Yvelines... de ce visage tourmenté, perdu au milieu des ténèbres, se dessinant sous mes yeux incrédules.

Cet évènement inattendu a redonné un sens à ma vie. J'avais de nouveau un but, une raison d'exister. Les circonstances m'ont néanmoins obligé à réfléchir, à prendre mon temps. J'ai longuement hésité. J'ai même failli renoncer à plusieurs reprises. Et je me suis beaucoup interrogé. Pourquoi moi ? Pourquoi elles ? Comment réparer une telle injustice ? Et demain, à quoi ressemblera mon avenir ?

La folie me guette. Je résiste, je lutte, je refuse de céder à la fatalité... mais une haine viscérale me ronge de l'intérieur. Je suis pris au piège, animé par un insatiable désir de vengeance, incapable cependant de mettre mon projet à exécution. Car oui, je l'admets, la peur me tétanise !

Mes investigations se sont poursuivies ces dernières semaines. Mon enquête progresse à grands pas. Mais des zones d'ombres demeurent.

Le Visiteur du Soir m'a volé ma femme. Pourtant je ne vois plus en lui cette bête sanguinaire qui rôde dans les ténèbres lorsque je parviens enfin à trouver le sommeil. N'est-il pas, en définitive, un être désespérément ordinaire ? Un être faible et fragile à la fois ?

Bien que cette vérité soit inavouable, il est vrai que j'éprouve un certain plaisir à contrôler la vie de cette proie docile. Cette emprise que j'exerce sur lui me remplit d'une délicieuse ivresse. Et cela suffit à contenir mon impatience. Mais pour combien de temps encore ? »

MERCREDI

Chapitre 13 – Alex
04h00

L'individu, tapi dans l'ombre, observa les environs, mais il n'y avait personne en vue. Il recula légèrement et se prépara à passer à l'action lorsqu'une clameur confuse s'éleva dans la nuit. Il releva la tête et aperçut un groupe de jeunes, passablement éméchés, qui marchaient dans sa direction, sur le trottoir d'en face. Le petit groupe passa à une dizaine de mètres de lui, en criant et en proférant des jurons aussi fort que possible. Le quartier replongea ensuite dans le silence, tandis que les jeunes disparaissaient au loin. L'individu attendit encore un peu, jeta un dernier coup d'œil à sa montre, et s'élança enfin. Il fonça droit devant lui et se retrouva, quelques instants plus tard, au pied d'un immeuble de bureaux. La porte ne résista pas longtemps à ses mains expertes. Il crocheta la serrure, s'engouffra dans le hall d'entrée et gravit l'escalier d'un pas rapide. Une fois arrivé au deuxième étage, il fit une courte pause afin de reprendre son souffle et en profita pour ôter son blouson. Son crâne rasé, son regard agressif et la longue cicatrice qui défigurait son visage lui conféraient une allure inquiétante. L'individu posa son sac à terre et en sortit un pied de biche, ainsi qu'une carte magnétique qu'il utilisa pour pénétrer dans l'appartement de gauche. Il referma la porte derrière lui et inspecta chacune des pièces. C'était un rituel sacré, comme un prélude à la barbarie, qu'il respectait scrupuleusement à chaque fois qu'il s'introduisait quelque part. À l'issue de son repérage, il traversa le couloir et se dirigea vers les deux bureaux du fond. Armé de son pied de biche, il détruisit tout le mobilier. Il renversa les étagères, brisa trois chaises en bois et pulvérisa les écrans d'ordinateur. Les deux pièces se retrouvèrent rapidement sens dessus dessous. Sa fureur dévastatrice redoubla d'intensité et la violence fit rage durant de longues minutes. Finalement, l'individu se résigna à prendre la fuite à contrecœur. Sa mission achevée, il ne servait à rien de courir des risques inutiles. Alors, il déposa une enveloppe sur le sol et disparut comme un fantôme.

Cinq heures plus tard, Alex entra dans les locaux d'Agility. La conversation téléphonique qu'il avait eue avec Christophe un peu plus tôt ne laissait rien présager de bon. Ses craintes se confirmèrent rapidement lorsqu'il découvrit, catastrophé, l'état du bureau de son chef. Il parcourut la pièce du regard, sans broncher, choqué par un tel déferlement de haine. Les salariés de l'entreprise n'étaient pas encore au courant puisque seuls les bureaux d'Alex et de Christophe avaient été pris pour cible. Le directeur d'Agility tenait à garder le secret pour le moment. C'est pourquoi il avait évoqué une enquête de voisinage visant à faire la lumière sur une série de cambriolages perpétrés dans le quartier, pour justifier la présence de la police ce matin-là.

— Salut, lança Christophe, d'un air dépité.

— Il s'est passé quoi ?

— J'en sais rien !

— Tu crois que ça a un rapport avec le colis ?

— Oui, c'est sûr ! Tiens ! Lis cette lettre ! ajouta Christophe, en tendant une feuille à son ami. Je l'ai trouvée par terre.

Alex, le visage blême, parcourut les quelques lignes en diagonale.

— Encore des menaces ?

— Oui. Il est question de notre conversation téléphonique et de notre refus d'obtempérer.

— Qui est à côté ? demanda subitement Alex, qui avait entendu des bruits suspects en provenance de son bureau.

— Les deux policiers chargés de l'enquête. Ils relèvent des empreintes.

— J'espère qu'ils trouveront quelque chose. Parce que là, franchement, ça commence à devenir très inquiétant !

— Je préfère te prévenir tout de suite, je leur ai parlé de Stéphane.

— Je sais... c'est la piste la plus crédible à tes yeux, souffla Alex d'une voix résignée.

— Hier, tu disais que toute cette affaire avait probablement un lien avec le dossier Synergie...

— Je le crois toujours.

— Eh bien, je pense que tu as raison. Stéphane cherche peut-être à se venger de cette manière. Je ne suis pas sûr qu'il aimerait nous voir remporter l'appel d'offres.

— C'est possible, mais...

— Et le pire, c'est que ça fonctionne ! clama haut et fort Christophe. Regarde ! ajouta-t-il en écartant les bras, comme si l'évidence lui sautait aux yeux. On perd notre temps, on n'arrive pas à se concentrer !

Alex, à la fois nerveux et très inquiet, ne parvenait plus à démêler toutes les pensées qui se bousculaient dans sa tête.

— Et puis, cette nuit, reprit Christophe, j'ai réfléchi à cette histoire de rachat. Stéphane était au courant. Quand on a reçu cette proposition il y a six mois, je lui en ai parlé pour connaître son avis. Il venait d'être embauché, il avait un regard neuf sur le sujet.

— Tu en avais discuté avec lui ? s'étonna Alex.

— Oui. Et d'ailleurs, il savait que nous n'avions pas le même point de vue. Il s'en sert peut-être pour nous diviser.

Alex soupira. Les arguments de son chef n'étaient pas dénués de sens.

— Donc, tu es persuadé que c'est lui ?

— Non ! Mais prouve-moi le contraire, alors ! Tu as tes convictions, j'ai les miennes !

Christophe semblait fort contrarié. Il se retourna subitement et attrapa une enveloppe posée sur son bureau.

— C'est quoi ? demanda Alex.

— Je n'ai rien dit aux enquêteurs. Je préférais d'abord t'en parler. Il y a deux photos dans l'enveloppe : une de mon appartement, et...

— Et ? répéta Alex, qui imagina le pire.

— Une... d'Anna, Mel et toi.

À ces paroles, le sang d'Alex ne fit qu'un tour. Il arracha l'enveloppe des mains de Christophe et en sortit les deux photos qu'il examina longuement. Il était terrorisé à l'idée de voir sa femme et sa fille mêlées à cette histoire. Il ferma les yeux et s'affala sur la seule chaise encore en état. Qui pouvait leur en vouloir au point de leur adresser des menaces personnelles ? Qui pouvait se comporter de la sorte, simplement pour chercher à les intimider ? Qui pouvait avoir l'audace d'aller si loin au risque de se voir traqué par la police ?

— Alors, tu comptes faire quoi ? On en parle aux enquêteurs ? suggéra Christophe.

— Il faut que je réfléchisse !

— Comment ça ? Tu n'as quand même pas l'intention de garder ça pour toi ? C'est toi qui m'as conseillé d'aller porter plainte, je te rappelle.

— Il s'agit de ma famille cette fois !

— Très bien ! Mais décide-toi vite ! Il est hors de question de mettre la vie de qui que ce soit en danger dans cette entreprise.

— J'ai besoin de temps !

— On n'en a pas !

Christophe se tut brusquement. Il ne servait à rien d'en rajouter. Il devait tenir son rôle. Aussi, il prit le temps de la réflexion et poursuivit plus calmement.

— De toute façon, on doit attendre que la police revienne vers nous au sujet des empreintes et du colis.

— Et en ce qui concerne l'appel d'offres ?

— Ils m'ont conseillé de reporter notre déplacement.

— Hein ? Mais c'est impossible !

— Je sais ! On est coincés. Pour être sincère, s'il n'y avait que moi, j'abandonnerais ! D'ailleurs, tu devrais peut-être songer à vendre tes parts.

— Donc ça va s'arrêter comme ça ? Après toutes ces années ?

— Je dis simplement qu'on ne doit écarter aucune option.

Au même instant, le téléphone d'Alex se mit à vibrer. Ce dernier lut rapidement le message qu'il venait de recevoir, avant de s'adresser à Christophe.

— Anna est malade, elle ne va pas à la crèche cet après-midi. Et Mel a une réunion de service à midi et demie. Je dois rentrer !

— Vas-y ! On rediscutera de ça demain, à tête reposée.

Chapitre 14 – Sacha

11h00

Sacha repense à la soirée qu'il a passée avec Sandra. L'attitude de la jeune femme l'intrigue énormément. Il la croyait sûre d'elle, invulnérable. Elle est pourtant bien plus sensible qu'il ne l'imaginait. Alors qu'il marche dans les rues de Paris, Sacha reçoit justement un mail de Sandra, ce qui éveille aussitôt sa curiosité. Il entre dans un square et s'assoit sur un banc, à l'ombre d'un mur de pierres. Quelles surprises lui réserve la jeune femme ? Quelles sont ses intentions ? Sacha, les yeux rivés sur l'écran de son Smartphone, ne va pas tarder à le découvrir. Sandra accapare toute son attention. Son regard pétillant. Ses instants de faiblesse. Ses secrets. Sacha est obligé d'admettre que sa présence lui est devenue indispensable. Cette pensée l'obsède, car il sent la situation lui échapper. Il se produit quelque chose lorsque Sandra est à ses côtés, qu'il ne parvient pas à s'expliquer. Il a beau se préparer à chacune de leur rencontre, rien ne se passe jamais comme prévu. Tout cela est à la fois grisant et terrifiant. L'excitation monte en lui. Alors, n'y tenant plus, Sacha se plonge dans la lecture du mail de Sandra.

« Tout d'abord, je tenais à m'excuser pour hier soir. J'ai essayé de te parler, mais beaucoup de souvenirs se sont bousculés d'un seul coup. Et maintenant, j'ai peur que tu me prennes pour une fille fragile alors que ce n'est pas le cas. Je ne suis pas du genre à m'apitoyer sur mon sort. Cela dit, c'est peut-être un mal pour un bien. Je vais pouvoir finir ce que j'ai commencé. Comme ça, tu auras toute l'histoire. Par écrit, ce sera sans doute plus facile. Et ensuite, tu feras ce que tu voudras. »

Sacha ne sait pas exactement à quoi s'attendre. Mais une chose est sûre, il est déterminé à revoir Sandra. Il est surpris par son courage et par sa force de caractère. Il se replonge finalement dans la lecture, pressé de percer à jour les secrets les plus intimes de la jeune femme.

« Quand j'ai croisé Maxime pour la première fois, il m'a tout de suite plu. Il était beau, il s'exprimait avec aisance, il était impressionnant. Mais moi, j'étais bien trop timide pour faire le premier pas. Alors, j'ai pris mon mal en patience. J'ai attendu presque trois ans avant qu'il s'intéresse à moi. Ça a été long. Terriblement long. Ce que je détestais par-dessus tout, c'était l'entendre parler de ses copines. De mon côté, j'ai fait quelques rencontres, mais rien de très sérieux. Et puis, un jour, on a fini par sortir ensemble. Comme je te l'ai dit hier, j'étais persuadée que ce serait lui, l'homme de ma vie. Ça a duré un peu plus de quatre ans... quatre ans pendant lesquels je me suis sentie heureuse. Je te raconte tout ça pour que tu comprennes. Je préférerais être avec toi, évidemment, mais je sais que je dois d'abord en passer par là.

Pour fêter nos quatre ans, on s'est offert un voyage à Bali. J'avais hâte de me retrouver là-bas, avec lui, à l'autre bout du monde. Le premier soir, il m'a invité au restaurant. On a beaucoup discuté et on a fait plein de projets. On a parlé de mariage. On s'est imaginé la décoration, le plan de table, la cérémonie. Et puis, il m'a avoué qu'il souhaitait avoir un bébé. Pour être honnête, il n'a pas eu beaucoup de mal à me convaincre. J'étais folle de joie. Ça a été l'un des plus beaux jours de ma vie.

À notre retour de vacances, je suis rapidement tombée enceinte. C'était la première fois que je voyais Maxime dans un tel état. Il était ému. Je me levais tous les matins avec une pêche d'enfer. J'étais insouciante ! On a décidé d'organiser un repas avec nos deux familles, au début du quatrième mois de grossesse, pour leur annoncer la grande nouvelle. Le problème, c'est que ma sœur avait déjà quelque chose de prévu. Alors, j'ai demandé à Maxime si on pouvait lui rendre visite la semaine d'avant. Il ne pouvait pas m'accompagner, car il était d'astreinte. Mais il était d'accord pour que j'y aille seule. »

Sacha est touché par ce qu'il vient de lire. Sandra se livre avec une telle authenticité qu'il en éprouve même une certaine gêne. Ils se sont rencontrés il y a trois jours à peine, pourtant, la jeune femme lui accorde sa confiance comme s'ils se connaissaient depuis des années. Sacha ne sait pas quoi en penser. Ses idées sont un peu confuses. L'assurance qui lui a permis de s'approcher de Sandra dans le hall d'Astero semble avoir disparu. Le visage de sa femme apparaît soudain devant lui, ce qui le plonge un peu plus dans l'embarras. Ses pulsions intestines peuvent-elles justifier à elles seules les dégâts qu'occasionneront ses odieux mensonges ? Sacha a parfaitement conscience de la gravité de la situation, mais il s'en accommode.

« Ce matin-là, j'étais très nerveuse. Je n'avais pas bien dormi. J'étais impatiente de voir ma sœur. J'ai déjeuné avec Maxime avant qu'il ne s'en aille. Je me suis préparée à mon tour et j'ai quitté l'appartement vers huit heures trente. Je voulais partir le plus tôt possible pour profiter de cette journée avec ma sœur. Il y avait un léger brouillard dehors, mais je pensais qu'il se dissiperait au cours de la matinée. Le problème, c'est que plus le temps passait, plus le brouillard s'épaississait. Ce n'était vraiment pas rassurant. Alors, j'ai préféré m'arrêter. Je suis sortie sur une aire d'autoroute, la première que j'ai trouvée. J'ai continué jusqu'au parking, et j'ai commencé à me déporter sur la gauche. Et puis, en une fraction de seconde, je me suis mise à paniquer. Quelqu'un de mal intentionné aurait pu se cacher là. On ne voyait absolument rien ! Avec le recul, je crois que c'était un peu excessif, mais sur le coup, ça m'a semblé parfaitement plausible. Alors, j'ai appuyé sur l'accélérateur et je me suis réengagée. Je ne dépassais pas les 'trente à l'heure', mais j'ai été surprise par une forme, un mouvement... Autant dire qu'il était impossible de distinguer quoi que ce soit dans ce brouillard. »

Sacha lève les yeux au ciel. Il sent son cœur battre avec violence. La scène qui se dessine peu à peu dans sa tête le bouleverse totalement.

« J'ai perdu le contrôle. Tout est allé très vite. J'ai posé instinctivement une main sur mon ventre. J'avais conscience que ça ne changerait rien. Mais je l'ai fait naïvement, pour protéger le bébé. Le choc a été terrible. La voiture a heurté un muret en béton, avant de s'immobiliser. Je me suis mise à crier, à hurler. Tout mon corps tremblait. Ensuite, je ne sais plus très bien ce qui s'est réellement passé ou ce qui est le fruit de mon imagination. Un camion était garé un peu plus loin, mais il n'y avait personne à l'intérieur. Personne aux alentours, non plus. J'étais complètement perdue. Alors, j'ai appelé Maxime. Il m'a dit qu'il partait immédiatement. Il m'a demandé de ne surtout pas bouger, le temps que les secours arrivent sur place. Sa voix m'a rassurée.

Je me suis calmée. Et j'ai changé d'avis. Comme la voiture roulait encore, j'ai foncé en direction d'un hôpital. J'avais peur pour le bébé. En fait, j'étais morte d'inquiétude. Il fallait que je sache s'il y avait le moindre problème. »

Bien qu'il n'ait pas encore tout lu, Sacha entrevoit déjà l'issue tragique de cette histoire. Une histoire qui le touche au plus profond de son être. Cependant, il ne parvient pas non plus à chasser de son esprit les nombreuses interrogations qui s'y sont accumulées depuis quelques minutes. Comment Sandra a-t-elle pu perdre le contrôle de son véhicule ? Que s'est-il passé exactement ? Pourquoi, surtout, n'a-t-elle pas suivi les conseils de Maxime ?

« Maxime m'a rejointe à l'hôpital. Il m'a prise dans ses bras en arrivant. Les examens n'ont rien révélé de particulier, mais je devais tout de même rester sous surveillance. J'ai appelé ma sœur pour la prévenir que je ne viendrais pas. Je lui ai donné des explications assez sommaires. J'ai dû faire de gros efforts pour ne pas craquer au téléphone. Mais après avoir raccroché, je me suis mise à pleurer... à pleurer sans pouvoir m'arrêter. Tout le stress que j'avais emmagasiné s'est évacué d'un seul coup. Heureusement, j'étais bien entourée. Le personnel soignant m'a énormément soutenue. Les médecins ont préféré me garder le temps du week-end. Autant dire que ces deux jours ont été horriblement longs. J'étais hantée par les images de l'accident. Il y avait quelque chose en moi qui se consumait peu à peu. Maxime était anéanti. Il ne supportait pas de me voir souffrir. Quand on est rentrés à la maison, il a tout fait pour me consoler.

Je devais retourner à l'hôpital pour faire un contrôle le mardi suivant. Alors, il m'a forcée à rester au lit. Il voulait que je me repose, que je me détende. Il espérait que le bébé le ressentirait lui aussi. La journée du lundi a été très éprouvante. Les mêmes images ressurgissaient sans cesse. Ça n'arrêtait pas. J'ai essayé de m'endormir, mais c'était impossible. J'ai cru devenir folle. J'avais besoin de prendre l'air. C'est pour ça que je suis partie !

Le soir, quand il est rentré du travail, Maxime était fou de rage. Il ne savait pas où j'étais. Il ne comprenait pas que je sois sortie. On s'est appelés quelques minutes, mais ça s'est très mal passé. La discussion a tourné court. Je ne me sentais pas capable d'affronter son regard. Alors, je me suis réfugiée chez ma sœur, et je lui ai tout raconté.

C'est le lendemain matin que j'ai commencé à perdre du sang. Je suis retournée aux urgences. Mais il était trop tard. On m'a annoncé que le cœur du bébé s'était arrêté. »

Sacha déglutit lentement. Beaucoup de choses s'expliquent tout à coup. Sa vision d'ensemble a quelque peu changé. Il a l'impression d'avoir découvert la « vraie Sandra » à travers ce témoignage émouvant. Il comprend mieux la froideur qu'il a perçue dans son regard lorsqu'il lui a parlé pour la première fois chez Astero. Il relève la tête, pose une main sur son visage et essuie les larmes qui perlent le long de ses joues. Il ne peut s'empêcher de penser à sa femme et à sa fille.

« Les semaines qui ont suivi ont été très dures. Maxime en voulait à la terre entière, et à moi en particulier. C'était sa façon d'extérioriser sa douleur. De mon côté, je passais mon temps à culpabiliser. Notre vie, au quotidien, est devenue un enfer. On n'a pas réussi à surmonter cette épreuve. Alors, on s'est séparés. C'était il y a quatre ans. Depuis, on ne se revoit qu'en de très rares occasions.

Voilà, tu sais presque tout. Tu es libre de faire ce que tu veux. Quoi que tu décides, je respecterai ton choix. Mais sache que j'aimerais te retrouver le plus vite possible. »

Sacha ne regardera plus jamais la jeune femme de la même manière. Ce qu'elle a vécu le touche au plus haut point tant ce drame le renvoie à sa propre histoire.

Sacha se lève et range son téléphone. Il inspire une grande bouffée d'air frais, puis repart en direction de son domicile. Il se repasse le film de ces évènements tragiques et se demande ce qui a bien pu traverser l'esprit de Sandra tout au long de ces quatre dernières années. Obnubilé par ce qu'il a en tête, il ne prête pas attention à la voiture qui démarre au même instant, à quelques mètres de lui, et qui se met à le suivre discrètement...

Chapitre 15 – Alex
11h45

— C'est pour ça qu'elle nous a réveillés ? demanda Alex.

— Nous ? Tu peux me rappeler combien de fois tu t'es levé ?

— Une ou deux, il me semble...

Mel préféra sourire de la réponse de son mari. Elle prit tout de même soin d'apporter quelques précisions.

— J'ai passé la nuit avec elle, Alex ! Et ce matin, on est allées chez le pédiatre. Les médicaments sont sur la table de la cuisine, avec la prescription. Je te laisse ! Ma réunion commence dans trois quarts d'heure.

Alex acquiesça en silence. Il ne souhaitait pas épiloguer. Il savait qu'il serait vite à court d'arguments. Mel ne lui tenait pas rigueur de cette nouvelle nuit blanche, aussi, il valait mieux s'abstenir de mettre de l'huile sur le feu.

Une fois sa femme partie, Alex retourna dans le salon. Anna, allongée sur le grand tapis rouge, avait fini par s'assoupir. Il la regarda tendrement durant quelques secondes. Si leurs proches parlaient d'une ressemblance avec son père, ce dernier ne pouvait s'empêcher de voir le visage de Mel lorsqu'il contemplait sa fille. Il souleva Anna avec une infinie délicatesse, afin de ne pas la réveiller. Puis il l'emporta dans sa chambre, au premier étage. En entrant dans la pièce aux murs roses, Alex se remémora ce jour si particulier où il était allé chercher ses deux femmes à la maternité, un an plus tôt. *Anna avait découvert son petit nid douillet pour la première fois. Mel apparut soudain, bronzant sur la plage, coiffée d'un chapeau de paille, enceinte de quelques mois.* Alex songea alors à cette soirée inoubliable lors de laquelle il avait rencontré celle qui allait devenir sa femme deux ans plus tard.

Il venait de quitter son travail. Mel avait un rendez-vous. Ils se croisèrent par hasard, au détour d'une ruelle, en plein cœur de Paris. Ils échangèrent un sourire. C'est du moins ce dont Alex tenta de se persuader. Mel avait continué sa route. Lui aussi. Avant de faire demi-tour. Il revint sur ses pas, chercha désespérément la belle inconnue et finit par la retrouver assise à l'intérieur d'un bar. Cette dernière, attablée devant un chocolat chaud, discutait avec une autre femme. Alex poussa la porte de l'établissement, et s'installa au comptoir. Il observa Mel pendant près d'une heure, sans pouvoir l'approcher, ce qui ne fit que renforcer son envie de faire sa connaissance.

Des brouhahas. Un doux parfum d'alcool. Et une musique entraînante. La femme blonde se leva et s'en alla enfin. Mel resta seule. Elle avait remarqué la présence d'Alex. Elle avait jeté quelques coups d'œil dans sa direction au cours de la soirée, s'efforçant toutefois de dissimuler ses intentions. Alex la regardait avec insistance. Il était ensorcelé par sa beauté. Il était bien incapable, cependant, de trouver une explication rationnelle à tout cela. Faire ce genre de chose n'était pas dans ses habitudes. Mel lui sourit de nouveau. Cette fois, Alex en était certain. Il éprouva, malgré tout, les pires difficultés à faire le premier pas. Était-ce une invitation ? Ou un simple sourire de courtoisie ? Pour couper court à ses spéculations, il prit son courage à deux mains et alla lui parler. S'en suivit une scène de séduction au cours de laquelle chacun joua son rôle à la perfection. Ce soir-là, Alex rentra chez lui plus tard qu'à l'accoutumée, surexcité à l'idée de revoir Mel dès le lendemain.

Tandis qu'il déposait Anna dans son lit, Alex se sentit léger, ivre de bonheur et regretta d'avoir à quitter sa fille si précipitamment. Il aurait pu rester des heures à l'observer dans son sommeil...

Alex s'installa dans le bureau qui se trouvait à l'autre bout du couloir. Il souhaitait profiter de la sieste d'Anna pour effectuer quelques recherches. Il ne pouvait se résoudre à attendre que la situation se débloque d'elle-même ou que la police avance dans ses investigations. Il désirait prendre les choses en main. La soutenance orale avait été reléguée au second plan. Les menaces reçues en début de semaine le préoccupaient bien davantage. Et que dire de cette photo que lui avait montrée Christophe le matin même ? Voir sa femme et sa fille assises à ses côtés, sur ce cliché pris à leur insu, l'avait profondément choqué. Cependant, Alex avait décidé de conserver la photo, car il craignait pour la sécurité de sa famille. Mais il était peut-être déjà trop tard.

Alex, qui étudiait les renseignements fournis la veille par Vanessa, se saisit d'un petit carnet et d'un stylo et griffonna quelques notes. Il entoura le nom du directeur de la société Suntek, Jacques Petigo. Suntek était, avec Agility, la dernière entreprise engagée dans l'appel d'offres. Alex alluma son ordinateur et navigua sur Internet. Comme il l'avait supposé, Petigo avait laissé quelques traces derrière lui : un CV sur LinkedIn, quelques photos, et des articles de journaux qui ne tarissaient pas d'éloges à son égard. Grâce à ces nouvelles données, Alex dressa un profil sommaire de Petigo : date de naissance, école, grandes lignes de son parcours... Puis il visita le site web de Suntek et s'intéressa à l'organisation de l'entreprise. Il découvrit qu'en plus d'être le directeur de la société, Petigo était également son actionnaire principal. Alex ferma les yeux pour mieux se concentrer. Ce nom lui disait quelque chose. Toutefois, il n'avait pas le moindre souvenir d'une hypothétique rencontre avec cet homme.

Une demi-heure plus tard, Alex avait réussi à glaner de précieuses informations sur Suntek. Il devait creuser d'autres pistes désormais. Après une brève hésitation, il cocha un nouveau nom sur sa feuille : Stéphane. Si Christophe s'était montré convaincant quant à la probable implication de leur ancien collègue, Alex demeurait sceptique. Le profil de Stéphane ne collait pas à l'image qu'il se faisait de leur maître chanteur. Il imaginait quelqu'un de plus expérimenté, de plus puissant également, proche des hautes sphères du pouvoir. Toutefois, une connexion n'était pas non plus à exclure, comme l'avait suggéré Christophe. Un ami de longue date pourrait chercher à venger Stéphane. À force de réfléchir, Alex tiqua alors sur un détail qui était passé inaperçu jusque-là. L'individu qui s'était introduit dans les locaux d'Agility avait forcément une carte magnétique en sa possession puisque la porte d'entrée n'avait pas été fracturée. Cela semblait confirmer la culpabilité de Stéphane dont le badge n'avait pas été désactivé depuis son départ. Malheureusement, le système de sécurité de la start-up ne traçant pas les allées et venues des salariés, cette hypothèse resterait invérifiable.

Alex s'apprêtait à quitter la pièce lorsqu'un flash lui traversa l'esprit. Vanessa avait promis d'envoyer un dossier complet à Christophe la veille au soir. Pourtant, ce dernier n'y avait pas fait allusion lors de leur entrevue matinale. En raison du contexte, Alex s'étonna de cet étrange silence et fut saisi d'un affreux doute. Christophe aurait dû lui en parler. Et si, contrairement à ce qu'elle lui avait annoncé, Vanessa n'avait pas joué franc-jeu ? Elle était moins attachée à Agility que Stéphane n'avait pu l'être. En outre, elle évoluait dans le milieu des affaires depuis suffisamment longtemps pour se montrer capable de monter une telle opération. Et puis, elle avait certainement conservé, elle aussi, quelques griefs à l'encontre d'Agility.

Alex semblait complètement perdu. Il se prit la tête à deux mains. Son chef avait vu juste. Il valait mieux laisser la police faire son travail. Il s'accorda une petite pause, supposant qu'avec un peu de recul, les choses finiraient peut-être par s'éclaircir. Au même instant, les pleurs d'Anna résonnèrent dans la maison. Alex alla chercher sa fille et la serra fort dans ses bras. Le sourire qu'elle lui offrit apaisa momentanément ses tourments.

Chapitre 16 – Sacha
12h30

Comme tous les jours, Sandra a donné rendez-vous à ses collègues à midi et demi devant la cantine. Elle arrive accompagnée de Camille, une petite brune un peu ronde qu'elle connaît depuis son entrée chez Astero, il y a sept ans. Elles ont commencé leur carrière ensemble, au service juridique, avant de prendre des chemins différents, ce qui ne les a pas empêchées de rester très proches. Deux autres filles les rejoignent bientôt. Angie, une grande rousse extravagante de vingt-trois ans, discute avec Jennifer, une blonde un peu plus âgée, plus frêle également, au tempérament impulsif. Les quatre femmes se saluent puis entrent dans le restaurant d'entreprise.

Dix minutes plus tard, enfin assises, elles entament leur repas. La salle est comble à cette heure de pointe, et le va-et-vient des salariés produit un bourdonnement incessant, telle une ruche en pleine effervescence. Chacun s'affaire, se ravitaille, répète instinctivement les mêmes gestes que la veille, avant de repartir pour un nouvel après-midi de labeur. Afin de profiter du soleil qui se fait trop rare ces derniers temps, les quatre collègues se sont installées près de la grande baie vitrée qui surplombe une ruelle en contrebas. Les sujets de conversation varient inlassablement d'un jour à l'autre. Et aujourd'hui, c'est Jennifer qui ouvre le bal. Son ami, qu'elle a rencontré trois mois plus tôt, a emménagé chez elle durant le week-end. Cependant, les choses ne se passent pas comme elle l'aurait souhaité. La jolie blonde s'épanche librement et relate sa vie dans les moindres détails. Elle révèle au grand jour tous les défauts de son malheureux prince charmant. Elle reconnaît toutefois ses propres difficultés à franchir le cap du « vivre ensemble ». Elle supporte mal qu'un homme puisse empiéter sur son territoire, utiliser sa douche, ou laisser traîner ses affaires sales sur le sol de sa chambre. Elle continue son récit, parsemé de multiples péripéties, qu'elle agrémente d'une petite touche personnelle. Elle se livre à des mimiques excessives pour décrire le pauvre garçon devant ses trois collègues hilares. Le calme finit par revenir au bout de quelques minutes. Mais cela ne peut être que temporaire. La question est simplement de savoir laquelle sera la plus prompte à lancer un nouveau sujet de conversation. Et c'est Angie qui s'y colle, au grand dam de Sandra.

— Alors, comme ça, on ne mange plus avec les copines le midi ? Ce n'est pourtant pas dans tes habitudes !

— Je vous l'ai déjà dit... Lundi, j'avais une réunion à treize heures. Et hier, j'avais beaucoup de travail.

— Ah bon, il me semblait t'avoir vue à l'extérieur pourtant !

Sandra se met à rougir. Elle a parfaitement saisi le message. Angie est au courant pour Sacha. Cela ne fait aucun doute. La jeune femme baisse la tête pour tenter de dissimuler son sourire naissant. Mais elle ne peut se dérober bien longtemps aux regards insistants de ses collègues. Elle se décide donc à combattre dignement et à assumer ses actes.

— Tu as quelque chose à me demander Angie ?

— Oui, oui, oui ! répond la rousse, en sautillant sur sa chaise, ce qui déclenche un nouveau fou rire général.

Angie attend que le silence se fasse pour divulguer cette information à peine croyable qu'elle a gardée pour elle jusque-là.

— Comment s'appelle cet homme charmant avec qui tu te baladais hier midi ? Je vous ai croisés par hasard, en revenant de chez un client. Tu es une petite cachottière ! En tout cas, vous aviez l'air... très proches !

— Oh ! s'écrie Sandra, d'une voix indignée. Dis-leur qu'on sort ensemble pendant que tu y es !

— Hou ! Hou ! hululent en chœur ses trois collègues.

— Mais arrêtez, il est juste venu passer un entretien.

— J'espère que c'est dans mon service, la coupe Angie. Il est si beau, précise-t-elle, en accentuant chaque syllabe, comme si cela pouvait le rendre encore plus séduisant.

— Depuis quand tu travailles aux Ressources Humaines, d'abord ? demande Jennifer.

— Il m'a abordée dans le hall, lundi matin. Il voulait des renseignements... sur Astero.

— Des renseignements ? répète Jennifer, le visage déformé par une affreuse grimace. Tu penses sérieusement qu'on va gober ça ? Il y a des centaines de personnes qui défilent à cette heure-là et, comme par hasard, c'est à toi qu'il s'adresse ? Tu parles ! Je crois plutôt qu'il était intéressé. Et toi aussi. C'est pour ça que tu as écouté ses mensonges. Mais je comprends, tu préfères te donner bonne conscience. Il te fait de l'effet et tu n'oses pas l'admettre. Fin de l'histoire !

— Mais attends ! renchérit Angie. Vous vous êtes vus lundi et mardi ? Il est revenu pour toi alors ?

Sandra se recule légèrement sur sa chaise. Ses trois collègues maintiennent une pression constante. Elles penchent leur tête en avant et la sondent du regard, tels des prédateurs encerclant leur proie. Elles ne la quittent pas des yeux. Sandra, totalement acculée, finit par éclater de rire.

— Vous êtes terribles, vous savez ? Oui, c'est vrai, ça s'est passé à peu près comme ça. Il est venu me parler parce qu'il me trouvait... soucieuse, nuance la jeune femme. Et puis, il voulait vraiment des informations sur Astero. Mais je suis restée très réservée. Je ne me souviens même plus de ce que j'ai répondu. De toute façon, il ne signera pas ici. Il a reçu d'autres propositions plus intéressantes. On a un peu discuté, il m'a demandé mon prénom et je suis partie.

— Comme une voleuse, termine Angie. Tu m'étonnes qu'il n'ait pas envie de s'engager chez Astero !

— Je me suis dit que ça n'était pas très sympa de ma part. Alors, je l'ai attendu à côté des ascenseurs, parce que...

Mais aucune explication crédible ne lui vient à l'esprit.

— Parce qu'il te plaisait ? suggère Camille.

— Enfin bref, il s'appelle Sacha.

— Ça lui va bien, fait remarquer Angie.

— Je pensais l'avoir découragé, mais il est revenu lundi midi.

— Et tu lui as sauté dessus ? suppose Jennifer.

— Pas vraiment. J'ai plutôt repoussé ses avances.

— Mais tu es folle ! réplique Angie. Tu as besoin de voir les hommes se prosterner devant toi ?

— Pas du tout, c'est juste que...

— Oh ! Mais laissez-la tranquille ! Elle a ses raisons ! s'écrie Camille.

— Et ensuite ? s'enquiert Angie.

— Il m'a invitée à déjeuner hier midi. Cette fois, je n'ai pas pu refuser.

— Eh bien ! Il t'en aura fallu du temps ! lui reproche Jennifer. Tu as de la chance qu'il soit persévérant !

— On est aussi sortis le soir. Mais je n'arrive pas à savoir si c'est sérieux... Je lui ai envoyé un mail ce matin. Pour essayer de le cerner un peu mieux.

— Tu es déjà en train de te demander si tu vas finir ta vie avec lui ? Excuse-moi Sandra, mais c'est aussi touchant que ridicule ! s'exclame Angie. Profite de l'instant présent ! Et puis, je ne voudrais pas être pessimiste, mais franchement, tu crois qu'il est seul ?

— Non mais je rêve, t'es vraiment pas gênée ! À vrai dire, je n'ai pas encore eu le temps de lui poser toutes ces questions ! Comme tu nous l'as si gentiment fait remarquer, je le connais à peine ! Cela dit, je crois qu'il est célibataire ! C'est ce qu'il m'a laissé entendre, en tout cas. Mais je vous rassure, je ne suis pas tombée amoureuse !

— Mouais... Est-ce que tu t'es regardée ? Tu souris, tu rougis, tu es surexcitée. Je ne t'ai jamais vue comme ça, ajoute Jennifer.

Les quatre filles poursuivent leur discussion et partagent de nouveaux fous rires. Sandra a besoin de ça. Elle a besoin de se sentir entourée, de sentir la présence de ses collègues. Ces petits moments passés en leur compagnie lui sont devenus indispensables.

À la fin du repas, Angie et Jennifer font un détour par la cafétéria, tandis que Camille et Sandra repartent de leur côté. Cette dernière ne boude pas son plaisir. Parler de Sacha lui a fait le plus grand bien. Elle aurait préféré patienter encore un peu, mais elle a été poussée aux aveux. Camille, quant à elle, est heureuse pour son amie. Il y a quatre ans, quand Maxime a pris ses distances, elle l'a soutenue de son mieux, avec ses maigres moyens. C'est pourquoi cette nouvelle inattendue la réjouit tout particulièrement. Si Sandra a bien fréquenté des hommes depuis cette douloureuse rupture, jamais ces rencontres n'ont semblé si prometteuses. Camille sait toutefois que les problèmes de son amie ne s'effaceront pas d'un coup de baguette magique. Elle se demande tout de même comment une séparation, aussi brutale fût-elle, a pu engendrer, à elle seule, une si grande tristesse dans les yeux d'une si belle jeune femme. Avec le temps, elle en a conclu qu'il est sans doute trop difficile de se dévoiler entièrement, même à sa meilleure amie. Elle voit ça comme un accord tacite entre elles, qu'elle a accepté, laissant à Sandra la liberté de garder au fond de son cœur ses secrets les plus intimes. Cependant, il lui est impossible d'imaginer à quel point ils peuvent être déchirants.

Patrick Marchal est arrivé par l'entrée principale du cimetière. Il vient ici régulièrement pour déposer des fleurs sur la tombe du père de Sandra. Une fois par mois. Il fait ça pour elle. Pour lui prouver qu'il connaît les limites de son propre rôle. Il sait aussi qu'elle appréciera cette petite attention. Il n'est pas son père, il ne remplacera jamais cet homme. Mais il veille sur elle. Et il ne voudrait changer ça pour rien au monde. La jeune femme lui inspire une profonde tendresse. Une tendresse dont il a manqué toute sa vie. Alors qu'il marche dans les allées du cimetière, Marchal fait un bond de quarante ans en arrière...

Sa mère vient d'être emportée par la maladie. Il n'est qu'un enfant, un adolescent révolté. Ses grands-parents l'envoient alors dans un pensionnat aux règles strictes. Il se forge une carapace et se coupe du monde extérieur. Le temps passe. Il entre à l'université quelques années plus tard où il suit une formation en économie de marché. À la fin de ses études, Marchal se lance dans les affaires et rencontre celle qui deviendra bientôt sa femme. C'est un mariage de raison entre deux parties très riches. Sa femme tombe enceinte. Elle accouche d'un garçon. Elle tombe enceinte une seconde fois. Accidentellement. D'une petite fille. Marchal est aux anges. Son couple bat de l'aile. Il voit ça comme un signe du destin. Ils vont finir par se rapprocher, il en est convaincu. Mais sa femme en décide autrement. Un soir, en rentrant chez lui, il découvre un mot sur la table de la cuisine. Il ne le lit pas tout de suite. Il a compris. Il sait qu'elle ne reviendra pas. Il sait aussi qu'il n'aura jamais de fille. Sa femme est partie à l'étranger pour avorter, avant qu'il ne soit trop tard. Elle ne veut plus de cette vie ennuyeuse, de ce terrible sentiment de solitude, de ces journées interminables à attendre le retour de son mari. Elle veut être libre.

Marchal pense à tout ça, tandis qu'il se recueille en silence. Il songe également à ce qu'il a accompli en dépit des épreuves et des souffrances. *Alors qu'il vient d'entrer à l'université, il fait la rencontre d'un jeune homme de son âge. Ils passent beaucoup de temps ensemble. Ils révisent, ils sortent, ils s'amusent. Mais ce n'est pas assez.*

Marchal n'accorde pas sa confiance aussi facilement. La vie lui a appris à se montrer prudent. Après avoir obtenu leur diplôme, ils tentent de créer leur entreprise. Ils s'accrochent, ils se battent... mais personne ne leur tend la main. L'argent de Marchal ne suffit plus. L'entreprise met la clé sous la porte un an plus tard. Mais son ami est toujours là. Oui, son ami. Son premier véritable ami. Cet ami qui ne l'a jamais laissé tomber. Cette fois, il sait qu'il peut compter sur lui. Leurs routes vont se séparer, mais Marchal en est certain, ils retravailleront ensemble un jour...

Marchal est aujourd'hui un homme d'affaires reconnu sur la scène européenne. Toutefois, cela lui semble bien dérisoire au regard de ce qu'il a enduré pour en arriver là. Il s'est construit dans la douleur. Les épreuves l'ont profondément marqué. Il ne peut plus changer. Il est froid et indifférent. Voilà sa vraie nature.

Alors qu'il sort du cimetière, Marchal rappelle enfin son contact.

— Bonjour, c'est Patrick Marchal à l'appareil.

— Bonjour...

— J'ai vu la photo ! Avez-vous la moindre idée de ce que cela signifie ?

— Non, pas plus que vous. À vrai dire, je... je suis tombé sur eux par hasard.

— Je vais mettre un de mes hommes sur le coup. Il se fait appeler Sacha, songe Marchal, à voix haute. Je ne sais pas à quoi il joue. Mais ce qui est sûr, c'est qu'il a pris des risques inconsidérés.

— Qu'allez-vous faire ?

— Rien pour le moment. Je dois réfléchir. Mais faites-moi confiance ! Vous savez que vous pouvez me faire confiance, n'est-ce pas ?

— Oui...

— Nous connaissons sa véritable identité. Il vient de commettre une grosse erreur ! Une erreur qu'il regrettera toute sa vie. Je reviendrai vers vous très rapidement. Bonne journée !

— Très bien... Au revoir !

— Au revoir Maxime !

Chapitre 17 – Sacha

18h30

La consultation touche à sa fin. Allongée sur le canapé en cuir noir qui trône au milieu de la pièce, Sandra ferme les yeux. Elle s'invente des histoires romantiques, des histoires douloureuses, des histoires fascinantes. Elle pense à ces hommes et ces femmes qui se sont assis à cette même place avant elle. Sandra imagine leurs confessions... naïves, sincères, ou simplement intimes. Sont-ils fous parce qu'ils fréquentent assidûment ce cabinet ? *Sandra s'est maintes fois posé la question tout au long de son suivi. C'est d'ailleurs pour cette raison que la tâche s'est avérée si difficile au début. Elle n'arrivait pas à se confier. Elle supportait mal que sa psychologue s'intéresse à ses moindres faits et gestes. Il lui a fallu redoubler d'efforts pour franchir le cap des premières révélations. Pourtant, personne ne l'a jamais forcée à prendre ces rendez-vous. Elle aurait pu abandonner à tout moment. Mais elle ne l'a pas fait. Elle s'est résignée à accepter cette main tendue, comprenant que la folie n'avait rien à voir là-dedans. Elle a même fini par prendre goût à ces entretiens avec Karen Méry, sa thérapeute. Cette brune aux cheveux courts, âgée d'une cinquantaine d'années, est parvenue à l'apprivoiser petit à petit. Elle a rassuré Sandra par des paroles affectueuses et a fait preuve d'une extrême bienveillance à son égard. Au fil des séances, un lien très puissant s'est tissé entre les deux femmes. Sandra a pu soulager sa conscience sans jamais se sentir jugée.* Si le traitement médical que lui a prescrit son généraliste s'apparente à une roue de secours susceptible de l'apaiser temporairement, ces séances lui ont ouvert des perspectives bien plus prometteuses. *Sandra s'est reconstruite semaine après semaine. Elle s'est montrée déterminée à écrire un nouveau chapitre de sa vie. Elle a admis la nécessité de faire de nouvelles ren-*

contres. Et l'espoir de tomber amoureuse a fini par renaître. Avec le temps, et en raison de ses progrès notables, les séances se sont alors espacées. Mais l'apparition de Sacha, il y a deux jours, a mis à mal cet équilibre précaire. Sandra a donc pris rendez-vous plus tôt que prévu. Elle avait besoin de conseils et souhaitait se confier par la même occasion.

Le crissement du crayon s'interrompt soudain. Seule une musique douce et envoûtante résonne dans la pièce plongée dans la pénombre. Sandra ferme les yeux et se laisse bercer par la mélodie. Elle se sent bien. Elle se sent en sécurité.

Karen Méry classe son dossier et l'invite à se lever. La psychologue raccompagne Sandra jusqu'à la sortie et profite de ces derniers instants pour lui faire part de ses conclusions.

— Je sais que vous traversez une période difficile. Cela fera bientôt quatre ans depuis l'accident. Il vous reste encore du chemin à parcourir, cela va de soi ! Mais soyez indulgente avec vous-même ! Ne remettez pas en cause le travail accompli ! Vous avez retrouvé goût à la vie ! Vous gérez votre stress de mieux en mieux. Évidemment, cette rencontre vous a perturbée, c'est normal ! D'autant plus que ce bel inconnu ne vous laisse pas indifférente. Mais il faut voir les choses du bon côté. Il a bouleversé vos habitudes ! Tout cela est très positif ! résume Karen Méry, en offrant un magnifique sourire à Sandra.

— Merci !

— Ce que vous avez fait est très courageux, poursuit la psychologue. Si vous vous êtes confiée à Sacha, c'est parce que vous croyez en lui. Il vous écoute, il s'intéresse à vous, à votre passé... à ce qui a fait de vous celle que vous êtes aujourd'hui. N'ayez pas peur de l'avenir ! Fiez-vous à votre instinct !

Les deux femmes sont maintenant sur le pas de la porte. Le moment tant redouté par Sandra est arrivé. Comme à la fin de chaque séance, la même image ressurgit dans son esprit. Tel un oiseau déployant ses ailes pour la première fois, Sandra doit se jeter dans le vide en espérant réussir à prendre son envol. Le simple fait d'avoir à affronter de nouveau le monde extérieur la terrorise complètement.

— Au revoir, Karen. J'appellerai votre secrétaire pour prendre rendez-vous.

— Ce sera l'occasion de me raconter la suite de cette belle histoire, plaisante la thérapeute.

— Avec plaisir !

Karen Méry donne alors un dernier conseil à sa patiente. Un conseil auquel Sandra ne s'attendait pas vraiment.

— C'est vous qui déciderez... Mais si Sacha vous plaît, vous devriez peut-être lui parler ?

— Mais, c'est ce que j'ai fait ! rétorque Sandra. Je ne sais pas si c'était une bonne idée d'ailleurs !

— Je faisais allusion à ce qui s'est passé après l'accident, précise la psychologue, ce qui surprend la jeune femme. Il faut que vous parveniez à franchir ce dernier cap... Dites-lui la vérité !

— Hein ? Mais que va-t-il penser de moi ? C'est trop risqué ! Je ne peux pas !

— Une relation stable ne peut s'établir que sur la base d'une confiance réciproque.

— Mais je le connais à peine !

— C'est à vous de décider ! Le temps n'a pas d'importance, Sandra. Vous aviez vos raisons. Nous en avons déjà discuté.

Sandra marche tête basse dans les rues de Paris. Elle ne se sent pas prête. C'est la première fois en quatre ans que la jeune femme quitte le cabinet avec la sensation d'être totalement perdue. Plongée en plein doute, prisonnière de son passé, Sandra ne s'intéresse plus au monde qui l'entoure. Et comme Sacha le matin même, elle ne prête pas attention à la voiture qui la suit discrètement depuis quelques instants.

Patrick Marchal est scotché à l'écran de son ordinateur. Il vient d'obtenir un compte-rendu détaillé de la journée de Sandra. Il y est question de son emploi du temps, de son passage chez sa psychologue et, bien évidemment, de cet homme qu'elle a rencontré en début de semaine. Sandra n'est pas insensible au charme de ce mystérieux séducteur. Heureusement, Maxime, l'ex-petit ami de Sandra, a fait du bon travail. Grâce à lui, l'homme d'affaires sait à quoi s'en tenir.

Marchal s'est renseigné de son côté. Il a toujours eu besoin de comprendre, d'avoir toutes les cartes en main. Il a demandé à l'un de ses hommes d'effectuer quelques recherches et a croisé ces nouvelles informations avec celles qu'il avait déjà en sa possession. L'homme d'affaires esquisse un rictus nerveux. Il sait, à présent. La femme de Sacha a vécu en Russie durant près de dix ans. Son père avait dû s'exiler là-bas pour raisons professionnelles. La petite fille, devenue mère de famille entre-temps, aura certainement gardé des attaches très fortes avec son pays d'adoption. Au point de donner à son mari un surnom sorti tout droit de ses souvenirs d'enfance ? Sacha n'est qu'un imposteur : mensonges à répétitions, fausse identité...

Marchal plisse les yeux. Il réfléchit à ce qu'il doit faire. Sacha n'a plus de secrets pour lui. Sa fille, sa femme. L'homme d'affaires dispose d'assez d'éléments pour l'éloigner de Sandra. Mais une idée jaillit soudain dans son esprit. Une idée diabolique ! Et si, au contraire, il le laissait s'approcher de la jeune femme ? Marchal éprouve une affection particulière pour Sandra qu'il considère comme sa propre fille. Il n'a jamais osé lui avouer ouvertement, mais c'est pourtant bien ce qu'il ressent. Il tient à elle. Cependant, sa véritable nature reprend peu à peu le dessus. Il aimerait pouvoir changer, se racheter de ses fautes, mais son orgueil l'aveugle totalement. Honneur ou rédemption ? Marchal vient de trancher.

Chapitre 18 – Alex

23h00

Alex avait poursuivi ses investigations durant tout l'après-midi sans rien trouver de nouveau, ce qui le contrariait énormément. Au cours du dîner, Mel avait tenté de l'aider à prendre du recul. Elle avait senti qu'il lui cachait des choses et avait essayé d'en apprendre davantage. Mais Alex s'était contenté de réponses évasives avant de couper court à la discussion. Le repas s'était achevé dans le silence le plus total et Mel avait quitté la table, passablement énervée. Cependant, en dépit des apparences, cette dernière n'avait pas dit son dernier mot. Elle s'était enfermée dans le bureau du premier étage pour terminer les préparatifs de l'anniversaire-surprise d'Alex. Une grande fête allait avoir lieu à Rouen le samedi suivant. Mel s'était rabattue sur la ville de résidence de ses parents, trois mois plus tôt, car il ne restait plus une salle de libre sur Paris.

Mel raccrocha enfin, après avoir passé dix minutes au téléphone avec le gérant de l'hôtel où se déroulerait la réception. Un homme fort sympathique au demeurant, qui savait s'adapter à ses clients... et à leurs contraintes horaires. La situation semblait sous contrôle, ce qui rassura Mel. Cette dernière pouvait désormais se consacrer exclusivement à son mari. Et elle avait d'ailleurs une petite idée derrière la tête. Elle fit un détour par la salle de bain où elle se changea, puis descendit l'escalier sans faire de bruit. Alex, qui s'était installé dans le salon entre-temps, avait les yeux rivés sur l'écran de son ordinateur. La silhouette furtive de sa femme glissa dans le couloir, à quelques mètres de lui, sans qu'il remarque rien. Et tout à coup, la pièce se retrouva plongée dans le noir. Alex, quelque peu décontenancé, se leva brusquement. Après une brève hésitation, il se dirigea vers le hall d'entrée. Alors qu'il s'approchait du disjoncteur, un doux murmure s'échappa de la cuisine. Alex pénétra à l'intérieur, un petit sourire en coin. Il s'était habitué à l'obscurité et distinguait sa femme sans peine, à présent. Mel, assise sur le rebord de la grande table en bois, fixait son mari droit dans les yeux. Alex n'essaya même pas de soutenir son regard. Il préférait se délecter du spectacle qui s'offrait à lui. Mel portait cette fine nuisette en soie rose, échancrée sur le côté, qu'ils avaient achetée ensemble, dans une boutique luxueuse de la capitale. Alex contempla son corps dans toute sa splendeur et laissa libre cours à son imagination. Il s'avança lentement vers elle jusqu'à pouvoir sentir son souffle contre son torse. Les deux amants se dévisagèrent silencieusement, puis Alex déposa un baiser sur les lèvres de sa femme. Mel caressa le dos de son mari, empoigna ses bras musclés, et fit glisser sa main droite sur son crâne, ce qui lui procura quelques frissons qui se propagèrent le long de sa nuque. Elle l'embrassa à son tour et s'allongea sur la table en l'entraînant dans son mouvement. Leurs corps chauds et humides se mélangèrent et une ardeur passionnée les emporta.

Tandis que l'ivresse se dissipait peu à peu, Alex se mit à rire nerveusement. Dans ce genre de situation, le plaisir pouvait parfois prendre des formes inattendues. Mel lui adressa un sourire affectueux. La fatigue, la tension, les rancœurs... semblaient s'être volatilisées, comme par enchantement.

Quelques minutes plus tard, Mel essaya une nouvelle fois de parler à son mari. Elle supposait qu'il se sentait stressé à cause de l'appel d'offres, sans se douter un seul instant de l'ampleur de ses problèmes.

— Tu n'as vraiment rien à me dire ?

— C'est pas ça, c'est juste que j'ai beaucoup de travail.

— Oui... C'est ce que tu réponds à chaque fois. Mais je ne suis pas stupide. Tu n'es pas dans ton assiette depuis lundi. C'est à cause de l'oral ?

— Sûrement. Si on se loupe, ce sera la fin pour Agility.

— Je comprends, mais tu dois apprendre à relativiser. Pense à nous ! Anna et moi, on sera toujours à tes côtés, quoiqu'il arrive. Dans le pire des cas, tu retrouveras autre chose. Je sais bien que tu as investi de l'argent dans ce projet. Mais regarde autour de toi ! On ne manque de rien ! Tout ça, c'est secondaire.

— Il n'y a pas que nous ! Il y a aussi nos collègues !

— Vous faites déjà le maximum avec Christophe. Vos collègues vous soutiennent. Vous n'avez rien à vous reprocher.

Alex fit la moue avant de se décider enfin à en dire un peu plus à sa femme.

— Il y a autre chose ! C'est...

—- Oui ? Je t'écoute.

— Non, c'est ridicule, poursuivit Alex, embarrassé.

— Parle-moi ! Je suis sûre que ça te soulagera. Tu te confies rarement ! Je suis là pour ça. Tu peux tout me raconter !

Alex prit une grande inspiration avant de se lancer.

— OK. Tu as raison. C'est juste que... c'est gênant ! Ça remonte à avant...

— Avant quoi ?

— Avant qu'on se rencontre ! Tu étais avec... Enfin, peu importe ! Ce que je veux dire, c'est que tu étais heureuse. Tu travaillais à mi-temps. Vous aviez de l'argent, vous partiez souvent en voyage...

— Je l'ai aimé. Au début. C'était un amour de jeunesse, Alex ! J'avais vingt ans ! Mais, tu es jaloux ? Je n'ai jamais été aussi heureuse qu'avec toi. Tu penses que je suis intéressée ?

— Non ! Mais des fois, j'ai peur que tu regrettes ta vie passée.

— Qu'est-ce qui te fait croire ça ?

— La maison, ton travail... J'aimerais être sûr que ça te plaise...

— Alex ! Oui, ça me plaît ! Avant de te rencontrer, je travaillais à mi-temps pour pouvoir payer mes études. Parce que, justement, je voulais être indépendante ! Aujourd'hui, je me sens bien ! Quant à la maison, ça nous a pris du temps de la rénover. Mais ces efforts nous ont rapprochés ! Tout cela avait un sens pour moi ! Quel aurait été l'intérêt d'acheter une maison hors de prix si elle n'avait pas été à notre goût ? On ne se serait pas autant amusés ! Et puis, on n'est pas à plaindre ! On n'a besoin de rien ! Tu en as conscience ?

— Oui ! Bien sûr ! J'aimerais être le meilleur pour toi, c'est tout !

— Je pense avoir fait le bon choix !

— C'est idiot ce que je te dis.

— Non ! Ce qui est idiot, c'est d'avoir gardé tout ça pour toi ! Ça fait sept ans qu'on vit ensemble ! Je n'en reviens pas que tu ne m'en aies jamais parlé.

Alex fixa sa femme sans rien dire.

— Tu jouais au macho, mais les fissures ont fini par apparaître, conclut Mel, les yeux pleins de malice. J'espère que tu n'as pas d'autres secrets !

Finalement, Mel serra son mari dans ses bras et tenta de le rassurer. Elle l'embrassa une dernière fois, puis monta se coucher. Alex resta en bas et reprit ses recherches. Il ralluma son ordinateur et relut ses notes. Mais la fatigue eut raison de sa volonté. Alors, il monta à son tour et s'endormit rapidement.

Interlude

Un an après la fin de l'appel d'offres

« Un an. Un an, jour pour jour, depuis le début de cette histoire. Un an de doutes, un an d'espoirs.

Ma proie ne peut plus m'échapper. Sa vie n'a plus de secrets pour moi. Le Visiteur du Soir est devenu mon ennemi intime. Je le suis ! Je l'observe ! Je le contrôle ! Il me paraît si docile. Pourtant, je n'ai jamais trouvé le courage de franchir le pas. Des occasions se sont bien présentées. Mais je n'ai pas pu. Élaborer des plans, rêver d'une vengeance froide et cruelle... Pourquoi pas ? Mais passer à l'acte... Est-ce au-dessus de mes forces ? À moins que je ne me complaise dans cette situation, sans vouloir l'admettre ?

Je ne me reconnais plus. Et cela me fait peur. Quelle personne saine d'esprit pourrait se repaître de telles illusions ? Je consacre toute mon énergie à cette chasse à l'homme stérile. Les circonstances me dictent la marche à suivre. Combien de temps encore devrais-je rester tapi dans l'ombre, à observer, à patienter... à souffrir ? La chance peut-elle tourner ?

Car oui, il existe une possibilité. Une infime possibilité. Il s'est produit quelque chose aujourd'hui. Quelque chose auquel je ne m'attendais pas. J'ai reçu une lettre dont le contenu m'a totalement déboussolé.

Je ne sais qu'en penser. Cela devrait me réjouir. Mais en réalité, je suis perdu. Et si, au bout du compte, mon ennemi n'avait pas dévoilé sa vraie personnalité ? Je l'ai suivi de si nombreuses fois. Je l'ai frôlé, presque touché. Je me suis approché de lui jusqu'à pouvoir sentir son odeur. Mais je ne peux lire dans ses pensées. Quelle déception ! Quelle frustration ! Il me manque le plus important, en somme ! Un an pour ça. Un an pour rien ? Le système que j'ai mis en place a atteint ses limites…

Je pose la lettre sur ma table de nuit. Je réfléchirai à tout cela demain. Pour le moment, je dois dormir. La nuit porte conseil, paraît-il. »

JEUDI

Chapitre 19 – Sacha
04h00

Il est quatre heures du matin lorsque Sacha se réveille en sursaut, la peau moite, perdu entre rêve et réalité. Ses pensées sont confuses. La pression qui pèse sur ses épaules perturbe son sommeil. Son imagination lui joue des tours. Sandra ne serait-elle qu'un mirage sorti de la nuit ? Il soulève le drap trempé qui colle à sa peau et ramasse son tee-shirt blanc avec lequel il s'essuie les bras et les jambes. Après quoi il descend dans la cuisine pour se rafraîchir. Il passe une main sous l'eau froide, s'asperge le visage et retrouve enfin ses esprits. Sandra l'obsède. Il a besoin de lui parler, de la sentir près de lui. La tentation le guette, l'assaille et puis l'emporte. Il va chercher son téléphone et remonte dans la salle de bain. Il n'a pas encore répondu au message que la jeune femme lui a envoyé hier. Mais comment réagir dans une telle situation ? Les aveux de Sandra l'ont placé dans une position inconfortable. Les questions défilent dans sa tête. Il lui faut pourtant se ressaisir... le plus vite possible. Maintenant ? Sacha regarde l'heure. Il serait sans doute plus judicieux de patienter jusqu'au lever du jour. Ce n'est pas une heure convenable pour s'adresser à une jeune femme à peine rencontrée. Et puis, à quoi bon se précipiter si Sandra est en train de dormir ? Sacha n'arrive pas à se décider. Mais un désir pressant monte en lui. Un texto lui paraît être la solution idéale. « Juste un brouillon », se dit-il intérieurement. Le fil de discussion est encore vierge. Sacha réfléchit longuement. Il cherche les mots justes. Des mots simples et percutants. Il se lance et écrit un premier jet. Mais son sentiment demeure mitigé. Alors, il persévère. Il se relit, remplace un mot par un autre et finit toujours par tout effacer et recommencer à zéro. Il aimerait pouvoir lire l'avenir pour anticiper la réaction de Sandra. Il se plaît à imaginer des histoires aux dénouements heureux...

Le temps passe et Sacha tourne en rond. Il doit se reconcentrer. Finalement, après vingt minutes d'efforts intenses, Sacha aperçoit le bout du tunnel. Son travail a porté ses fruits. Le résultat n'a rien d'exceptionnel, mais cela lui convient parfaitement.

« Impossible de dormir cette nuit. J'en profite pour repenser à la journée de mardi. À bientôt. »

Ce n'est ni trop long, ni trop court. Il manifeste clairement ses intentions, tout en restant prudent. Rien ne dit que Sandra soit la cause de ses insomnies. Il en a écrit assez, toutefois, pour le lui faire comprendre. Mais tout à coup, Sacha hésite. Est-ce réellement une bonne idée ? N'est-il pas trop impatient ? Il scrute l'écran de son téléphone et se demande ce qu'il doit faire. Il suffirait d'une légère pression. Son cœur palpite. Il ne peut plus reculer. Mais n'est-ce pas ce qu'il désirait, inconsciemment ?

Sacha entame une énième relecture. C'en est trop cette fois ! Il n'a plus la force de résister. Il fait le vide dans sa tête. Sa main droite frôle la touche « Envoyer ». Le libellé « Message envoyé » apparaît alors.

La tension est retombée d'un cran. Sacha est assis par terre, adossé au mur de la salle de bains, les jambes repliées contre son torse. Il jette des coups d'œil réguliers à son téléphone espérant une réponse rapide de Sandra. Le mode vibreur est pourtant activé. Mais en de telles circonstances, la raison ne peut l'emporter face aux sentiments.

Sacha se relève difficilement. La fatigue commence à se faire sentir. Les murs de briques beiges, qui se dressent autour de lui, ravivent de vieux souvenirs. Les images du chantier resurgissent de sa mémoire. *Les outils jonchent le sol. Les pots de peinture s'entassent sous la fenêtre. L'odeur en devient presque perceptible.* Et tout à coup, les visages de sa femme et de Sandra apparaissent devant lui et se mettent à virevolter dans les airs. Sacha est confronté à un cruel dilemme. Il observe ce curieux manège d'un œil perplexe. Ne devrait-il pas en rester là et s'éloigner de Sandra ? Des vibrations résonnent soudain. Sacha frémit de la tête aux pieds. Sa vision se brouille, les formes s'effacent peu à peu, le monde réel reprend ses droits. Son téléphone ! Sa frayeur passagère se dissipe lentement et laisse place à ce sentiment de honte qui est né il y a deux jours lorsqu'il a abordé Sandra pour la première fois. Sa femme est là. De nouveau. Elle le surveille. Elle s'interroge. Mais c'est pourtant le regard énigmatique de sa fille qui le contrarie le plus. Alors, Sacha repousse la porte du bout des pieds et s'enferme à l'intérieur de la salle de bain. Il s'imagine à l'abri, hors d'atteinte de ses propres démons. Il saisit son Smartphone à pleine main. La petite icône en forme d'enveloppe qui est apparue dans la barre de notifications fait figure de précieux trophée.

« Moi, c'est pareil, je crois que notre rencontre m'a un peu perturbée. »

Sacha relit le message à plusieurs reprises et lui attribue à chaque fois un sens différent. Les questions fusent dans sa tête. Pourquoi Sandra a-t-elle écrit « Moi, c'est pareil » ? Passe-t-elle une nuit agitée tout comme lui ? Et puis, que signifie le mot « perturbée » ? Est-ce positif ? L'a-t-il réveillée ? Attend-elle une réponse de sa part ? Sacha ne sait plus où il en est. Et quelque chose le gêne. Le silence assourdissant qui règne dans la maison le met terriblement mal à l'aise. Il finit malgré tout par se reprendre.

« J'en suis fier, car tu semblais un peu hésitante. »

Sacha regarde l'heure sur son téléphone. Il est presque cinq heures du matin. La journée qui débute s'annonce éprouvante. Mais l'enjeu en vaut la peine. Et Sandra ne lui laisse pas le temps de réfléchir.

« Ça ne m'étonne pas, à vrai dire, que tu te sentes fier. Il y a de quoi, non ? ;) »

Sandra ne craint pas de manier la provocation. Sacha reconnaît son style. Il est ravi de la tournure des évènements. Alors, il réplique du tac au tac.

« Je n'arrive pas à oublier cet instant magique, lorsque nos yeux se sont croisés pour la première fois. »

Les échanges s'intensifient. La tension s'accentue. Et Sacha savoure son plaisir. Mais Sandra le surprend une nouvelle fois en lui téléphonant. Lorsque Sacha voit son nom s'afficher sur l'écran de son Smartphone, son cœur s'emballe aussitôt. Il attend deux sonneries et décroche enfin.

— Bah alors ! T'étais où ?

Sacha sourit intérieurement. Sandra fait preuve d'une étonnante perspicacité. Elle remarque ses hésitations.

— J'étais en train de me servir à boire, glisse-t-il à voix basse.

— Tu sais que t'es quand même un peu bizarre ? Pourquoi tu chuchotes maintenant ? Tu as peur de réveiller tes voisins ?

Sacha ne peut pas lui dire la vérité. Il ne peut pas lui dire qu'il imagine sa femme, là, toute proche, prête à lui arracher l'appareil des mains.

— T'as vu l'heure ? C'est juste un réflexe.

— Excuse-moi, je suis trop agressive. Je voulais simplement te faire une surprise.

— C'est réussi ! Je n'aurais jamais cru que tu m'appellerais. Du coup, je vais en profiter ! Je t'avais parlé d'un truc pour ce week-end. C'est un peu tôt, mais tant pis !

— Je t'écoute !

— J'aimerais que tu m'accompagnes à Rouen. On partirait vendredi soir et on reviendrait samedi, en fin d'après-midi.

Un silence pesant s'installe soudain. Sacha se demande si cela n'était pas un peu prématuré. Sandra hésite, elle étudie la proposition. Elle a envie de lui faire confiance, parce qu'elle croit en lui. Sacha n'est encore qu'un inconnu, mais sa présence la rassure. Et puis, elle se sent désirée. Alors, s'efforçant de suivre les conseils de sa psychologue, la jeune femme finit par accepter.

— C'est d'accord !

— Vraiment ? Ça me fait super plaisir ! s'exclame Sacha. J'adore Rouen. C'est un endroit très sympa, tu verras. On pourra se balader en ville, faire les boutiques, ou aller au cinéma.

— Pourquoi pas ? Soyons fous ! s'écrie Sandra, dans un élan d'enthousiasme. C'est bizarre, on se connaît à peine, mais il y a quelque chose en toi qui m'attire, explique-t-elle. C'est ta façon d'être, ton caractère... je ne sais pas très bien... Mais au fait, on se voit aujourd'hui ?

— Oui ! J'ai réussi à me libérer. Je peux venir ce midi.

— Parfait ! On se retrouve dans le hall ?

— OK... Bon, je vais te laisser Sandra. Il faut que j'aille me recoucher. Sinon, je ne tiendrai pas la journée !

— Tu as raison, je vais éteindre moi aussi ! À tout à l'heure !

Sacha a obtenu ce qu'il voulait. Sandra l'accompagnera à Rouen ce week-end. Cependant, si tout semble se passer comme prévu, Sacha redoute que la situation lui échappe de nouveau. La jeune femme lui fait perdre ses repères. Et cela commence à l'inquiéter sérieusement.

Sacha remonte dans sa chambre. Il pousse la porte et rentre sans faire de bruit. La magnifique robe rouge de sa femme, celle qu'elle portait le jour de leur rencontre, est posée sur une chaise, à quelques centimètres de lui. En passant à côté, il effleure le tissu du bout des doigts. Puis il longe le mur et se glisse doucement sous la couette. Il se tourne et se retourne dans tous les sens, sans parvenir à trouver le sommeil. Sandra occupe une place de plus en plus importante dans sa vie. Une place trop importante. Sacha n'imaginait pas que cela se ferait au détriment de sa femme. Et cela le perturbe terriblement tant la présence de Mel dans cette pièce, dans ce lit, le ramène à l'homme qu'il a été par le passé lorsque son cœur ne battait que pour elle. Il ne veut surtout pas la perdre. Mais pour la première fois, il ressent une peur effroyable... la peur de l'inconnu... la peur des conséquences de ses propres actes.

Chapitre 20 – Sacha

13h00

Sandra a encore quelques minutes devant elle. Elle veut savourer son bonheur comme il se doit. Assise sur un banc, elle profite du soleil qui brille dans le ciel et réchauffe son visage. L'air frais lui fait du bien. Sacha vient tout juste de s'en aller. Ils ont déjeuné ensemble, et cette fois, tout s'est déroulé à merveille. La jeune femme en a profité pour lui demander des précisions à propos du week-end à venir. Sacha a réservé un gîte pour le vendredi soir. Ils dormiront à Montigny, un village de l'agglomération rouennaise, afin d'entamer la journée de samedi dans une ambiance calme et détendue. Ensuite, ils se rendront à Rouen. Sacha fera un excellent guide. Il connaît chaque recoin de la ville. Sa cathédrale, ses églises, ses rues pavées. Sandra est aux anges. Elle trépigne d'impatience. Cela fait si longtemps qu'elle n'a pas éprouvé une telle excitation à l'idée de bousculer ses habitudes. Avant d'accepter, elle s'est tout de même posé quelques questions. Partir en week-end avec un inconnu n'est pas dans ses habitudes. Mais elle se fie à son instinct. Elle se remémore cette rencontre inattendue et se demande ce que l'avenir lui réserve. Elle se laisse bercer par son imagination débordante. Sacha est à ses côtés. Elle le regarde. Elle le trouve beau et séduisant. Elle aime sortir avec lui. Elle se croit même capable de l'inviter chez elle. Sa respiration s'accélère, sa poitrine se soulève... elle se sent vivante.

Mais Sandra tressaille tout à coup. Une silhouette imposante se dresse devant elle. La jeune femme lève les yeux et découvre Patrick Marchal. Ce dernier, la voix confuse, s'excuse de lui avoir causé cette petite frayeur. Il lui propose de marcher un peu. Sandra, qui n'est pas pressée de se remettre au travail, accepte volontiers.

— Vous êtes resplendissante, la complimente Marchal. Ça me fait plaisir ! À quoi doit-on cette subite métamorphose ?

— Ah... Hum... J'ai déjeuné avec mon ami, j'imagine que c'est pour ça. Celui dont je vous ai parlé hier soir.

— Sacha ?

— C'est ça. Vous l'avez loupé de peu, c'est dommage. J'aurais aimé vous le présenter. Ce sera pour une prochaine fois.

— Ce serait un honneur. J'ai l'impression qu'il ne vous laisse pas indifférente, n'est-ce pas ?

— Oui. Il est gentil. Je... Je suis désolée... Je ne sais pas quoi dire, avoue Sandra un peu gênée.

— Oh, ce n'est pas grave, c'est de ma faute. Je suis indiscret !

— Mais que faites-vous là ?

— J'avais rendez-vous dans le quartier. Je passais par là. J'ai jeté un coup d'œil à tout hasard, et je vous ai aperçue, assise sur ce banc. Je craignais... enfin, vous savez...

— Oui, je comprends. Vous vous inquiétiez.

— C'est ça. Mais, me voilà rassuré, tout va bien ! Votre ami est doté de pouvoirs extraordinaires. Ne le laissez pas filer ! lui conseille Marchal. Vous êtes rayonnante et il n'y est sûrement pas pour rien.

— Si vous êtes sous son charme, vous aussi... se moque Sandra.

Marchal esquisse un rictus amer. Sa « fille adoptive » est transfigurée. Et cela ne le réjouit guère. Son rôle est de la protéger. Il suppose que n'importe quel père réagirait de la même façon en de telles circonstances. Quoi de plus insupportable que de voir sa « fille » fréquenter un être si abject ? Il ne peut pas lui révéler la vérité pour l'instant. Il doit donc manœuvrer avec finesse. Les choses seraient plus simples s'il avait les moyens de mettre Sacha sur écoute.

— Je présume que vous allez bientôt vous revoir ?

Sandra sourit intérieurement en pensant à ses projets du week-end. Elle aimerait se confier, juste pour parler de Sacha. Elle pourrait s'épancher des heures entières sur le sujet. Cependant, la relation ambiguë qu'elle entretient avec l'homme d'affaires lui impose une certaine retenue. Marchal a pris soin d'elle ces quatre dernières années. Il est bien plus qu'un ami. Il lui a apporté son aide sans jamais rien demander en retour. Il n'a plus de femme dans sa vie, Sandra n'a plus de père. Ils s'épaulent mutuellement. Des liens étroits se sont tissés entre eux. Leur itinéraire respectif les a conduits l'un vers l'autre. Elle se comporte avec lui comme elle le ferait avec n'importe quel membre de sa famille. Elle n'hésite pas à lui faire part de ses préoccupations. Elle tient néanmoins à conserver son jardin secret. Pour l'heure, elle préfère ne pas trop en dire. Alors, comme elle aurait menti à son propre père, Sandra tente d'éluder la question.

— Oui, c'est certain ! Je ne peux plus me passer de lui.

— Vous sortez ce week-end ? insiste l'homme d'affaires.

— Nous n'avons rien de prévu pour l'instant. On vit au jour le jour. Peut-être irons-nous au cinéma ? En tout cas, j'espère qu'il saura me surprendre.

— Je vois, réplique Marchal, qui n'est pas dupe. Je suis trop curieux !

Sandra le regarde d'un air malicieux, puis tourne la tête.

— Nous en avons parlé mardi. Accepteriez-vous de m'accompagner à l'opéra samedi soir ? J'ai deux billets pour...

— Ça risque d'être compliqué, je...

— Très bien, je comprends. Rappelez-moi quand vous serez libre, alors !

Marchal fait volte-face et s'éloigne à toute vitesse, sans même saluer Sandra. Cette dernière n'a pas le temps de protester que l'homme d'affaires s'est volatilisé. La jeune femme se trouve prise au dépourvu et s'étonne de cette réaction excessive. C'est la première fois qu'elle voit Patrick Marchal s'emporter ainsi. A-t-elle dit quelque chose qu'il ne fallait pas ? Lui reproche-t-il son manque de disponibilité ? À moins qu'il ne soit jaloux de Sacha ? Sandra ne sait pas quoi en penser. Mais une chose est sûre, elle attend désormais des explications.

Marchal a pris place à l'arrière de sa Mercedes. Une rage atroce le ronge de l'intérieur et l'empêche de réfléchir. L'entrevue ne s'est pas déroulée comme il l'espérait. Sandra l'a profondément déçu. Il éprouve un sentiment d'injustice. La jeune femme ne respecte pas les termes du contrat. Elle dissimule ses intentions. Alors, n'entrevoyant aucune autre solution, l'homme d'affaires appelle Maxime, l'ex-petit ami de Sandra.

— Bonjour...

— C'est Marchal à l'appareil.

— Oui, j'ai...

— Écoutez-moi ! J'ai besoin de vous. Je viens de discuter avec Sandra, elle n'a rien voulu me dire au sujet de... de Sacha. Elle me cache des choses ! Ils vont se voir ce week-end, j'en suis certain ! Vous devez lui parler ! Mais n'en faites pas trop ! Contentez-vous de suivre mes instructions !

— Très bien !

— Ah... j'allais oublier. Je sais pourquoi il se fait appeler Sacha.

— Ah, parce qu'il y a une raison à cela ?

— Oui, c'est lié à sa femme. Elle a vécu en Russie durant son enfance. Presque dix ans.

— Et ?

— Sacha est un diminutif en russe.

— Un surnom ?

— En quelque sorte. Vous saisissez ? En russe, Sacha est l'équivalent d'Alex.

— Je vois...

Chapitre 21 – Alex
15h00

Le commandant Trela et le capitaine Michels buvaient tranquillement leur café lorsqu'Alex et Christophe entrèrent à leur tour dans la grande brasserie. Les deux collègues saluèrent les policiers puis s'installèrent face à eux. La rencontre avait été organisée en dehors des locaux d'Agility, afin de sauver les apparences. Christophe tenait à préserver ses salariés soumis à forte pression depuis quelques mois.

Contrairement à ce que s'était imaginé Alex, l'enquête avait progressé de manière significative. Le capitaine Michels avait même des informations importantes à leur communiquer.

— Comme je vous l'ai annoncé tout à l'heure au téléphone, commença Michels, une piste semble se dessiner.

— Si vite ? s'étonna Alex.

— Nous prenons cette affaire au sérieux, poursuivit Michels. Tentative d'intimidation, menaces, cambriolage... tout ça en moins de trois jours ! Ce n'est pas banal. Cela dit, il est vrai que nous avons des dossiers plus urgents à traiter. Pour être franc, je dois admettre que nous avons eu de la chance. Le relevé d'empreintes n'a rien donné, mais le colis que nous sommes venus chercher lundi soir s'est révélé être une véritable mine d'or. Le numéro qui était inscrit au dos du paquet a suffi à reconstituer son itinéraire.

— Et ? demanda Christophe.

— Le colis a été expédié depuis un bureau de poste, en région parisienne. Je ne comprends pas très bien pourquoi notre homme ne s'est pas contenté d'envoyer une lettre anonyme. Il n'aurait laissé aucune trace derrière lui. Peut-être qu'il voulait s'assurer que le colis arrive avant votre départ pour Lyon ? Quoi qu'il en soit, ce bureau de poste est situé dans un centre commercial... qui est bien sûr équipé d'un système de vidéosurveillance.

— Génial ! s'exclama Christophe.

— Un collègue s'est rendu sur place ce midi et a récupéré les enregistrements. Comme nous savions approximativement à quelle date avait été expédié le colis, nous avons visionné les bandes vidéo en accéléré. Et, bingo ! Il semblerait que nous ayons réussi à démasquer le coupable, annonça Michels d'un air triomphant.

Alex et Christophe se retournèrent l'un vers l'autre, le sourire aux lèvres.

— Votre ancien collègue, Stéphane Peroni, a été aperçu là-bas vendredi dernier. Tous les soupçons pèsent sur lui désormais ! Regardez au centre de l'image ! ajouta le capitaine, en tendant son téléphone à Alex et Christophe. Il n'y a pas de caméra à l'intérieur du bureau de poste, mais le témoignage d'un employé corrobore cette thèse. C'est lui qui a envoyé le colis ! Le mobile est clair... Il s'est fait licencier. Et puis, il a conservé son badge, ce qui explique l'absence de traces d'effraction sur la porte d'entrée.

— Vous comptez l'interpeller ? demanda Alex.

— Nous l'interrogerons rapidement, répondit Michels.

— Et pour vendredi ? On fait quoi ? On peut se rendre à Lyon, alors ? supposa Christophe.

— Je mesure toute l'importance que revêt pour vous cet appel d'offres. Le sort de votre entreprise est en jeu. Mais comme je vous l'ai déjà dit, il vaut mieux rester prudent, conseilla Michels. Il est peu probable que votre ancien collègue ait agi seul. Il a sûrement des complices. Vous ne pouvez vraiment pas reporter votre déplacement ?

— Non, malheureusement, se lamenta Christophe.

La discussion se poursuivit une dizaine de minutes environ. Michels en profita pour livrer quelques détails supplémentaires et éclaircir les dernières zones d'ombres de l'affaire. Puis il invita Alex et Christophe à renforcer leur coopération, avant de les laisser repartir.

Les deux amis quittèrent l'établissement et retournèrent en direction d'Agility. Alex demeura silencieux un long moment. Il aurait voulu protester, s'insurger, prouver à tous que Stéphane n'avait rien à voir là-dedans... mais les faits ne souffraient aucune contestation. Il fallait simplement accepter la vérité. La description fournie par les policiers ne correspondait en rien à l'image qu'il s'était faite de son ancien collègue... mais il se méprenait, de toute évidence. Alex supposa que ses remords faussaient son jugement. Il se sentait responsable du licenciement de Stéphane. Lui annoncer de vive voix avait été une terrible épreuve. Cependant, rien de tout cela ne pouvait justifier une telle réaction. Stéphane n'était pas celui qu'il croyait. Alex s'était trompé à son sujet. Il n'y avait rien de plus à ajouter.

— Excuse-moi, Christophe ! Tu avais raison ! Je n'aurais jamais cru ça de lui. Faire ça par vengeance, ça me sidère !

— Ne te prends pas la tête ! C'est déjà assez dur comme ça. Tu sais, dans mon esprit, ça n'était qu'une simple hypothèse. Dans le fond, j'ai beaucoup de mal à y croire, moi aussi.

— Je suis écœuré. Je réalise petit à petit que je ne suis pas fait pour ça.

— Pas fait pour quoi ?

— Gérer une entreprise. Je suis au bout du rouleau. Je suis vidé. Je ne supporte plus cette pression.

— Ce qui vient de se produire est tout à fait exceptionnel, le rassura Christophe. Tu as toujours fait du bon boulot !

— Je parle de tout ce qui s'est passé ces dernières semaines. L'oral de vendredi me fait peur. Je dors mal. Je fais toutes les nuits le même cauchemar.

— Le même cauchemar ?

— Les salariés d'Agility ont placé tous leurs espoirs entre nos mains. Ils sont persuadés que nous allons décrocher le contrat, mais on revient avec de mauvaises nouvelles. Non seulement on a perdu, mais en plus, la société a fait faillite.

— Alex...

— Attends Christophe ! J'aimerais terminer ! Je m'sens pas bien. Je ne me reconnais plus. Il n'y a plus que le travail qui compte, je délaisse ma famille. Tout ça pour quoi ? Pour ma carrière ? Pour l'argent ? Pour ma satisfaction personnelle ? Je sais pas, je sais plus. J'en veux à Stéphane pour ce qu'il a fait... mais je m'en veux aussi.

— Je suis responsable tout autant que toi. On doit relever la tête !

— Puisqu'on en parle, je préfère être franc avec toi. Je ne pensais pas que la police avancerait si vite. J'ai mené ma propre enquête.

— Quoi ? s'écria Christophe. On s'était pourtant mis d'accord !

— Je sais, je regrette. Mais cette histoire m'obsède.

— Oui, je vois ça.

— J'ai contacté Vanessa. J'avais besoin de son aide, confessa Alex.

— Ce qui s'est passé avec elle ne t'a pas suffi ? Cette fille ne tourne pas rond ! C'est pour ça que j'ai reçu ce mail, avec les résultats de l'appel d'offres ?

— Oui. Elle a demandé à l'un de ses prestataires de fouiller dans les dossiers de Synergie. C'était une erreur, je suis désolé. Si quelqu'un s'en était aperçu, on aurait eu de sérieux problèmes.

— Je ne te le fais pas dire...

— Quand j'ai découvert nos bureaux, hier matin, j'ai même cru que tout était lié. Il me fallait un coupable. Suntek, notre concurrent ? Vanessa, par vengeance ? N'importe qui, mais pas Stéphane. Parce qu'indirectement, ça me rendait responsable moi aussi. Mais bon, tout cela n'aura servi à rien.

— Il est grand temps de décompresser.

— On fait quoi pour l'oral ?

— On va à Lyon. Mais tu as entendu les policiers ?

— Oui...

— Pas question de prendre le moindre risque. Et nos collègues doivent rester en dehors de ça ! Une fois que tout sera terminé, on fera le bilan. Je dois t'avouer que je songe sérieusement à raccrocher. Quant à l'enquête, on ne s'en occupe plus ! insista Christophe, avec un sourire entendu.

— Promis !

— D'ailleurs, tu devrais me donner la photo. C'est une pièce à conviction ! Je la remettrai à Michels. Je lui expliquerai pourquoi tu l'as gardée. Il comprendra ! Et si tu en as besoin, n'hésite pas à le contacter ! Je pense que c'est un bon flic !

— OK.

— Alex, on traverse une période difficile, mais tu dois tenir le coup ! Tu t'inquiètes pour Mel et Anna, tu repenses à ce qui est arrivé avec Vanessa. Ne doute pas de toi ! Tu es quelqu'un de bien. Les choses vont s'arranger.

Christophe posa alors une main amicale sur l'épaule de son collègue.

— Je sais à quel point ta famille compte pour toi. Quand vous tentiez d'avoir un bébé avec Mel, tu l'as toujours soutenue. Ça a simplement pris plus de temps que prévu. Mais durant cette période, tu as tout fait pour la réconforter. Tu ne lui en parlais pas, mais tu souffrais toi aussi. Tu as fait une erreur... on commet tous des erreurs. Je suis sûr qu'on va s'en sortir !

Finalement, Christophe abandonna Alex pour se rendre chez un de leurs clients. Il devait traiter un dossier urgent avant de partir pour Lyon le soir même. Alex regagna son bureau et s'affala dans sa chaise. Un grand rangement s'imposait... Mais il n'en avait pas le courage. Le ciel venait de lui tomber sur la tête. Il était à la fois terriblement déçu, et très inquiet de la tournure des évènements. Il aspirait à retrouver une vie normale auprès de Mel et Anna, mais craignait pour leur sécurité. Il fallait pourtant se ressaisir et tenter de sauver ce qui pouvait encore l'être.

Chapitre 22 – Alex

17h00

L'heure du goûter avait enfin sonné. Et Anna commençait à s'impatienter sérieusement. Elle se tortillait dans tous les sens et pleurait à chaudes larmes tandis que sa mère, qui se trouvait à ses côtés, préparait minutieusement son biberon. Absorbée par sa tâche, Mel n'entendit pas le claquement de porte qui retentit au même instant dans le hall d'entrée.

Anna eut droit à un biscuit qu'elle dégusta religieusement. La petite fille oublia vite son chagrin. Elle examina alors la pièce de fond en comble, tout en baragouinant des mots incompréhensibles. Et puis, tout à coup, un mouvement attira son attention. Anna tourna la tête et reconnut aussitôt l'homme qui la regardait tendrement depuis quelques secondes. Elle posa son gâteau et arbora un sourire charmeur. Étonnée de cette subite métamorphose, Mel se retourna et poussa un cri strident lorsqu'elle aperçut la silhouette à son tour. Mais sa frayeur soudaine se dissipa rapidement. Alex les observait depuis le pas de la porte. Il était tout aussi fasciné par la beauté naturelle de sa femme que par la bouille si gracieuse de sa fille.

— Tu m'as fichu une de ces frousses ! J'ai cru que quelqu'un s'était introduit dans la maison !

— Désolé ma chérie, je pensais que tu m'avais entendu rentrer.

— Et qu'est-ce que tu fais là d'abord ?

— Je tenais à vous faire une petite surprise, avoua Alex, un peu confus.

— Ça, pour une surprise, c'est une sacrée surprise ! Tu ne devais pas te rendre directement à la gare après le travail ? Je ne t'attendais pas avant samedi matin.

— Eh bien, j'ai changé de programme. On a fait du bon boulot avec Christophe, mentit Alex. Du coup, j'ai réussi à me libérer. Il faut que je reparte d'ici une heure.

— En tout cas, ça me touche beaucoup. Regarde Anna ! Elle est contente de te voir elle aussi ! Elle n'arrête pas de sourire !

Alex et Mel poursuivirent leur discussion pendant qu'Anna terminait son goûter. Après quoi, ils montèrent tous les trois au premier étage et s'installèrent dans le bureau. Chacun y avait sa place, notamment Anna qui avait dispersé ses jouets un peu partout à travers la pièce comme pour marquer son territoire. La petite fille aimait sentir la présence de ses parents. Elle aimait sentir leurs regards tendres et rassurants posés sur elle.

Mel savoura son plaisir. Au cours des derniers mois, elle avait souvent reproché à son mari ses absences répétées. Mais pour une fois, Alex avait pris une excellente initiative. Était-ce suffisant, cependant, pour se convaincre qu'il changerait durablement ? Aurait-il le courage, et surtout l'envie, de faire passer sa famille avant tout le reste, désormais ? Mel éluda cette épineuse question afin de ne pas gâcher ce bel après-midi. Elle observa Alex du coin de l'œil et lui caressa les cheveux du bout des doigts. Puis elle reporta son attention sur sa fille. Anna redoublait d'efforts pour tenter de se mettre debout. À n'en pas douter, sa ténacité serait bientôt récompensée. Mel se recula légèrement et posa sa tête contre le torse de son mari. Ses yeux humides trahissaient son émotion. Alex effleura le cou de sa femme avec sa main, avant de l'enlacer amoureusement. Mel serra les dents, mais ne put retenir une larme muette qui ruissela le long de sa joue. De délicieux frissons la secouèrent de la tête aux pieds. Alex essuya le visage de sa femme sans souffler mot. Seule Anna balbutia quelques paroles qui résonnèrent harmonieusement dans le silence de la maison.

L'obscurité avait peu à peu envahi la pièce. Alex soupira, déçu à l'idée de devoir quitter sa femme et sa fille. Il supposait toutefois que la beauté de cet instant magique devait beaucoup à son côté éphémère. En dépit de son jeune âge, Anna ajouta, elle aussi, sa pierre à l'édifice. Dans une tentative de la dernière chance, la petite fille se hissa sur ses deux jambes, ce qui provoqua la stupeur de ses parents. Elle se retourna aussitôt et afficha un large sourire... avant de perdre l'équilibre et de tomber sur les fesses. Fort heureusement, sa couche avait amorti la chute. Un fou rire général s'empara de toute la famille et l'après-midi s'acheva sur cette prouesse époustouflante.

Dix minutes plus tard, alors qu'Alex s'apprêtait à partir, Mel essaya de le réconforter.

— Tu dois vraiment t'en aller ?

— Mel, tu sais bien que je n'ai pas le choix !

— Oui, je sais. C'est juste que je n'aime pas te voir comme ça.

— Ça va s'arranger ! Samedi, tout sera terminé !

— J'espère...

— J'ai bien réfléchi. Vous aviez raison avec Christophe. Je vais faire un break. J'ai envie de passer plus du temps avec vous !

— Tu es sincère ?

— Bien sûr que je suis sincère ! J'en ai marre de tout ce stress... J'ai peur de...

— De quoi ?

— Excuse-moi, je dis n'importe quoi. Je suis fatigué de tout ça. Je vais démissionner !

— Tu vas démissionner ? répéta Mel, les yeux ébahis.

— Oui, j'ai pris ma décision !

— Le plus important, c'est que tu te sentes heureux. Et puis, tu peux compter sur nous !

— Tu crois que tout peut redevenir comme avant ?

— J'en suis sûre ! On se dispute parfois, mais on a besoin l'un de l'autre... Au fait, j'ai repensé à ce que tu m'as dit hier. Est-ce que ça a un lien avec ton travail ?

— Comment ça ?

— Tu t'investis tellement pour Agility. Je me demandais simplement si tu faisais ça pour me prouver quelque chose ? Pour me montrer que tu es capable de gagner beaucoup d'argent comme...

— Comme ton ex ?

— Oui. Parce que si c'est le cas, tu n'as aucun souci à te faire ! Je t'aime pour ce que tu es. L'argent ne rentre pas en ligne de compte.

— J'ai de la chance de vous avoir ! s'exclama Alex, d'une voix étranglée. Tu m'as toujours soutenu. Sans toi, je n'en serais jamais arrivé là où j'en suis aujourd'hui.

— Tu devrais essayer de te changer les idées. Tu adorais lire avant. Tu ne veux pas prendre le roman que je viens de terminer ?

— C'est quoi déjà ?

— « Ce que le jour doit à la nuit ». C'est un roman historique mêlé d'une histoire d'amour... Ça se déroule en Algérie, durant l'époque coloniale.

— Hum... Je préfère les « thrillers ».

— Allez, fais un effort pour une fois ! C'est vraiment bien !

— Je vais y réfléchir. C'est promis !

Alex et Mel se regardèrent tendrement. Et Alex reprit courage.

— Bon, allez, il faut que je file !

— Tu ne peux pas rentrer demain soir ?

— L'oral risque de s'éterniser. Et puis, Christophe a réservé l'hôtel.

— OK, OK, à samedi alors !

Mel s'approcha doucement d'Alex et lui glissa quelques mots à la consonance russe.

— Ya lyublyu tebya.

— Moi aussi, je t'aime.

Alex embrassa sa femme et sa fille, avant de se résoudre à les quitter pour de bon. Ce qui ne fut pas du goût d'Anna qui se mit à hurler de toutes ses forces.

À l'heure du repas, Mel repensa à cette merveilleuse journée. La visite-surprise de son mari l'avait profondément touchée. Ce n'était pas grand-chose dans l'absolu. Mais de petits gestes avaient parfois bien plus de valeur que de vibrantes déclarations. Alex n'aurait jamais fait ça sans être amoureux, c'était une certitude. La semaine à venir marquerait peut-être un tournant important de leur histoire. Une renaissance. La promesse d'une vie meilleure... Mais subitement, un doute s'insinua dans l'esprit de Mel. Cette dernière ignorait l'origine de ce changement de comportement si soudain. Et cela l'intrigua. Pour quelles raisons Alex voyait-il les choses différemment ? Quelque chose le poussait-il à se montrer plus attentionné ? Et puis, pourquoi semblait-il si bouleversé ces derniers jours ? Tout cela vira à l'obsession et Mel s'enfonça dans la mélancolie... jusqu'à ce que sa jalousie se réveille. Alex avait-il rencontré une autre femme ? Une femme qui l'aurait poussé à se remettre en question. Une femme pour qui il serait prêt à faire n'importe quoi. Mais dans un éclair de lucidité, la jeune mère de famille chassa ses idées noires. Alors, elle se prépara un plateau-repas et s'installa devant la télévision.

Chapitre 23 – Sacha

23h00

Sandra revient du cinéma où elle a été voir un film d'aventure, en compagnie de Camille, sa collègue. Elle n'est pas une grande amatrice du genre, mais une sortie entre amies ne se refuse pas... pas en ce moment. Elle avait envie de parler de Sacha à défaut d'avoir pu passer la soirée avec lui. Et Camille est une confidente toute trouvée. Sandra, qui s'est épanchée librement, n'a pas vu le temps passer. Quand elle pense à Sacha, tout lui paraît plus facile. Depuis leur rencontre, elle se sent légère. Sa vie a pris un tour inattendu. Elle goûte à nouveau aux plaisirs des choses simples. La culpabilité qui la ronge depuis quatre ans semble s'être volatilisée.

La jeune femme débouche enfin dans sa rue. Le calme règne, les volets sont fermés, la ville s'endort. Sandra est pressée de rentrer chez elle. Le froid lui glace les os. Elle rêve de retrouver son appartement et de prendre une douche bien chaude. Mais tout à coup, alors qu'elle n'a plus qu'une centaine de mètres à parcourir, son regard se fige. Une silhouette immobile, adossée au mur, se dresse sous les lueurs pâles de la lune. Sandra poursuit sa route, mais reste sur ses gardes.

La voilà au pied de son immeuble. Elle plonge une main dans son sac à la recherche de ses clés. Ses doigts engourdis effleurent le trousseau à plusieurs reprises avant de parvenir à s'en saisir. Elle entrouvre la porte puis jette un dernier coup d'œil sur sa gauche, par curiosité. L'homme a disparu. Sandra fronce les sourcils. Le silence assourdissant oppresse sa poitrine. L'obscurité s'épaissit peu à peu. À moins que ce ne soit son imagination qui lui joue des tours. Il faut dire que depuis quatre ans, le même scénario se répète inlassablement. Il suffit d'un bruit suspect, d'un mouvement trop brusque, ou encore d'une ombre furtive glissant le long d'un mur, pour qu'elle cède à la panique. Ces petites frayeurs sont devenues monnaie courante. La jeune femme n'a jamais réussi à se libérer de ce terrible fardeau. Elle a seulement appris à vivre avec.

Sandra s'engouffre à l'intérieur de l'immeuble et referme aussitôt la porte derrière elle. Elle pousse un grand soupir de soulagement tandis que le plafonnier s'allume sur son passage. Un léger sourire se dessine sur ses lèvres. La situation lui paraît absurde, à présent. Elle s'imagine allongée sur son canapé, recouverte d'une épaisse couverture, zappant de chaîne en chaîne jusqu'à tomber sur une émission racoleuse qui lui viderait la tête. Cette idée saugrenue lui plaît beaucoup. Il ne lui reste plus qu'à grimper les trois étages qui la séparent de son appartement.

Sandra traverse le hall, emprunte un long couloir sinueux et arrive enfin au bas de l'escalier en colimaçon. Elle lève la tête... et s'arrête net. Un homme à la carrure imposante, assis quelques marches plus haut, la regarde fixement. Son visage est dissimulé derrière une grosse écharpe de laine. Ses yeux injectés de sang luisent dans la pénombre. Sandra retient son souffle. Elle reste immobile et muette. Elle tremble de tout son corps. Ses oreilles bourdonnent. Sa tête est prête à exploser. Son cœur palpite avec violence. L'homme lui adresse la parole, mais elle ne réagit pas. Elle ne l'entend pas. Alors, l'homme se redresse brusquement. Il s'appuie sur la rambarde et s'avance avec détermination. Le bois des escaliers grince à chacun de ses pas. La jeune femme recule légèrement. Des larmes lui montent aux yeux. Elle voudrait hurler, fuir à toute vitesse. Mais elle en est incapable. Elle est pétrifiée. Tétanisée. Ses forces déclinent peu à peu, avant de l'abandonner définitivement. Et elle s'effondre sur le sol. L'homme s'approche de la jeune femme et la soulève avec précaution. Il gravit les marches en la portant dans ses bras. Il s'efforce de faire le moins de bruit possible pour ne pas attirer l'attention du voisinage. Une fois arrivé au troisième étage, il vide les poches de Sandra et en extirpe les clés de son appartement. Il pénètre à l'intérieur, traverse le couloir, et dépose la jeune femme sur son lit. Puis l'homme ressort de la chambre et se dirige vers la cuisine. Il fouille dans les placards à la recherche d'une bouteille d'alcool. Le whisky écossais qu'il vient de dénicher fera l'affaire. Il s'en sert un premier verre qu'il boit cul sec. Mais cela ne lui suffit pas. Il s'en ressert un deuxième, puis un troisième... Il retourne finalement dans la chambre de Sandra. La jeune femme gît inconsciente sur son lit. L'homme s'avance lentement et s'assied à ses côtés. Il glisse une main dans ses cheveux ébouriffés et hume son odeur, avant de fermer les yeux.

Chapitre 24 – Alex
23h30

Christophe, qui avait dû échanger ses billets à la dernière minute, avait finalement quitté Paris peu après vingt heures. Une urgence à régler avant son départ. Alex, quant à lui, était arrivé à Lyon en début de soirée. Il avait dîné dans un restaurant du centre-ville et patientait maintenant dans le hall de l'hôtel, les yeux rivés sur cette terrible photo. Il l'avait emportée sur les conseils de Christophe, afin de la lui remettre. Il regardait Mel et Anna, et se demandait comment Stéphane avait pu faire une chose pareille. Il se souvenait parfaitement de cette promenade en famille, dans le parc de Saint-Cloud, dix jours plus tôt. Imaginer qu'ils avaient été suivis tous les trois lui donna la chair de poule. Il avait exposé sa femme et sa fille à un grave danger en les mêlant involontairement à cette histoire. Et il le regrettait amèrement. Il aurait aimé faire part de ses préoccupations à l'agent Michels, mais il était presque minuit. Il se décida donc à passer un coup de fil au commissariat de rattachement du capitaine. Avec un peu de chance, quelqu'un lui répondrait peut-être. Alex avait besoin d'évacuer ce trop-plein de stress emmagasiné ces derniers jours. Aussi, il sortit son téléphone et composa le numéro. Une femme décrocha aussitôt.

— Commissariat du neuvième arrondissement, j'écoute.

— Bonjour, Madame ! Je vous appelle au sujet d'une enquête en cours. J'ai de nouveaux éléments à vous fournir.

— Très bien ! Qui est chargé de cette enquête ?

— Eh bien... il s'agit du capitaine Michels. Son adjoint est le commandant Trela.

— Trela et Michels, dites-vous ? Une seconde s'il vous plaît, j'ouvre le dossier.

Christophe arriva au même instant. Il franchit la porte d'entrée et remarqua la présence d'Alex, assis à l'autre bout de la salle. Il le salua d'un petit geste de la main puis se dirigea vers la réception.

— Allô, Monsieur ? demanda la femme, qui venait de reprendre le combiné.

— Oui ?

— Je n'ai rien trouvé. Il n'y a ni agent Trela ni agent Michels, ici. Je crains que vous ne vous soyez trompé de commissariat.

— Comment ça ? répliqua Alex, stupéfait. C'est impossible ! On s'est vus hier matin ! Vos collègues ont décliné leur identité. Ils ont bien précisé qu'ils étaient rattachés au commissariat du neuvième arrondissement.

— Je suis navrée. Vous vous êtes peut-être mal compris ? J'ai consulté les archives. Il n'y a aucune trace de votre dossier. Je ne peux rien faire dans l'immédiat. Vous n'avez pas les coordonnées de ces deux personnes ?

— Si, effectivement. Je les contacterai directement dans ce cas.

— Oui, je suppose que c'est ce qu'il y a de mieux à faire. J'ai noté votre numéro. Quelqu'un vous rappellera demain. Souhaitez-vous que je consigne vos renseignements ?

— Non, ce n'est pas la peine. Ça peut attendre.

— Il n'y a rien d'urgent ?

— Non, non... Merci, Madame, au revoir.

Alex semblait totalement déboussolé. Il se souvenait parfaitement des propos que leur avaient tenus les deux agents de police. Mais quelque chose lui échappait, à l'évidence. Que signifiait cette mascarade ? Et si toute cette histoire n'était en réalité qu'une vaste supercherie ? À qui faire confiance ? Alex rangea son téléphone et alla à la rencontre de Christophe.

— Tu as fait bon voyage ? demanda-t-il à son chef, en faisant un effort pour se donner un air détendu.

— Oui, ça m'a laissé un peu de temps pour réfléchir.

— À quoi ?

— À ce qu'on devrait faire demain !

— Et que devrait-on faire ?

— Ne prendre aucun risque ! On laisse Suntek remporter l'appel d'offres. Et à partir de la semaine prochaine, on commence à chercher un repreneur. Le plus important, c'est de sauver Agility... Je peux te proposer quelque chose, d'ailleurs.

— Quoi ?

— Je veux bien racheter tes parts, si tu es d'accord. Je m'occuperai du reste. Comme ça, tu seras débarrassé.

— Je ne sais pas quoi dire... OK !

— Tu as changé d'avis finalement ? s'étonna Christophe, qui sembla soulagé par la réponse de son collègue.

— Il faut que je pense à ma famille.

— Oui, tu as raison !

— En parlant de ça, j'ai apporté la photo. Tu la donneras aux enquêteurs quand tu retourneras les voir... Mais au fait, quand est-ce que tu as porté plainte ? Tu m'as dit qu'ils avaient récupéré le colis lundi soir.

— Oui, c'est ça. Lundi. Je... j'avais oublié le colis en partant. On est repassés au bureau un peu plus tard.

— Donc tu t'es rendu dans leurs locaux lundi soir ? Dans le neuvième arrondissement ?

— Oui, pourquoi ? s'agaça Christophe qui ne comprenait pas où son collègue voulait en venir.

— Pour rien, répondit Alex, qui en resta bouche bée.

Il n'en croyait pas ses oreilles. Jamais il n'aurait osé imaginer un tel rebondissement. Christophe lui avait menti sciemment. Cet homme qu'il avait si souvent pris pour modèle, cet homme pour lequel il s'était battu sans compter, venait de briser, en un instant, une amitié qu'il pensait indéfectible. À défaut d'y voir plus clair, Alex venait de découvrir le visage de son ennemi.

— Bon, on s'installe quelque part ? demanda Christophe.

Ce dernier déposa son manteau sur une table voisine et alluma son ordinateur, avant de se rendre aux toilettes. Alex s'enfonça dans sa chaise et regarda son collègue s'éloigner à grands pas. Quel rôle son chef jouait-il dans cette sombre affaire ? Quelles étaient ses motivations ? Alex se trouvait au pied du mur. Il devait saisir sa chance. Christophe avait commis une erreur en laissant son ordinateur déverrouillé. Une porte claqua au loin et le directeur d'Agility disparut dans un long couloir. Alex s'empressa d'ouvrir la boîte mail de son chef, sans vraiment savoir par où commencer ses recherches. Il se décida finalement à rester fidèle à ses convictions initiales. Il s'intéressa à l'appel d'offres et plus particulièrement à Suntek, leur concurrent. Une cinquantaine de messages s'affichèrent à l'écran. Alex en lut quelques-uns en diagonale, abasourdi par ce qu'il découvrait au fur et à mesure. Mais le stress lui fit perdre ses moyens. Les mots défilaient sous ses yeux sans qu'il mémorise la moindre information. C'est alors qu'une idée jaillit dans sa tête. Alex regarda furtivement en direction du couloir. Personne. Il sélectionna la totalité des messages et les transféra comme pièces jointes d'un seul et même message à sa propre adresse mail. Une petite enveloppe apparut aussitôt sur l'écran de son Smartphone. Alex transpirait à grosses gouttes. Il voulut ranger son téléphone, mais ses mains moites laissèrent échapper l'appareil. Sans réfléchir, il bondit de sa chaise pour le ramasser, puis jeta un nouveau coup d'œil en direction du couloir. Toujours personne. Il referma la boîte mail de son chef et poussa un énorme soupir de soulagement. Christophe ressurgit au même instant, de l'autre côté du hall, l'air soucieux. Il s'avançait d'un pas décidé, comme s'il se doutait de quelque chose. Et tout à coup, Alex fut pris d'une indicible angoisse. Son visage se décomposa. Dans la précipitation, il avait oublié d'effacer ses traces. Il rouvrit aussitôt la boîte mail. Le programme mit quelques secondes à démarrer. Des secondes interminables. Christophe, qui n'était plus qu'à quelques mètres de lui, fronça les sourcils. Alex déglutit lentement. Son chef ne manquerait pas de lui réclamer des explications. Il devait trouver une échappatoire. Immédiatement. La page « Messages envoyés » s'afficha enfin. Alex sélectionna le message qu'il s'était envoyé quelques secondes plus tôt, cliqua sur « Supprimer », puis, sans même relever la tête, appuya sur le bouton « Arrêt » du clavier. Christophe était là, derrière lui, et fixait l'écran noir de son ordinateur.

— Qu'est-ce que tu fais ? demanda-t-il froidement.

— J'étais en train de modifier la présentation, mais ton ordinateur a planté, mentit Alex.

— Ah oui, ça arrive parfois, répliqua Christophe, pas vraiment convaincu par la réponse de son collègue.

Cependant, Christophe tenta de se rassurer. Ses nerfs avaient été mis à rude épreuve depuis six mois. À bien y réfléchir, il n'y avait aucune raison de s'inquiéter outre mesure. Comment Alex aurait-il pu découvrir la vérité ?

Les deux hommes discutèrent pendant près d'une heure avant que Christophe, trop exténué, ne suggère d'aller dormir. Alex accepta sans hésiter. Il n'était pas fatigué, bien au contraire. Il désirait seulement s'enfermer dans sa chambre et poursuivre son travail. Il voulait comprendre. La nuit qui l'attendait serait longue... très longue.

Interlude

Trois ans et demi après la fin de l'appel d'offres

« Cela fera bientôt trois ans.

Je suis seul, isolé de tous, terré dans mon sous-sol. Je viens de pénétrer dans mon antre, sombre et ténébreux, le dernier endroit au monde où ma vie semble encore avoir un sens. Sur ma droite, les étagères croupissent sous la poussière. À mes pieds, des cartons remplis de babioles s'entassent les uns sur les autres. Le ménage n'a pas été fait depuis des mois, les murs encrassés dépérissent peu à peu. Pourtant, rien de tout cela ne me dérange.

Cette pièce fut jadis mon atelier de bricolage. L'odeur dont elle est imprégnée, mélange de bois, de rouille et d'essence, me rappelle de merveilleux souvenirs. De mon esprit fertile jaillissaient alors des idées toujours plus nombreuses. Je me plaisais à concevoir les plans d'une future maison de poupée pour Anna. Mais cette glorieuse époque est révolue. Le temps s'est écoulé, inexorablement, et a fini par éroder la magie qui opérait autrefois.

Mon regard perce l'obscurité. La cloison qui me fait face est recouverte d'un amoncellement de cartes, de clichés plus ou moins récents et de notes manuscrites. D'épais classeurs, remplis de feuilles qui débordent de tous côtés, jonchent le sol. Et pour parachever cet inquiétant tableau, la photo du Visiteur du Soir accrochée au milieu du mur. La grande fresque, en arrière-plan, relate sa vie dans ses moindres détails. Le décor ressemble à s'y méprendre au bureau d'un enquêteur lancé sur la piste d'un criminel notoire. Sauf que ce n'est pas le cas. Ici, c'est l'obsession qui prédomine, presque la folie. J'en suis conscient.

Que va-t-il se passer désormais ? J'ai attendu, patienté, espéré... durant près de deux ans. Quelle naïveté ! Rien n'a changé depuis le jour où j'ai reçu cette étrange lettre.

Mon ennemi est libre de ses faits et gestes. Cette pensée décuple ma rage. Je fixe de nouveau la photo. Je convoite ma proie, tel un prédateur assoiffé de sang, engagé dans une traque sans merci. Je la guette, je la flaire, je la tiens.

Ma décision est prise ! Je déchire cette lettre qui m'avait pourtant redonné espoir, ainsi que toutes celles qui ont suivi. Je ne peux plus attendre. Je veux découvrir la vérité. Ce que j'ai entrepris il y a trois ans a posé les bases de mon projet. Il ne me reste plus qu'à passer à l'action... car il n'existe aucune autre issue.

Je dois seulement me préparer une porte de sortie. Dans six mois, tout sera terminé ! »

VENDREDI

Chapitre 25 – Sacha

00h30

Allongée dans sa chambre, la tête encore bourdonnante, Sandra entrouvre les yeux. Elle se sent faible et fragile à la fois. Ses souvenirs sont confus. Elle a perdu la notion du temps. A-t-elle seulement somnolé quelques instants ? Ou s'est-elle endormie plus profondément ? La pièce est plongée dans le noir. Il fait froid. La jeune femme s'enfouit sous sa couverture. Petit à petit, elle recouvre sa lucidité. *La soirée au cinéma avec Camille. Sacha.* Elle sourit. Tout va pour le mieux. Elle étire ses bras, puis ses jambes... et tressaille tout à coup. Quelque chose retient son pied. Sandra tente de s'arracher à cette étreinte rude et puissante. Elle tire de plus en plus fort, et réussit enfin à se libérer. Quelqu'un est là, au pied du lit. Sandra recule précipitamment et se recroqueville dans un coin. Les murs qui l'entourent ne lui laissent aucune chance de s'échapper. La voilà prisonnière de sa propre chambre. Ses yeux se sont habitués à l'obscurité, et elle distingue nettement la silhouette qui se dresse devant elle. Elle se souvient, à présent. *Cet inconnu dans l'escalier.* Le cauchemar continue. La jeune femme semble résignée à son sort lorsque soudain, l'individu sème le trouble dans son esprit.

— Du calme Sandra ! Tu ne vas pas recommencer ?

Sandra croit reconnaître cette voix. L'homme n'est pas là par hasard. Il sait exactement à qui il s'adresse.

— Vous êtes qui ? hurle Sandra.

L'homme hésite. La situation est embarrassante. Il craint que cela finisse par se retourner contre lui.

— C'est moi. C'est Maxime. Je suis désolé. Je ne voulais pas te faire peur.

Sandra est stupéfaite. Elle allume aussitôt sa lampe de chevet pour se convaincre qu'elle ne rêve pas. Maxime apparaît dans la lumière indécise qui se répand dans la pièce. Cela fait près d'un an qu'ils ne se sont plus parlé. Il n'a pas vraiment changé, mais il n'est plus tout à fait le même non plus. Ses cheveux sont coupés très courts. Son visage est empreint d'une expression saisissante. Il sourit avec mélancolie.

— Tu es fou ? s'emporte Sandra. Tu débarques comme ça, à minuit... et en plus, tu t'introduis dans mon appartement !

— Je sais. Je ferai tout ce que tu voudras. Mais il faut que tu m'écoutes ! Ce que j'ai à te dire est très important !

— On se voit tous les ans à la même date. On se donne rendez-vous quelque part, on se recueille... Chacun repart de son côté avec l'espoir de s'en sortir un jour. Et ça me convient parfaitement ! s'exclame Sandra. Ce n'est pas contre toi, c'est juste que... Les mauvais souvenirs se réveillent quand tu es là, conclut-elle, en baissant la tête.

— Cette fois, c'est différent !

— Vraiment ? Et pourquoi ça ? Parce que tu l'as décrété ? Personne ne t'a forcé à t'en aller il y a quatre ans ! J'aurais aimé que tu me réconfortes, que tu me rassures. J'avais besoin d'entendre que je n'y étais pour rien. L'accident, le bébé... et tout le reste ! Aujourd'hui, je me reconstruis ! Et à vrai dire, je souhaite tourner la page... définitivement !

— Je ne suis pas venu te demander pardon, je suis venu te parler. J'ai beaucoup de choses à te dire.

— Ah oui ?

— Ça fait deux heures que je t'attends. C'est un de tes voisins qui m'a laissé entrer. Je ne repartirai pas d'ici tant que tu ne m'auras pas écouté !

— Tu aurais pu me dire que c'était toi tout à l'heure !

— J'ai essayé ! Mais tu t'es évanouie avant que...

Maxime se tait soudain. Il se lève et invite Sandra à en faire autant. Il veut lui prouver qu'il a bien reçu le message. Il sait qu'il doit prendre d'infinies précautions au risque de voir la jeune femme se braquer définitivement.

— Maxime, on ne vit plus ensemble. Si tu as des problèmes, parles-en à ta famille ou à tes amis !

— Sandra, je n'ai aucun problème ! C'est toi que ça concerne !

Sandra reste silencieuse, mais elle bouillonne à l'intérieur. La semaine a été riche en émotions et la tension s'est accentuée jour après jour. Sandra ne tient plus. Elle ne parvient plus à contenir sa colère.

— Ça suffit ! hurle-t-elle. Va-t'en ! Je peux me débrouiller seule !

La situation se complique sérieusement. Maxime doit réagir, il doit tenter quelque chose. Aussi, il promet à Sandra de s'en aller. À une condition. Elle doit écouter ce qu'il a à lui dire. La jeune femme finit par se calmer et acquiesce d'un hochement de tête.

— Je t'en ai voulu après l'accident, commence Maxime. Parce que tu n'as pas suivi les conseils des médecins. Mais je n'ai pas été à la hauteur moi non plus. J'aurais dû être là, pour toi. J'étais tellement triste. C'était une nouvelle épreuve à traverser, après les premières fausses-couches. Je n'avais pas le droit de t'abandonner. Nous aurions dû affronter ça ensemble. Aujourd'hui, je me suis fait une raison, j'assume mes erreurs. Mais à l'époque, je n'ai pas su quoi faire. Tu étais inconsolable. Et je ne supportais plus de te voir souffrir. On est devenus des étrangers l'un pour l'autre. On ne se parlait plus. Alors, j'ai préféré partir. C'est impardonnable, j'en ai parfaitement conscience. Mais j'étais dans le déni.

— Comment ça ?

— Je voulais me convaincre qu'il ne s'était rien passé, que ce n'était qu'une fausse-couche de plus... Sur le coup, ça a été une catastrophe. J'ai essayé de t'aider au téléphone, mais tu étais en état de choc. J'aurais dû insister davantage pour que tu restes sur place. Ensuite, tout s'est enchaîné.

— Il est trop tard maintenant !

— Je n'ai jamais cessé de t'aimer Sandra !

— Pourquoi... Pourquoi tu me dis ça aujourd'hui ? C'est...

— Parce qu'on ne sait pas de quoi demain sera fait, la coupe-t-il. On se voit rarement. Et ce n'est jamais le bon moment pour parler. J'ai hésité plusieurs fois, mais j'ai toujours fini par renoncer. J'avais peur de ta réaction.

Maxime baisse les yeux. Ce sentiment de honte qui l'habite depuis quatre ans vient de nouveau de s'emparer de lui.

— J'ai beaucoup souffert de notre rupture.

— Pardon ? s'offusque Sandra. Il me semble que c'était ton choix !

— Je regrette, j'étais malheureux. Je me posais tellement de questions. Est-ce que tu reprendrais goût à la vie ? Est-ce que tu serais capable d'oublier ? Il fallait que je sache...

Sandra esquisse une affreuse grimace. Les propos de Maxime lui font craindre le pire.

— Je t'ai suivi. Quelques fois.

— Quoi ? Mais qu'est-ce que tu racontes ? rugit la jeune femme.

— Je comprends ta réaction.

— Mais tu es malade ! J'aurais accepté de te parler. N'importe quand. Les choses ne seraient pas redevenues ce qu'elles étaient, mais je t'aurais écouté. Comment as-tu pu me faire ça ? Me suivre !

— Je... Je suis désolé. J'imagine très bien ce que tu peux ressentir. Tu sais, je ne l'ai pas fait souvent. Une fois de temps en temps, rien de plus.

— Rien de plus ? répète Sandra, le regard médusé.

— J'avais besoin de te voir sourire, j'avais besoin de te voir renaître. Je t'ai vu avec des hommes. C'était dur à encaisser, mais j'étais content pour toi !

— J'en crois pas mes oreilles, soupire-t-elle, en secouant la tête. Tu les as espionnés, eux aussi ?

— Non, jamais ! Enfin, presque. Ça ne m'est arrivé qu'une seule fois. Cette semaine.

— Quoi ?

— Je vous ai aperçus à la sortie d'Astero. J'étais venu pour toi.

— Ne me dis pas ça ! Pas lui ! Je ne veux pas entendre un mot de plus ! Et ne t'avise plus de t'immiscer dans ma vie ! C'est clair ? Mais est-ce que tu te rends compte de ce que tu as fait, au moins ?

— Sandra...

— Il me plaît. Je me sens bien avec lui. Tu saisis ? Va-t'en maintenant !

Maxime s'était préparé à subir les foudres de son ex-petite amie. Il espère reprendre le dessus. Sinon, tout ce qu'il a entrepris n'aura servi à rien.

— Il te ment. C'est pour ça que je suis là.

— Je comprends mieux, réplique Sandra, sur un ton sarcastique. Tu essayes de m'amadouer, et ensuite tu abuses de ma confiance. En fait, je crois que tu es jaloux.

— Sandra, il te cache des choses !

— Ah oui ? Et tu t'apprêtes à m'annoncer quoi ? Qu'il mène une double vie ? Qu'il a une femme et des enfants ? Qu'il fait tout ça uniquement pour s'amuser ? Waouh ! Quelle surprise ! Mais Maxime, si tu avais fait comme moi, tu te serais aperçu que pour aller de l'avant, il faut parfois prendre des risques. S'il est marié et qu'il doit quitter sa femme, eh bien, qu'il le fasse ! J'ai eu ma part de souffrance ! Je me fiche des conséquences. Et surtout, ne te mêle plus de mes affaires !

— Mais...

— D'ailleurs, nous partons à Rouen ce week-end, ajoute Sandra qui cherche à le piquer au vif. Il a loué une maison de campagne. Et tu sais, Sacha – mais tu connais sûrement déjà son nom – est vraiment très attentionné. Ça tombe bien ! C'est exactement ce qui me manquait depuis qu'on s'est rencontrés !

Maxime et Sandra se font face dans l'entrée. La jeune femme, le regard noir, s'avance en direction de Maxime. Elle ouvre la porte et l'oblige à reculer. Puis elle attrape son manteau et le lui jette à la figure.

— C'est Patrick Marchal qui m'a demandé de venir te voir, lâche Maxime, à court d'arguments.

— Quoi ? Mais c'est de mieux en mieux ! Pourquoi ne s'est-il pas déplacé lui-même ? Et puis d'abord, depuis quand tu le côtoies ?

— Depuis que nous l'avons rencontré.

— Heureuse de l'apprendre ! Je ne savais pas que vous vous fréquentiez ! Il ne m'a jamais rien dit ! Toi non plus, d'ailleurs. Et il veut quoi ?

— Il s'inquiète.

— Laisse-moi rire ! Il est comme toi ! Il ne supporte pas l'idée que je puisse rencontrer quelqu'un… Vous me fatiguez tous les deux !

— Ce n'est pas ce que tu crois, proteste Maxime. Écoute-moi ! Il s'appelle Al...

Mais le claquement de porte fracassant qui retentit dans la cage d'escalier étouffe ses derniers cris.

Maxime regagne sa voiture au pas de course. Il doit prévenir Patrick Marchal au plus vite. Cependant, il n'a pas l'esprit tranquille, car il sait que l'homme d'affaires ne fait jamais rien par hasard. Il lui fait confiance malgré tout. C'est ce qu'il a toujours fait. Il n'a pas d'autre choix de toute façon.

— Bonjour, Maxime. Vous avez de bonnes nouvelles ?

— Sandra part en week-end à Rouen, demain soir. Vous aviez raison.

— Je m'en doutais !

— Je... je vais être franc. J'ai commis une erreur.

— C'est à dire ?

— Je lui ai parlé... Parce que je m'inquiète pour elle. Je sais que j'aurais dû m'abstenir, mais ça a été plus fort que moi. Quoi qu'il en soit, elle n'a rien voulu entendre !

— Vous devez vous ressaisir, Maxime. Ce n'est pas le moment de flancher ! Vous avez toujours pu compter sur moi. Vous n'avez pas oublié ce qui s'est passé il y a quatre ans ?

— Comment le pourrais-je ? rétorque Maxime, d'une voix méprisante. Vous veillez sur elle depuis quatre ans, je vous en remercie ! Que vous faut-il de plus ?

— Sandra sait ce qu'elle me doit ! Elle s'est toujours montrée reconnaissante. Tâchez d'en faire autant !

— Je...

— Vous m'avez apporté une aide précieuse en les suivant tous les deux, poursuit Marchal. Laissez-nous faire à présent ! Mes hommes vont prendre le relais. Ils vont s'occuper de notre ami. Nous connaissons sa véritable identité, son adresse. Sa fille représente un bon moyen de pression également. Je peux vous garantir qu'il regrettera très longtemps de s'être approché de Sandra.

Chapitre 26 – Alex

10h00

Alex n'avait pas fermé l'œil de la nuit. Il était bien trop occupé à chercher des réponses. Et s'il n'avait pas encore réussi à reconstituer le puzzle dans son intégralité, il y voyait beaucoup plus clair désormais. Christophe avait trahi sa confiance en lui mentant sur toute la ligne. Le directeur d'Agility n'avait pas pu se rendre au commissariat du neuvième arrondissement de Paris comme il l'avait affirmé... puisque les deux agents, soi-disant chargés de l'enquête, étaient inconnus des services de police.

Alex avait étudié en détail le contenu des mails récupérés sur l'ordinateur de son chef, la veille au soir. Et ce qu'il avait découvert l'avait totalement déconcerté. *Contrairement à ce qu'il avait toujours prétendu, Christophe avait mené des négociations avec Suntek, leur concurrent. Il entretenait même des contacts réguliers avec l'actionnaire majoritaire de cette société, Jacques Petigo. Les messages ne laissaient pas de place au doute. Il y était clairement question de l'appel d'offres.* Alex, qui croyait se battre pour sauver Agility de la faillite, était tombé des nues en comprenant qu'il avait été manipulé depuis le début. *Petigo et Christophe s'étaient rencontrés à plusieurs reprises durant les semaines précédentes. Mais en réalité, les discussions avaient commencé six mois plus tôt.* Alex avait fait le lien avec la campagne de financement à laquelle avait participé Agility à la même époque. *Christophe souhaitait alors ouvrir le capital de la start-up à de nouveaux investisseurs, afin de renflouer les caisses de l'entreprise. Cependant, l'expérience s'était soldée par un échec.* Alex fouilla dans sa mémoire. Des souvenirs lui revinrent peu à peu. *Jacques Petigo avait pris part, lui aussi, à la campagne de finance-*

ment, en tant qu'investisseur potentiel. C'est à cette occasion qu'avec Christophe, ils avaient fait la connaissance de cet homme froid et réservé. Alex n'arrivait pas à mettre un visage sur son nom, mais il se rappelait vaguement de cette rencontre, à présent.

Si le jeune ingénieur avait progressé dans ses recherches, quelques zones d'ombre restaient encore à éclaircir. Quel accord Petigo et Christophe avaient-ils conclu ? Pourquoi Christophe avait-il accepté un arrangement avec cet homme sans lui en parler ? Petigo avait-il essayé de corrompre les dirigeants de toutes les sociétés engagées dans l'appel d'offres ?

Alex fut tiré de ses pensées par les vibrations de son téléphone portable. Il avait réglé son réveil pour qu'il sonne à dix heures précises, l'heure à laquelle il devait retrouver Christophe dans le hall de l'hôtel. Pressé de s'expliquer avec lui, Alex empoigna son sac et quitta la chambre précipitamment. Il n'avait plus d'autres préoccupations que de protéger sa famille. Toutefois, les menaces qui pesaient sur ses épaules l'avaient dissuadé de porter plainte. À qui faire confiance dans une telle situation ? Les hommes qui tentaient de l'intimider faisaient partie d'un réseau bien organisé. Ils étaient parvenus à se procurer les enregistrements vidéo d'un grand centre commercial francilien sans la moindre difficulté. Alex supposait toutefois que tout se déroulerait sans accroc s'il se pliait aux exigences de ses maîtres chanteurs. Il suffisait de ne pas commettre d'imprudence.

En voyant son collègue arriver, Christophe sentit dans son regard une froideur inhabituelle. Quelque chose le tracassait, à n'en pas douter.

— Salut Al...

— Petigo, ça te dit quelque chose ? le coupa Alex, qui désirait aller droit au but.

Christophe écarquilla grand ses yeux et s'efforça de dissimuler son embarras.

— Mais de quoi tu parles ? demanda-t-il à son collègue, en prenant un air offusqué.

— Arrête Christophe ! Pas de ça entre nous ! Je suis au courant pour les faux policiers. Pour l'appel d'offres aussi.

Le directeur d'Agility, le visage blême, se vit contraint de passer aux aveux.

— Je... je suis désolé, balbutia-t-il d'une voix hésitante. Comment tu as fait pour...

— Ton ordinateur, hier soir. C'est comme ça que j'ai compris. Je venais d'appeler le commissariat, un peu par hasard.

Christophe baissa la tête. Un silence glacial s'installa alors entre les deux hommes.

— Je vois, soupira finalement Christophe. On peut en discuter.

— Bien sûr qu'on va en discuter ! Comment tu as pu me faire ça ?

— Je t'en prie, calme-toi ! souffla Christophe, en posant une main sur l'épaule d'Alex.

D'un mouvement brusque, Alex repoussa violemment son chef, devant plusieurs clients interloqués.

— Ne me touche pas !

— Excuse-moi ! Je...

— Arrête de t'excuser ! Et dis-moi pourquoi tu as fait ça !

Christophe acquiesça gravement, puis marqua une courte pause, de manière à faire redescendre la tension. Il invita ensuite Alex à le suivre et à se mettre à l'écart des autres clients.

— Agility va mal, commença-t-il, sur un ton solennel. Et ça ne date pas d'hier, la crise dure depuis deux ans !

— Ça, je le sais déjà !

— On a perdu la moitié de nos clients. Et ceux qui sont restés ont drastiquement réduit leur budget. Qu'aurais-tu fait à ma place ?

— Hein ?

— Qu'aurais-je dû faire ? insista Christophe. Je misais sur un retour de la croissance. Peut-être qu'inconsciemment je me voilais la face ? C'était un pari osé, je te le concède. Le problème, c'est que la tendance ne s'est pas inversée, bien au contraire. Alors, j'ai consenti quelques sacrifices.

— Comment ça : « quelques sacrifices » ? demanda Alex, qui craignait que Christophe soit en train de chercher à embrouiller les choses.

— Je ne me verse plus de salaire depuis un an.

— Mais qu'est-ce que tu racontes ?

— Je devais assumer.

— J'aurais pu t'aider !

— Ah oui ? Même les banques refusaient de nous prêter de l'argent ! Il n'y avait aucune autre option.

— On aurait pu y réfléchir ensemble ! Tu aurais dû m'en parler ! Je suis ton associé !

— Je voulais que chaque collaborateur donne le meilleur de lui-même. Toi y compris.

— Et cacher la vérité était la seule solution ?

Alex s'humecta les lèvres. Les explications de son chef lui semblaient un peu confuses.

— Christophe, arrête de tourner autour du pot ! Je ne vois pas le rapport avec ce qui se passe !

— La conjoncture s'est dégradée rapidement. Seul un repreneur sérieux aurait pu sauver Agility. Quelqu'un qui aurait injecté de l'argent frais.

— Alors pourquoi n'a-t-on pas vendu ? s'agaça Alex.

— J'ai commis une erreur. J'attendais beaucoup de la campagne de financement et de l'appel d'offres. J'espérais de nouvelles recettes. Je pensais qu'on réussirait à remonter la pente.

— Pourquoi Petigo t'a contacté pendant la campagne de financement ? le coupa Alex qui, malgré son profond ressentiment, désirait comprendre les raisons qui avaient poussé son chef à agir de la sorte. C'est lui qui a tenté de racheter Agility il y a six mois ?

— Oui. Il m'a proposé un marché. Il savait qu'on allait participer à l'appel d'offres. Il savait aussi pour nos problèmes de liquidités. Il m'a promis une aide financière substantielle... sans me donner plus de détails. Il est resté évasif. Il m'a juste fourni les coordonnées d'un avocat.

— Et ensuite ?

— Ils m'ont transmis une offre de rachat. J'ai vraiment hésité. Vendre la société aurait été la solution idéale. Mais tu m'en as dissuadé !

— Moi ?

— Oui, toi ! Tu étais motivé, tu avais investi de l'argent dans ce projet. Tu y croyais dur comme fer ! C'est pour cette raison que j'ai refusé.

Christophe ferma les yeux comme si d'horribles images venaient de lui traverser l'esprit.

— C'est à ce moment-là que ça a dégénéré. Il y a cinq mois environ.

— C'est à dire ?

— Petigo est revenu à la charge. Il est devenu plus pressant, précisa Christophe, la voix étranglée par le souvenir de cette douloureuse période. Il me reprochait d'avoir repoussé son offre. Au début, j'ai pris ça pour du lobbying.

— Il t'a menacé ?

— Oui, d'une certaine manière. Il m'a fait comprendre qu'il n'y avait plus rien à attendre de la campagne de financement. Il connaissait beaucoup de monde, il avait...

Christophe, épuisé nerveusement, s'interrompit soudain, les yeux brillants.

— Qu'est-ce qu'il a fait ?

— Il a fait croire à beaucoup de monde qu'on avait déjà travaillé pour lui... à des investisseurs en particulier.

— Et il leur a dit quoi exactement ?

— Que nous n'étions pas professionnels !

— Hein ? Mais c'est quoi son problème ?

— Il voulait racheter Agility à un prix raisonnable pour en faire l'adversaire principal de Suntek en vue de l'appel d'offres.

— Pourquoi ?

— Des hommes comme lui n'ont pas de limites. Ils ne laissent rien au hasard. Tout est calculé, surtout quand il y a de telles sommes en jeu.

— Cinq millions d'euros... souffla Alex.

— Oui, cinq millions d'euros ! Avec ses amis, ils sont prêts à tout pour remporter ce contrat ! Ils ont étudié toutes les sociétés engagées pour l'appel d'offres. Et ils nous ont choisis.

— Choisis ? répéta Alex, le regard perdu entre incompréhension et écœurement.

— Ils ont compris qu'on était vulnérables. Leur plan était simple : racheter Agility et évincer les autres concurrents en mettant en avant la rivalité entre nos deux entreprises.

— Et ils comptaient s'y prendre comment ?

— Ils ont des relations. Ils savent comment manipuler les médias spécialisés.

Alex secoua la tête de dépit.

— Ah, et encore un détail ! ajouta Christophe. Ils connaissent le responsable de l'appel d'offres chez Synergie. C'est comme ça qu'ils ont eu accès au dossier de l'appel d'offres et à la liste des participants. Autant te dire qu'ils avaient déjà un pied en finale avant le lancement de l'appel d'offres. Alors, en contrôlant deux sociétés... Ils rêvaient de cette confrontation entre Suntek et Agility.

— Pour être sûrs de gagner...

Christophe ferma les yeux et acquiesça du bout des lèvres.

— Et ça ne leur suffisait pas d'avoir un responsable dans la poche ?

— Non, ça n'est pas aussi simple. Les avis sont partagés au sein du jury. Petigo et sa clique ne sont pas à l'abri d'un revirement de dernière minute.

— Dans ce cas, pourquoi ils n'ont pas tenté d'influencer les autres chefs d'entreprises ?

— Trop risqué ! Ça aurait fini par se savoir. Ils ont influencé le déroulement des débats, mais il reste toujours une part d'incertitude. C'est pour ça qu'ils avaient besoin de nous. Agility est une petite structure. On est plus facilement manipulables.

Alex serra la mâchoire et détourna son regard, frustré de se sentir aussi impuissant.

— Ils n'ont pas aimé que je leur mette des bâtons dans les roues, poursuivit Christophe. Ils nous ont fait une très mauvaise publicité. La situation était préoccupante, mais là, c'est encore pire ! Je me suis promis de t'épargner ça. Tu avais tes soucis avec Mel... Mais à force de subir toute cette pression, j'ai fini par craquer. Oui, je l'admets, j'ai craqué. J'en pouvais plus. Ils m'ont forcé à négocier avec eux. Et j'ai passé un accord il y a un mois.

— Un accord ? Mais de quel accord tu parles ?

— La première solution aurait été la meilleure pour tout le monde. Ils auraient eu ce qu'ils voulaient et on aurait récupéré notre mise de départ. Mais comme ça ne s'est pas fait et qu'ils étaient pressés, ils ont changé d'approche.

— Comment ça ?

— Ils s'arrangeaient pour qu'on accède au second tour de l'appel d'offres. En contrepartie, on devait leur laisser la voie libre. Le rachat a été repoussé temporairement. Il servira uniquement à maquiller la vérité. Ou peut-être même qu'il n'y aura pas de rachat...

— Je ne comprends pas comment on a pu en arriver là, regretta Alex, totalement dépassé par l'ampleur du problème, qui semblait s'aggraver à mesure que Christophe lui apportait des précisions.

— Ils ont essayé de négocier avec les actionnaires, mais ça n'a pas marché.

— C'est pour ça que Petigo est revenu à la charge ?

— Oui. Il voulait le contrôle d'Agility. Il savait qu'avec nous il arriverait plus facilement à atteindre son but.

— Et moi, qu'est-ce que j'ai à voir avec tout ça ?

— Même si tu ne détiens que onze pour cent du capital, tu es devenu l'élément central de toute cette histoire. Je devais te convaincre de vendre tes parts. Et je savais que ce serait compliqué. Tu es fier. Tu es prêt à faire des sacrifices... J'ai tenté de te raisonner...

— Pourquoi ? Tu aurais pu imposer ta décision !

— Non, je ne suis pas actionnaire majoritaire ! Je ne voyais aucune solution en fait ! J'ai essayé de gagner du temps. Je ne voulais pas t'embarquer là-dedans.

— C'est réussi !

— Je... je regrette, Alex. Je ne savais pas à qui on avait affaire. Quand ils m'ont parlé de leur nouveau plan, j'ai dit oui. Sans hésiter. Je pensais que tu finirais par lâcher prise. Tu crois franchement que tu aurais accepté de négocier avec eux ?

— Non, c'est vrai, j'aurais certainement refusé... mais comment tu as pu mêler ma famille à cette histoire ?

— Je suis sincèrement désolé, s'excusa encore une fois Christophe. Mais sois tranquille ! Mel et Anna ne risquent rien ! La photo, c'était uniquement pour t'impressionner.

— Ah oui, et je devrais te faire confiance ? Quoi qu'il ait pu se produire, et même si ces hommes t'ont poussé à bout, je ne pourrais jamais te pardonner ce que tu as fait ! Il va se passer quoi maintenant ? demanda froidement Alex.

— Si on suit leurs consignes : rien de spécial.

— Et c'est quoi ton rôle dans tout ça ?

— Il fallait que je te pousse à renoncer à l'appel d'offres. Je devais aussi m'assurer que la police reste en dehors de ça.

— Et maintenant qu'est-ce qu'on fait ?

— Face à des hommes aussi puissants, la justice ne peut rien. On aura besoin de temps pour oublier, mais on y arrivera.

— Je n'oublierai pas ! rétorqua Alex, le regard noir. Tu peux me dire ce qu'on fait ici, puisqu'on a déjà perdu ?

— On ne peut pas abandonner comme ça ! Sinon, une des sociétés sera repêchée. Ça attirerait l'attention et ça nous mettrait en danger inutilement. On ne peut pas se saborder !

Alex inspira profondément, puis plongea ses yeux dans ceux de Christophe. La colère qu'il était parvenu à contenir jusque-là remontait peu à peu à la surface.

— Et Stéphane ? Il est innocent, n'est-ce pas ?

— Oui, admit Christophe. Mais on était obligés de le licencier. Il n'y avait rien à faire de ce côté-là.

— Comment avez-vous fait pour...

— Petigo lui a donné rendez-vous dans un centre commercial. Il l'a invité à déjeuner.

— À déjeuner ?

— Il a simulé un entretien d'embauche. Il s'est présenté sous une fausse identité. Ensuite, il lui a suffi de récupérer les enregistrements des caméras de vidéosurveillance. Le centre commercial appartient à l'un de ses amis. En revanche, on ne t'a pas montré les images du bureau de poste, puisque Stéphane n'y a jamais mis les pieds. C'est Petigo qui a expédié le colis. Il a fait ça pour brouiller les pistes, en espérant que tu ne creuserais pas trop.

Alex sentit la colère s'emparer de lui définitivement. Une colère sourde et impitoyable. Lui qui avait horreur de l'injustice était profondément choqué par ce qu'il venait d'entendre. Il en voulait à Christophe à qui il avait accordé une confiance aveugle. Mais il en voulait bien plus encore à ces hommes qui venaient de bouleverser son existence.

Alex mit cependant son ego de côté. Il s'éloigna de quelques mètres, fit le vide dans sa tête, puis revint vers Christophe, le visage impénétrable. Plutôt que de répondre à la violence par la violence, il s'était résigné à encaisser les coups sans broncher. Ce détachement apparent masquait pourtant une angoisse absolue de voir Mel et Anna impliquées dans cette histoire.

— Si je résume, Petigo souhaite que Suntek remporte l'appel d'offres. C'est dans son intérêt et dans celui de ses amis.

— Oui.

— Il fait jouer ses relations en interne chez Synergie pour soudoyer le jury, continua Alex, toujours très tendu. Mais ça ne lui suffit pas ! Il veut racheter Agility. Le problème, c'est que tu refuses sa proposition. Alors, il te menace.

— Jusqu'à ce que je finisse par céder à son chantage.

— Oui, sauf qu'entre-temps, il a changé ses plans. L'urgence, c'est l'appel d'offres. Il faut absolument qu'Agility et Suntek se retrouvent au second tour.

— Je devais te convaincre de laisser gagner Suntek.

— Tu me connais, tu sais que ça sera difficile. Tu as peur que je prévienne la police. C'est pour ça que tu as besoin de l'aide de Petigo pour monter cette machination.

— Oui, je devais m'assurer que...

— Que j'accepte vos conditions sans rien dire ! C'est pour ça que tu te montres bienveillant à mon égard, lui lança Alex, sur un ton acerbe. Tu me proposes même de tout gérer pour moi. L'enquête. Le rachat de mes parts. Si j'avais accepté, je ne me serais rendu compte de rien...

— C'est à peu près ça, oui.

— Sauf qu'on peut encore tout changer !

— Je t'en prie Alex, il vaut mieux en rester là ! Ces hommes sont particulièrement dangereux.

— Ils sont combien ?

— Aucune idée. Il y a des hommes de main : les deux policiers que tu as rencontrés cette semaine, et un certain Damir. C'est lui qui a saccagé les bureaux. Il fallait que ça fasse vrai.

— Tu lui as donné un badge ?

— Oui, celui de Stéphane.

— Et les autres ?

— Il y a Jacques Petigo, et son fils... c'est lui l'avocat du « clan ». Leur point d'entrée chez Synergie, c'est Benjamin Carsani. C'est lui le responsable de l'appel d'offres. Et puis, il y a leur chef, le père de Carsani. C'est un ami de longue date de Petigo. Ils se connaissent depuis leurs années d'études.

— Tu vois Christophe, je pensais qu'en apprenant la vérité, je me sentirais libéré. Mais en fait, c'est tout le contraire ! Je veux me venger. Je veux qu'ils payent pour ce qu'ils ont fait !

— Calme-toi, Alex ! Ce sera bientôt de l'histoire ancienne !

Alex bouillait de colère. Il songeait à ces hommes que le pouvoir rendait invulnérables. Ils étaient devenus des « intouchables », au fil du temps, en développant leurs réseaux, en manipulant les gens, en contournant les règles, en intimidant leurs adversaires. Ils transgressaient les lois en toute impunité. Alex s'interrogeait. Fallait-il s'effacer devant ces « puissants » comme l'avaient fait de si nombreuses personnes avant lui ? Ou bien, devait-il, au contraire, aller au bout de ses idées, quitte à mettre sa vie en péril ? Alex avait beaucoup à perdre, mais il ne parvenait plus à canaliser cette rage destructrice qui le rongeait de l'intérieur.

— Très bien, restons-en là ! conclut-il cependant.

— Oui, il vaut mieux, répliqua Christophe, qui sembla soulagé de voir son collègue revenir à la raison. On vendra nos parts dans quelque temps, au prix qu'ils fixeront. Et on passera à autre chose.

— Et qu'est-ce qui prouve qu'ils rachèteront nos parts ?

— Comme je te l'ai dit : rien ! Mais je n'en suis plus là, Alex ! Dans le pire des cas, on trouvera un autre repreneur.

— Je vois... Mais, dis-moi encore une chose ! Leur chef, le père de Carsani, c'est quoi son rôle ?

— Il navigue d'une société à l'autre et il sollicite les services de Petigo. Leur combine est parfaitement rodée. Je les ai entendus en parler un jour.

— Il fait quoi précisément ?

— Il débloque des budgets dans les sociétés pour lesquelles il travaille. Ensuite, il lance de fausses consultations. Et pour finir, il transfère les fonds vers les entreprises de Petigo.

— À force, ça aurait dû se savoir !

— Non ! Pour deux raisons. D'abord parce que Petigo est un pro. Il ne laisse aucune trace. Il crée des sociétés-écrans pour dissimuler les transactions financières.

— Et la seconde ?

— Le père de Carsani change souvent de poste. Enfin, « changeait ». C'est du passé maintenant. Comme il avait l'habitude de se livrer à des pratiques douteuses, il n'est jamais resté très longtemps au même endroit. Il y a bien eu quelques bruits de couloir, parfois, mais ça n'est jamais remonté très haut. Et puis, finalement, les choses se sont tassées il y a sept ou huit ans quand son fils a obtenu son diplôme. Il a pris du recul. C'est à ce moment-là qu'il s'est engagé chez Synergie.

— Hein ? Le père de Carsani travaille aussi chez Synergie ? s'étonna Alex.

— Oui, il a d'énormes responsabilités. C'est un homme d'affaires important. Il dirige toute une division... environ quinze mille personnes. Il en a profité pour pistonner son fils. Aujourd'hui, c'est Benjamin la clef de voûte du système. Il est resté discret les premières années, mais maintenant, il marche dans les pas de son père. Il lance des appels d'offres et il s'arrange pour faire gagner ses amis. Pour étouffer les rumeurs, il change de service tous les deux ans, comme son père changeait d'entreprise à l'époque. Il ne devrait pas tarder à quitter Synergie d'ailleurs.

— Christophe, je ne comprends pas. Des Carsani, chez Synergie, il n'y en a pas des dizaines !

— Non, il n'y en a qu'un.

— Comment ça : un ?

— Oui. Les parents de Benjamin ont divorcé il y a longtemps. Benjamin a pris le nom de sa mère. C'est un leurre en quelque sorte.

— Et son père, il s'appelle comment ?

— Il s'appelle Patrick Marchal.

Chapitre 27 – Alex

13h30

Alex et Christophe avaient quitté leur hôtel aux environs de midi, avant de prendre la direction du centre-ville de Lyon. Ils avaient poursuivi leur discussion tout au long du trajet. La situation tendue avait donné lieu à des échanges houleux entre les deux hommes. Alex était profondément déçu par l'attitude de son chef et avait beaucoup de mal à digérer cet échec immérité. Il s'était fortement impliqué dans le dossier Synergie sans jamais ménager ses efforts, au détriment de sa vie de famille. Il l'avait fait parce qu'il avait cru en Christophe, mais aussi, et surtout, parce qu'il avait cru en ce projet. Il s'était battu pour Agility, pour ses collègues également. Comment aurait-il pu continuer à se regarder dans une glace, s'il les avait lâchement abandonnés ? Mais l'heure n'était plus aux débats stériles.

Les deux hommes patientaient dans le hall d'entrée de la grande tour Synergie depuis près de dix minutes, lorsque l'assistante de Benjamin Carsani se présenta devant eux. Cette dernière les conduisit jusqu'aux ascenseurs et les fit monter au vingt-sixième étage. Le petit groupe s'arrêta quelques instants sur le palier, le temps que la jeune femme sorte son badge. Puis ils accédèrent à un vaste espace rempli de bureaux à perte de vue qu'ils traversèrent en silence, tandis que de nombreux employés s'affairaient à la tâche. Ils empruntèrent des couloirs éclairés par des spots aux couleurs rouges et noires de Synergie, et longèrent deux open-spaces surpeuplés où régnait un vacarme épouvantable. Les managers occupaient quant à eux des recoins plus tranquilles, éloignés de ces zones de turbulence. À chaque étage, on voyait se reproduire ces scènes ordinaires de la vie quotidienne d'une grande entreprise. Christophe, qui avait observé les lieux avec attention, s'imprégnait peu à peu de cette atmosphère électrique. Il se sentait néanmoins un peu perdu au milieu de tous ces gens. Cet univers impersonnel ne ressemblait en rien au rêve qui avait pris forme dans son esprit trois ans plus tôt, lorsqu'il avait donné naissance à Agility. Cependant, les deux sociétés ne jouaient pas dans la même cour. Comparer une start-up aux moyens limités avec une multinationale aux profits faramineux avait-il d'ailleurs un sens ? Christophe ne pouvait s'empêcher de penser qu'il avait fait le bon choix en tentant cette aventure périlleuse. Il savait pertinemment ce qui se cachait derrière ces moquettes flambant neuves et ces magnifiques bureaux en bois, tous identiques. Les intérêts de l'entreprise prévalaient toujours, ce qui poussait les salariés à se positionner les uns par rapport aux autres, au risque de voir se développer un individualisme exacerbé. Le capitalisme à outrance, imposé par les actionnaires, était, certes, un puissant moteur de progrès, mais il faisait peser sur chaque collaborateur une menace constante, telle une épée de Damoclès prête à s'abattre sur leur tête à tout moment. C'était précisément de cette voie dont Christophe avait voulu s'écarter, lui qui considérait que la valeur d'une entreprise reposait en premier lieu sur la valeur de ses employés.

Quelques instants plus tard, l'assistante s'arrêta enfin et invita les deux collègues à entrer dans une grande salle de réunion.

La soutenance orale avait démarré par un rapide tour de table. Alex et Christophe avaient ensuite défendu leur dossier tout en veillant à respecter les consignes de Petigo. Ils avaient fait preuve d'un grand professionnalisme, mais s'étaient contentés de répéter inlassablement les mêmes réponses. La tension restait palpable et Alex se sentait mal à l'aise. Bien qu'il ait réussi à garder son sang-froid jusque-là, un insatiable désir de vengeance grandissait en lui. Il nourrissait un fort ressentiment à l'encontre de Benjamin Carsani qu'il tenait pour responsable de la situation. Et depuis quelques minutes, Alex le fixait obstinément. Christophe, qui avait noté le changement de comportement de son collègue, avait tenté de le dissuader de commettre l'irréparable. Il avait jeté des regards noirs dans sa direction, sans toutefois parvenir à le décourager.

Carsani, qui s'était fait discret jusque-là, se leva tout à coup. Il se dressa fièrement au milieu de la pièce et fit quelques pas en direction d'Alex et Christophe de manière à donner de l'importance à son intervention.

— Messieurs, vous avez réalisé une prestation de très grande qualité. Il n'y a rien à dire là-dessus. Je souhaiterais toutefois vous faire partager ma vision des choses, que je pourrais résumer en ces termes : Agility dispose d'un potentiel intéressant, mais qui n'est pas exploité à sa juste valeur.

Carsani se frotta les mains et esquissa une moue satisfaite. Puis il étaya ses propos.

— Vous devez renforcer la compétitivité de votre entreprise pour prétendre à devenir plus qu'un simple outsider. Agility ne compte qu'une vingtaine de salariés, ce qui est trop peu pour faire face aux défis qui seront les nôtres dans les années à venir. Cinq millions d'euros, c'est huit personnes à temps plein pendant trois ans. Nous ne pouvons pas nous tromper dans notre choix. Les enjeux économiques et politiques de ce projet sont considérables. Comprenez bien, ajouta-t-il sur un ton mielleux, que nous sommes peu enclins à nous aventurer hors des sentiers battus. Un groupe comme le nôtre se doit d'être vigilant. Nous attendons de nos partenaires qu'ils soient fiables et flexibles. Je ne doute pas de vos compétences, mais il vous faudrait vous renforcer très rapidement. Et pour tout vous dire, votre concurrent a déjà travaillé pour nous. C'est un gage de succès supplémentaire.

Carsani accorda alors un petit temps de répit à l'auditoire. En fin stratège, il imposait son rythme, avec un seul objectif en tête : faire en sorte que ses idées pénètrent lentement l'esprit des membres du jury.

— En outre, poursuivit-il, vos bilans financiers ne cessent de s'alourdir. Vous pourriez être rachetés, ou pire : faire faillite. Ce qui est totalement exclu !

Excédé par ces propos tendancieux, Alex perdit définitivement son sang-froid. Il fit un pas en avant, sous le regard horrifié de Christophe.

— Monsieur Carsani, vous dirigez un département qui compte plus de cinq cents employés. On ne confie pas de telles responsabilités à n'importe qui. Je me suis renseigné à votre sujet : école de commerce prestigieuse, diplôme obtenu haut-la-main, choix de carrière judicieux, ascension fulgurante. Et aujourd'hui, vous êtes un manager reconnu. Vous avez dû faire des envieux tout au long de votre parcours, n'est-ce pas ?

Carsani toisa Alex avec mépris. De son côté, Christophe baissa la tête, ferma les yeux et passa une main tremblante sur son front. Il regrettait la décision d'Alex et redoutait les terribles conséquences qui en découleraient inévitablement.

— La sélection d'un partenaire est une opération délicate qui nécessite une grande attention, renchérit Alex. Vos exigences sont tout à fait légitimes. Cependant, j'aimerais moi aussi vous donner mon point de vue. Nos finances sont fragiles, c'est un fait. Mais nous sommes une jeune entreprise. Que dire de l'avenir ? Qu'il s'annonce incertain ? C'est un pléonasme ! Il faut parfois prendre des risques, vous êtes bien placé pour le savoir ! Quant à notre supposé manque de réactivité, jamais un seul de nos clients n'a eu à se plaindre de son sort. Contactez-les ! Posez-leur la question ! Et puis, je ne comprends pas très bien votre raisonnement, mais vous allez sans doute pouvoir m'éclairer ! Si ces critères de sélection s'avèrent si importants à vos yeux, pourquoi nous avoir retenus pour l'oral final ?

— Vous avez du répondant, j'aime ça, répliqua Carsani, sur un ton condescendant. Je vais donc préciser ma pensée, si vous me le permettez. J'ai entendu dire que vous aviez participé à une campagne de financement, il y a de ça quelques mois. Vous pourriez peut-être nous en toucher deux mots ? Nous souhaiterions connaître le sentiment des actionnaires que vous avez tenté de convaincre à cette occasion.

Carsani ne se contentait plus de sa victoire, il désirait s'amuser. Mais cette fois-ci, les choses étaient allées trop loin et Alex fut incapable de se contenir. Il défia Carsani du regard. Les deux hommes se faisaient face sur le ring, tels deux boxeurs prêts à s'affronter.

— Parlons-en de la campagne de financement ! s'écria Alex. Quelle mascarade ! Vous avez pris soin de nous écarter !

Carsani fronça les sourcils. Christophe lui avait assuré le matin même que tout était sous contrôle. La confusion la plus totale se répandit dans l'auditoire et les membres du jury demeurèrent interloqués. Christophe s'approcha discrètement de son collègue et le supplia d'en rester là. Mais Alex n'avait pas dit son dernier mot.

— Et votre père ? J'imagine que tout le monde le connaît ici ?

— Ça suffit ! La soutenance est terminée. Veuillez sortir, je vous prie !

— Votre père, celui qui vous a fait rentrer chez Synergie !

— Sortez ! hurla Carsani.

— Votre équipe est au courant des relations que vous entretenez avec la société Suntek ?

La voix d'Alex se perdit au milieu du brouhaha qui s'était élevé dans la salle. Après un petit moment de flottement, un homme d'un certain âge invita les deux collègues à le suivre et les raccompagna finalement jusqu'aux ascenseurs.

Alex et Christophe venaient de quitter la tour Synergie. L'après-midi s'était achevé sur un épilogue inattendu et nul ne pouvait prédire l'issue de cette bataille. Le directeur d'Agility, le visage sombre, resta silencieux de longues secondes avant de laisser éclater sa colère.

— Pourquoi tu as fait ça ? Je t'avais pourtant prévenu !

— Cet homme ne mérite aucun respect, répondit laconiquement Alex.

— Et tu crois sans doute que les choses vont en rester là ? Tu ne pouvais pas t'empêcher de jouer au héros, bon sang !

— On reparlera de ça plus tard. Je dois rentrer à Paris.

— Quoi ? Tu comptes partir comme ça ?

— Agility, c'est terminé pour moi. Je viens de tourner la page.

— Oui, tu préfères fuir tes responsabilités !

— Pardon ? s'écria Alex, les yeux exorbités.

— Tu t'es comporté de la même manière avec Mel, il y a deux ans. Plutôt que d'affronter les problèmes, tu as pris soin de les éviter. Il était tellement plus agréable de courtiser Vanessa.

— Quoi ?

— Quand ça ne va pas, tu trouves du réconfort auprès des femmes. Pourquoi as-tu appelé Vanessa cette semaine ?

— Christophe, tu es sérieux ? demanda Alex, qui se sentait terriblement offensé par les propos de son chef.

— La vérité est dure à entendre ? Tu as fait quoi mardi soir, après avoir quitté le pub ? Tu semblais bien pressé !

— On va en rester là, je n'ai plus rien à te dire !

Alex secoua la tête et se retourna aussitôt. Il refusait d'entrer dans le jeu de Christophe, qui tenta maladroitement de s'excuser. Cependant, Alex n'y prêta pas attention. Il était résolu à s'en aller le plus rapidement possible. Mais alors qu'il cherchait son chemin, une voix grave les interpella tous les deux.

— Messieurs, je vous prie de m'accorder quelques minutes de votre temps. Vous avez hâte de partir pour Paris, j'en suis certain ! Rassurez-vous, je ne serai pas long.

L'arrivée soudaine de cet inconnu provoqua la stupeur des deux collègues. Sa large carrure dégageait une impression de puissance saisissante. Christophe reconnut immédiatement Patrick Marchal, le père de Benjamin Carsani. Le « Boss », comme il se faisait appeler par ses plus fidèles collaborateurs, les examinait froidement de la tête aux pieds. Sa chevelure grisonnante encadrait son front carré tandis que son regard noir et perçant brillait d'une férocité sauvage. Son imposante chevalière dorée, ornée de ses initiales, était le parfait symbole de son autorité naturelle.

— Mon fils m'a fait part de son indignation. Vous avez pris des risques inconsidérés. Les délibérations vont être annulées. Nous avions pourtant réussi à nous entendre, lança Marchal, à l'adresse de Christophe. Vous m'avez déçu. Quant à vous, Alex, vous m'avez placé dans une position très inconfortable. Oser me soupçonner de corruption devant les membres du jury, c'est inacceptable !

Quelques passants effrayés se retournèrent machinalement. Patrick Marchal, furieux de l'affront qui lui avait été infligé, s'approcha alors à quelques centimètres d'Alex et Christophe.

— Oh, ne vous inquiétez pas ! Je m'en sortirai. Quelques services par-ci, quelques pots-de-vin par-là... un blâme, peut-être... et l'affaire sera enterrée. Par contre, en ce qui me concerne, je n'oublierai pas ce qui vient de se passer ! Vous avez fait injure à ma famille et à mes amis ! Je me suis renseigné à votre sujet. Je sais tout de vous. Et j'en profiterai !

Le silence qui suivit fut à peine troublé par le murmure du vent. Les regards se croisèrent, et la tension atteignit son paroxysme.

— Car un jour, vous ferez un faux pas. Une brèche s'ouvrira, et je m'immiscerai dans vos vies. Je vous détruirai à petit feu. Ma vengeance sera impitoyable. Soyez-en sûrs, nous nous reverrons !

Chapitre 28 – Sacha

19h45

Le moteur de la voiture ronronne dans le silence de la nuit. Sacha est garé le long du trottoir, à quelques mètres de chez lui. Il coupe le contact et s'enfonce dans son siège. Les évènements se sont enchaînés ces derniers jours. Il a besoin de réfléchir. Alors que le dénouement n'a jamais semblé aussi proche, Sacha s'interroge. Il n'arrive pas à chasser de son esprit les doutes qui s'y sont installés depuis le début de la semaine. La conversation téléphonique qu'il a eue avec sa mère au cours de l'après-midi n'a rien arrangé. Sacha lui a fait des confidences. Malheureusement, sa mère n'a pas réagi comme il l'aurait souhaité. Elle n'a pas caché ses inquiétudes. Elle aimerait qu'il se pose les bonnes questions. Qu'il pense à sa fille. Et aux conséquences de son comportement.

Sacha est prêt à jouer le jeu. Il ne peut pas continuer à ignorer les dangers qui le guettent. Sinon, il finira par se perdre définitivement. Il se décide donc à faire son introspection et se lance dans l'inconnu.

Qui est-il dorénavant ? Sacha regarde dans le rétroviseur et aperçoit le visage d'Alex. Si les choses ont l'air simples en apparence, tout est beaucoup plus confus dans sa tête. Il suffit qu'il pense à Sandra pour que son univers bascule dans le chaos. Alex ou Sacha ? Sacha ou Alex ? Peut-il être les deux à la fois ? Alex, pour Mel. Sacha, pour Sandra. Mais en réalité, Sacha a parfaitement conscience des limites de cette vision trop naïve. S'il ne prend pas ses responsabilités, ces deux mondes que tout oppose finiront par s'effondrer comme de vulgaires châteaux de cartes. De cruels souvenirs refont surface. Des souvenirs qui l'assaillent de toute part et le bouleversent littéralement. Sacha est prisonnier de son passé. Il cède à la paranoïa. Il ne sait plus à qui faire confiance. Il ne sait plus quoi faire. Toute sa vie n'est plus qu'un tissu de mensonges inextricables. Éprouve-t-il encore des sentiments pour Mel ? Qu'attend-il de Sandra ? Sacha s'est enferré dans un piège infernal dont il ne parvient plus à se sortir. Ses journées sont interminables. D'horribles cauchemars hantent ses nuits. La fatigue se fait sentir, ses forces déclinent lentement. Mais dans un brusque regain d'énergie, il balaye ses doutes d'un revers de main et s'oblige à procéder par étapes. Il s'apprête à repartir de zéro.

Aime-t-il Mel comme il l'aimait au premier jour ? Sacha se revoit quelques années plus tôt. *Il est amoureux, il donnerait tout pour sa femme. Parce qu'il lui est impossible de résister à cette attirance étrange qu'elle exerce sur lui. Parce qu'elle est sa confidente, également. Mais prétendre que son rôle se résume à cela serait simpliste et réducteur. Mel est sa femme, sa meilleure amie, son amante. Elle est tout pour lui.* Sacha conserve au fond de son cœur, aujourd'hui encore, les images indélébiles de cette époque révolue. *Le temps s'écoule. Ils rêvent d'avoir un enfant. Mais les choses ne se passent pas comme prévu et Alex devient distant. Il commet des erreurs qu'il essaye de réparer. Mel finit par tomber enceinte et met au monde une petite fille. La situation s'améliore. Ils forment une famille unie, tous les trois, avec Anna. Malheureusement, au fil des mois, leur relation se dégrade à nouveau. Les raisons sont nombreuses : tracas du quotidien, manque d'attention, routine conjugale. Cependant, plutôt que de s'avouer vaincus, Alex et Mel décident de s'accrocher. Ils s'accrochent à l'espoir de sortir indemnes de cette spirale infernale. Pour eux, mais surtout pour leur fille. Jusqu'à ce jour qui va tout changer. Alex se laisse entraîner dans un engrenage destructeur qu'il ne parvient pas à enrayer. Sa patience est mise à rude épreuve et il n'a d'autres choix que de s'effacer progressivement au profit de Sacha.* Alex n'a pas totalement disparu pour autant. Aussi étrange que cela puisse paraître, il n'a même jamais eu autant besoin de sa femme que ces dernières semaines. Toutefois, dans la relation que Sacha entretient avec Sandra, Alex n'a pas sa place.

Quelle aurait été la réaction de Mel, si elle avait découvert cette facette cachée de la personnalité de son mari ? Si la question peut sembler naïve, elle mérite tout de même d'être posée. Car l'avenir de Sacha dépend en grande partie de la réponse qu'il y apportera. Doit-il se fier à son intuition ? L'évidence lui saute aux yeux. Mel n'aurait jamais accepté ça. Elle se serait sentie trahie, déçue. Sacha lève la tête en direction de la villa qui se dresse derrière la haie du jardin. La fenêtre de leur chambre brille dans la nuit, sous la lumière des étoiles. Mel est là. Si proche et pourtant si loin. Elle l'épie depuis le premier étage de la maison. Sacha est tout à coup pris de panique. A-t-elle remarqué sa présence de là où elle se trouve ? Est-elle en train de l'observer ? Se demande-t-elle ce qu'il fait assis là, au volant de sa voiture ? Mais la raison l'emporte finalement, son imagination lui joue des tours.

Comment vont évoluer ses rapports avec Sandra ? Sacha se souvient très précisément de ce jour où il a pu voir le visage de la jeune femme pour la première fois... de ce corps parfait, de cette beauté à couper le souffle. Les images ressurgissent soudain comme si la scène se déroulait de nouveau sous ses yeux stupéfaits.

Depuis le début de la semaine, Sacha a pris soin de Sandra. Il a fait preuve de compassion, mais dans quel but ? Il a tenté de l'amadouer, de l'attirer à lui, tout en gardant ses distances. Il n'a jamais dévoilé sa véritable identité. Il ne lui a jamais parlé ni de Mel ni d'Anna. Toutefois, bien qu'il se soit ménagé une porte de sortie, Sacha n'a pas l'intention de revenir sur sa décision. Sa vie ne lui convient plus. Les plaisirs y sont trop rares. Mais le plus dur reste à venir. Il va devoir révéler son secret à Sandra.

Anna pourrait-elle empêcher cette folie suicidaire avant qu'il ne soit trop tard ? Oui, Sacha en est absolument certain. Si le lien qui l'unit à Mel est de plus en plus ténu, celui qui le rattache à sa fille est si puissant qu'il semble indestructible. Anna est son unique enfant. Sa raison d'être. Un seul de ses sourires suffirait à apaiser ses souffrances. Mais Anna n'est pas là, Sacha ne peut compter que sur lui-même.

Qui est-il réellement ? Sacha ne veut plus éluder cette question essentielle. Avant que Sandra ne bouleverse son existence, il était Alex, cet homme tout à fait ordinaire. Mais à présent, ses journées n'ont plus rien d'ordinaire. Chaque fois qu'il retrouve Sandra, il bascule du côté obscur. Et Sacha réapparaît soudain. Il sent le dénouement approcher à grands pas. Le poids de la culpabilité pèse plus que jamais sur ses épaules. Et ses conclusions ne sont pas celles qu'il espérait. Il a longtemps pensé qu'il y avait un peu d'Alex et de Sacha en lui. Mais il pressent que la nuit à venir va tout remettre en cause.

Qui sera-t-il après le week-end qu'il passera à Rouen avec Sandra ?

Chapitre 29 – Sacha

20h45

Sacha sillonne les rues de la capitale au volant de sa voiture. Cela fait vingt minutes qu'il tourne en rond, sans parvenir à trouver la moindre place pour se garer. S'il n'a pas encore perdu son calme, Sacha commence à s'impatienter sérieusement. Mais alors qu'il passe au bas de l'immeuble de Sandra pour la troisième fois de la soirée, une place se libère enfin, juste devant lui. Il se range sur le côté, coupe le contact, se prépare à sortir... avant de s'arrêter subitement. Il ne doit pas se précipiter. Il attend ce moment depuis si longtemps. Il touche au but. Il s'apprête à passer une nuit entière avec Sandra. Une nuit entière, seul avec elle. Il veut prendre le temps de lui parler afin de percer à jour ses derniers secrets. La fébrilité s'empare de tout son corps.

Sacha inspire profondément. Il songe à ce qu'il va faire lorsque, tout à coup, un bruit de moteur attire son attention. Il lève les yeux et aperçoit les phares d'un véhicule dans son rétroviseur. Le véhicule remonte la rue à vive allure, freine brusquement, et s'immobilise à côté de lui. Sacha n'a pas le temps de réagir que le conducteur est déjà sorti de sa voiture. L'individu s'approche de lui et lui adresse un signe de la main pour l'inciter à baisser sa vitre.

— Salut, Sacha. Elle ne devrait plus tarder !

Sacha se raidit sur son siège. Personne n'est censé le connaître sous ce nom-là, hormis Sandra.

— Ne t'inquiète pas, je suis garé en double file. Je ne resterai pas longtemps. Enfin, si tu suis mes conseils...

Sacha fronce les sourcils.

— Oh, pardon ! J'allais oublier... Je m'appelle Maxime. Mais j'imagine que Sandra t'a déjà parlé de moi, n'est-ce pas ?

— Je sais qui tu es.

— Tu sais qui je suis ? C'est flatteur !

— Qu'est-ce que tu veux ?

— Tu vois, je devrais sûrement faire confiance à Sandra. Elle ne tarit pas d'éloges à ton égard. Cependant, je suis plus méfiant qu'elle. Et il y a quelque chose qui me tracasse. À qui ai-je l'honneur ? Alex ou Sacha ?

— Tu cherches quoi ? réplique Sacha, le regard noir.

— Oh là ! Du calme ! Je ne veux pas d'ennuis.

— Arrête ! s'énerve Sacha. Dis-moi ce que tu fais là !

— OK, OK. Tout est de ma faute ! Tu es sur le départ... Sandra t'attend... Et moi, je débarque à l'improviste. Je comprends que tu sois contrarié. Mais j'aimerais tout de même discuter avec toi. Hier soir, je suis passé chez Sandra. J'ai tenté de la raisonner, mais elle ne s'est pas montrée très réceptive.

— J'imagine qu'il n'est pas facile d'accorder sa confiance à un lâche !

La phrase, pleine de sous-entendus, résume bien l'état d'esprit dans lequel se trouve Sacha. Ce dernier n'a pas l'intention de se laisser impressionner. Maxime demeure silencieux, mais toise Sacha avec mépris. Il le maudit intérieurement.

— Elle t'a expliqué qu'on partait en week-end, n'est-ce pas ? suppose Sacha.

— Oui. En fait, je vous ai croisés par hasard mardi dernier. Et je t'ai suivi. Je sais tout... La situation est ce qu'elle est, mais il vaudrait mieux que Sandra reste en dehors de ça. Elle aurait beaucoup de mal à s'en remettre. Surtout, si elle découvrait la vérité au sujet de ta femme.

— Ne parle pas d'elle !

— Ce n'est pas une menace, c'est un fait : Sandra n'est pas au courant ! C'est pour cette raison que je suis là. Je dois l'aider !

— Je crois qu'il est un peu tard pour ça ! C'était il y a quatre ans qu'elle avait besoin d'aide !

— Oui, je sais, admet Maxime, une pointe de mélancolie dans la voix. Mais on ne peut pas réécrire le passé.

Les deux hommes s'affrontent depuis de longues minutes sans que ni l'un ni l'autre ne cède à l'intimidation. Le temps presse pour Sacha, qui craint de voir surgir la jeune femme.

— Va-t'en ! tonne Maxime. Tu n'auras qu'à lui dire que tu as rencontré une autre femme. Mentir n'est pas un problème pour toi, il me semble ! Invente ce que tu veux ! Mais ne t'avise plus de l'approcher !

— Sinon ?

— Tu connais la réponse. Ne rends pas les choses plus difficiles !

— Très bien, soupire Sacha à contrecœur. Je vais rentrer chez moi. Mais ne te méprends pas ! Je la reverrai, conclut-il, avant de remonter sa vitre.

Maxime regagne son véhicule, recule de quelques mètres, de manière à laisser sortir Sacha, puis se gare à sa place.

Il réfléchit à la manière de protéger Sandra. Il sait qu'il devra faire preuve de patience avant de parvenir à se débarrasser de Sacha une fois pour toutes.

Maxime, qui craignait de voir ressurgir Sacha, n'a pas bougé depuis son départ. Il peut enfin savourer sa victoire. Lui qui s'était promis de réparer ses erreurs du passé, le voilà qui tient enfin sa revanche. Il allume la radio et se cale au fond de son siège. La musique apaise ses maux. Sandra apparaît dans ses rêves. *Elle est là, à ses côtés, heureuse. Elle se projette dans l'avenir.* Maxime est profondément ému. Il s'accroche à cette étrange illusion... Mais au même instant, un claquement sec retentit au loin. Maxime revient à la réalité. Pris d'un affreux doute, il se retourne immédiatement. La porte de l'immeuble de Sandra vient de se refermer. Et s'il s'agissait de son ex-petite amie ? Maxime scrute les environs. Son cœur s'emballe. Une ombre glisse le long des murs et s'enfuit dans la nuit. Maxime reconnaît Sandra à son abondante chevelure frisée qui flotte au vent. Vêtue d'un grand manteau blanc, une écharpe de laine autour du cou, la jeune femme s'éloigne peu à peu. Plus que quelques mètres et elle disparaîtra au coin de la rue. Maxime regrette de ne pas être resté sur ses gardes. Il doit la rattraper avant qu'il ne soit trop tard. Après une brève hésitation, il renonce à lui courir après. Il remet le contact et démarre sur les chapeaux de roue, la rage au ventre. Il fait abstraction du contexte et se concentre sur son objectif. Il tourne à droite au premier carrefour, puis remonte une longue avenue. Il écrase l'accélérateur et roule de plus en plus vite. Mais la situation se complique. Les travaux et les sens interdits l'obligent à emprunter d'innombrables détours. Pour cent mètres à faire à pied, il en parcourt quatre fois plus en voiture.

Après quelques minutes, Maxime est forcé de se rendre à l'évidence, il a perdu la trace de Sandra. Il progresse à l'aveugle et débouche finalement sur un grand boulevard. Il ralentit et étudie les allées et venues des passants, sans savoir où donner de la tête. Il s'accroche jusqu'au bout au plus infime espoir. Il tergiverse, regarde à gauche, puis à droite... et tout à coup, alors qu'il ne s'y attend plus, une silhouette apparaît au loin, sous l'enseigne lumineuse d'un magasin. La jeune femme pénètre dans une station de métro. Maxime doit faire vite. Il met ses warnings, saute de sa voiture et s'élance à la poursuite de Sandra. Quelques secondes plus tard, le voilà qui pénètre à son tour dans la station de métro. Il dévale l'escalier à toute vitesse, mais Sandra n'est déjà plus là. Maxime enjambe un tourniquet et, sans réfléchir, s'engage dans le couloir de droite. Il se faufile au milieu des voyageurs. À bout de souffle, les muscles endoloris par cet effort brutal, Maxime résiste tant bien que mal. Plus que trente mètres. Des portes claquent au loin. Les rames du métro se vident lentement. De nouveaux passagers vont bientôt se disputer les places laissées libres. Sandra en fait partie. Maxime fonce tête baissée et évite de justesse un groupe de touristes immobiles. Il touche au but. Plus que dix mètres. Il respire bruyamment, allonge la foulée et puise dans ses réserves. Plus que cinq mètres. Il gravit quatre à quatre les marches qui le séparent du quai et franchit enfin la ligne d'arrivée. Une sonnerie retentit au même instant comme pour annoncer la fin du match, la victoire du héros. Mais lorsqu'il rouvre les yeux, le visage blême et le dos cambré, l'endroit est totalement désert. Le métro a quitté la station et Sandra s'est volatilisée.

Une fois dehors, à peine remis de ses émotions, Maxime se résout à téléphoner à Patrick Marchal.

— Allo ?

— C'est Maxime.

— Vous avez l'air bien essoufflé. Que se passe-t-il ?

— Elle vient de partir ! Je suis sûr qu'elle va le retrouver ! Et personne n'est intervenu !

— Je vous avais demandé de rester en dehors de ça, il me semble ! Que faisiez-vous là-bas ?

— Peu importe ! Ce ne sont pas vos affaires !

— Très bien, concède Marchal qui ne tient pas à ce que la discussion s'envenime. Nous avons placé une puce GPS sous la voiture de Sacha. Trois de mes hommes sont sur le coup, ajoute-t-il, pour tenter de rassurer Maxime. Il s'est mis dans une situation délicate. C'est une occasion unique qui s'offre à nous ! J'aimerais que vous veniez chez moi ce soir. J'aurai besoin de vous.

Chapitre 30 – Alex

23h55

« Salut, Mel, c'est moi. Je voulais t'appeler plus tôt, mais... la journée ne s'est pas passée comme prévu. Je comptais te faire une surprise, c'est loupé ! J'avais réservé un billet pour ce soir, mais mon train a été supprimé au dernier moment. À cause d'une grève spontanée ! Je ne sais pas trop pourquoi. J'ai attendu à la gare. J'espérais pouvoir prendre un autre train. Enfin bref, tout devrait rentrer dans l'ordre d'ici demain. Je me lèverai à l'aube. Cela dit, je n'arriverai sans doute qu'en début d'après-midi. Partez sans moi ! Je vous rejoindrai à Rouen. Et puis, comme ça, Anna profitera de tes parents. Elle ne les voit pas beaucoup. Tu me manques ! Anna me manque aussi. Il s'est passé beaucoup de choses ces derniers jours, je t'en parlerai ce week-end. Je devrais me sentir libéré, mais en fin de compte... c'est pas vraiment le cas. Je sais plus où j'en suis. J'ai besoin de toi. Je suis désolé pour tout ce que je vous ai fait subir. Je regrette de ne pas m'être confié davantage. Avant, j'étais capable de gérer ces problèmes tout seul. Mais là, je suis totalement dépassé. On aura le temps d'en rediscuter la semaine prochaine. Je vais faire des efforts, je vais changer. Je te le promets. Je veux être plus proche de vous. À demain ! »

Interlude

Quatre ans après la fin de l'appel d'offres

« C'est ici que je passe le plus clair de mon temps. Des nuits entières. Parfois mes journées. La pièce exiguë aux murs froids est plongée dans le noir. Seule la flamme vacillante d'une bougie posée à même le sol éclaire les ténèbres. Un silence inquiétant règne autour de moi. Mes dossiers s'entassent dans des cartons... qui brûleront bientôt. Il ne doit rien rester. Aucune trace. Le Visiteur du Soir disparaîtra par la même occasion. Ainsi que toutes ces lettres marquées du sceau de l'infamie, tous ces morceaux de lettres, ces bribes d'espoir...

Mais avant cela, il me faut procéder aux derniers préparatifs. J'entrouvre le sac qui gît à mes pieds. Tout y est : ma nouvelle carte d'identité, nos billets pour le Brésil, nos deux passeports, et dix mille euros d'argent liquide. Et puis, il y a ce petit paquet sur l'étagère. Avec, à l'intérieur, emballé dans un voile de soie blanc, cette longue lame au tranchant acéré. J'aime la contempler, sentir le contact du métal dans le creux de ma main. J'éprouve une agréable sensation. Comme un délicieux vertige. Je suis suspendu au-dessus du vide, prêt à faire le grand saut. Ma vie ne tient plus qu'à un fil.

Oui, ma vie ne tient plus qu'à un fil. Je n'ai pas réussi à obtenir les réponses aux nombreuses questions qui m'obsèdent. Je ne les obtiendrai peut-être jamais. La justice n'existe pas !

Je sors de ma tanière et je referme la porte derrière moi. Comme pour tourner la page. Définitivement. Je ne remettrai plus les pieds ici. Je n'espère plus qu'une chose à présent : que le grand ménage auquel je me livrerai bientôt fera disparaître les mauvais esprits qui hantent ces lieux.

Me voilà maintenant dans la salle de bain. Il fait sombre. Je me sens vivant. Je me sens vivant, car je vais bientôt assouvir ma vengeance. Et lorsque ma mission s'achèvera, je partirai pour le Brésil. Avec elle. La fuite sera ma seule issue.

Ma chemise à demi déboutonnée, mon torse se reflète dans le miroir qui me fait face. Des taches colorées apparaissent peu à peu et dessinent les contours de formes familières. Des visages, des lieux, des mots s'entremêlent harmonieusement. Vision surréaliste et effrayante à la fois. Comment en suis-je arrivé là ? À vrai dire, ce ne sont pas les raisons qui manquent. Contraint de tirer un trait sur mon passé, il m'a fallu faire preuve d'imagination. C'est en croisant la route d'un homme tatoué au détour d'une rue, il y a quelques mois, que l'idée a germé dans mon esprit. Il ne s'agit en aucun cas d'un acte irréfléchi. J'ai pris mon temps. J'ai sélectionné les plus belles photos de nos albums de famille. Et j'ai osé franchir le pas. Pour conserver une trace.

Mais je ne suis pas de ceux qui se voilent la face. Les épreuves que j'ai traversées m'ont profondément marqué. Je ne suis pas fou pour autant. Je suis seulement malheureux. Cette haine viscérale qui me ronge de l'intérieur grandit sans cesse. Ma lente descente aux enfers ne fait que commencer. Je me laisse entraîner vers les abysses de mon âme. Je m'approche chaque jour un peu plus de ces zones sombres, dont on ne revient jamais… »

SAMEDI

Chapitre 31 - Sacha

00h30

La lanterne accrochée au toit du perron éclaire les alentours d'une petite lueur vacillante. Un vent froid souffle sur la ville, une atmosphère lourde et pesante règne sur la nuit. Maxime, qui se tient à côté de son hôte, Patrick Marchal, n'est pas à son aise. Peut-être aurait-il dû passer par des circuits plus officiels plutôt que de s'en remettre aveuglément à l'homme d'affaires ? Ce dernier a programmé une réunion de la plus haute importance, chez lui, à laquelle il a convié quelques amis. Il souhaite suivre l'évolution de la situation heure par heure. L'avocat de Marchal, ce jeune loup aux dents longues que Maxime connaît si bien, sera également de la partie. Maxime n'a jamais apprécié cet individu carriériste et sans scrupules, qui a pourtant plaidé la cause de Sandra, il y a quelques années. Cette vieille rancœur remonte à l'époque où Patrick Marchal est venu en aide à la jeune femme, peu de temps après son accident de voiture. *Marchal exigea alors du brillant avocat qu'il se saisisse de cet épineux dossier. Lorsqu'il rencontra Maxime et Sandra pour la première fois, l'homme de loi se lança dans un discours à la tonalité lyrique très persuasif, précisant, au passage, que « leur histoire en valait la peine. » Il promit de se battre pour eux et de défendre leurs intérêts bec et ongles. Très perturbé par le tragique accident de voiture de Sandra, le couple, pris en tenaille entre le besoin irrépressible de se confesser et l'envie inavouable de tout oublier, réfléchit longuement à la proposition. Mais trop heureux de pouvoir compter sur cette aide qu'ils croyaient désintéressée, Maxime et Sandra finirent par se laisser convaincre. Cependant, ils comprirent rapidement leur erreur. L'avocat s'appropria leur procès et en fit une affaire personnelle. Il suivit les consignes de Marchal à la lettre et se soucia peu de ses clients. Sandra, totalement dépassée par les évènements, confia les pleins pouvoirs à ce personnage arrogant et énigmatique, mais ô combien influent ! Maxime tenta en vain de l'en dissuader et assista, impuissant, à toutes les scènes de ce navrant spectacle. L'avocat put agir à sa guise, sans que personne soit en mesure d'enrayer cette spirale infernale. Il réussit néanmoins à conduire Sandra à une victoire retentissante.*

Le portail grince soudain à l'entrée du jardin, d'où s'élève un léger brouhaha. Un petit groupe vient d'arriver. Cinq ou six personnes peut-être. Dans l'obscurité, Maxime a bien du mal à distinguer quoi que ce soit.

Les amis de Patrick Marchal s'approchent rapidement et pénètrent à l'intérieur de la maison. Maxime, de plus en plus nerveux, les observe du coin de l'œil. L'un d'entre eux a tout de suite attiré son attention. Alors que les autres ont fui son regard, Damir est le seul à l'avoir salué d'une poignée de main franche et silencieuse. Maxime suppose qu'il s'agit de l'un des sbires de Marchal à la manière dont les deux hommes communiquent entre eux.

Quelques minutes plus tard, Maxime est conduit dans le salon qui jouxte le hall d'entrée. Marchal tient à s'entretenir en privé avec ses amis. Être mis à l'écart de la sorte ne plaît pas du tout à Maxime. D'autant plus qu'un homme reste à ses côtés pour le surveiller. Maxime a un mauvais pressentiment. Il aimerait s'assurer que Sandra ne court aucun danger, mais la peur le tétanise. L'échange houleux qu'il a eu la veille au soir, avec son ex-petite amie, lui revient à l'esprit. Son regard impitoyable, ses mots très durs, sa colère noire. Maxime éprouve un terrible sentiment de culpabilité. Il regrette le passé, il regrette ses erreurs. S'il arrive quelque chose à Sandra, il se le reprochera toute sa vie.

Maxime tergiverse. Il doit tenter quelque chose. L'homme qui est assis face à lui paraît mécontent de son sort. Celui-ci, les yeux rivés sur les pages d'un magazine, ne cesse de soupirer. Sans doute aurait-il préféré se voir confier une tâche plus gratifiante. Discrètement, Maxime sort son téléphone de sa poche et commence à rédiger un mail. Il souhaite faire part de ses inquiétudes à Sandra. De temps à autre, il jette un coup d'œil en direction de l'homme qui est censé le surveiller. Ce denier, absorbé par sa lecture, ne lui prête pas la moindre attention. Maxime n'a plus qu'à envoyer son message... mais quelque chose l'en empêche. Il aimerait faire plus. Il aimerait pouvoir donner plus de détails à Sandra. Mais de quelle façon ? Maxime se sent impuissant au milieu de tous ces hommes. Il éprouve les pires difficultés à se concentrer. Il cherche désespérément un moyen de venir en aide à la jeune femme... lorsque, tout à coup, une idée jaillit dans son esprit.

Maxime inspire profondément et prend son courage à deux mains. Sa fierté se réveille. Il se lève brusquement et prétexte devoir se rendre aux toilettes. Une fois dans le hall d'entrée, il emprunte un long couloir sans savoir où cela le conduira. Au loin, il aperçoit une petite lumière qui filtre sous l'une des portes. Maxime s'approche sur la pointe des pieds et tend l'oreille. Une clameur retentit à l'intérieur de la pièce. Maxime se saisit de son téléphone, modifie légèrement son message avant de l'envoyer à Sandra, puis programme un enregistrement vidéo d'une heure.

— Messieurs, un peu de silence s'il vous plaît. Chacun a pu donner son avis. Je souhaiterais maintenant faire un point sur la situation, pour que Damir ait toutes les informations nécessaires. C'est lui qui dirigera l'opération !

Maxime se retourne et jette un coup d'œil en direction du hall d'entrée. Personne en vue. Il se reconcentre et écoute de nouveau la conversation. Marchal, qu'il reconnaît à sa voix grave et puissante, parle d'argent, évoque un conflit d'intérêts entre deux entreprises et sous-entend qu'il verse des pots-de-vin, sans jamais mentionner le nom de son ex-petite amie. Maxime ne doute pas que l'homme d'affaires soit impliqué dans des activités illicites. C'est ce qu'il a toujours supposé. Mais il a bien du mal à établir des liens entre sa propre histoire et les choses étranges auxquelles Marchal fait allusion. Derrière la porte, la conversation bat son plein.

— C'est quoi le plan pour cette nuit ?

— J'y viens. Notre ami est en ce moment même à Rouen, en compagnie de Sandra. Nous le suivons à distance, grâce à une puce GPS placée sous sa voiture. Nous l'avons laissé s'approcher de Sandra volontairement. Il ne nous reste plus qu'à intervenir au bon moment.

— On fait quoi de Maxime ?

— Je ne tiens pas à accumuler les problèmes ! De toute façon, c'est un lâche. Il ne dira rien. Cela dit, si les choses se compliquent, nous serons obligés de nous en débarrasser.

— Et pour Sandra ?

— Je vais réfléchir... Je me suis attaché à elle. Je crois que je l'aime. Oui, je l'aime sincèrement ! Notre relation est un peu... spéciale, mais Sandra est comme une fille pour moi.

Marchal marque une courte pause avant de continuer.

— Malheureusement, elle ne sera jamais des nôtres ! Prétendre le contraire reviendrait à remettre en cause les fondements de notre système. Or, c'est précisément ce que je tiens à éviter ! Elle n'est qu'une fille adoptive, après tout. Ma vraie famille, c'est vous ! Et je me battrai pour vous ! Garantir la pérennité du clan est la seule chose qui compte à mes yeux !

C'est l'aboutissement de toute une vie. Si Sandra doit être un « dommage collatéral », je m'y résoudrai. Il faut parfois faire des sacrifices...

Marchal poursuit ses explications. Sa voix menaçante résonne entre les murs de la pièce. À l'extérieur, Maxime semble totalement désemparé. Il n'écoute plus, il n'entend plus rien. Une force oppressante l'empêche de respirer librement tandis que son corps, imprégné d'une sueur froide et visqueuse, tremble avec violence. C'est alors que Sandra réapparaît. *Le souvenir lointain de ses tendres sourires. Le souvenir de leur première rencontre dans un café parisien, un jour de rentrée universitaire. Cette soirée au cours de laquelle ils s'embrassèrent enfin. Ce délicieux vertige qui s'empara de lui lorsque Sandra lui annonça qu'elle était enceinte.*

Maxime tente tant bien que mal de contrôler les battements de son cœur. Il revient sur ses pas et s'arrête dans le hall d'entrée un bref instant. L'homme qui était avec lui dans le salon est en train de passer un coup de fil, et ne semble pas s'inquiéter outre mesure de son absence. Maxime cherche une issue. La porte principale est fermée à double tour et Marchal a gardé la clef sur lui. Il se retourne et songe aussitôt à monter à l'étage. Il se précipite vers l'escalier et gravit les marches quatre à quatre. Il pénètre ensuite dans un bureau flambant neuf, meublé d'une table en verre et de deux canapés en cuir noir. Il parcourt la pièce du regard, et se dirige vers la grande bibliothèque murale. Il sort son Smartphone qu'il dépose sur l'étagère la plus haute, derrière une pile de livres.

La maison est plongée dans le silence. Maxime déglutit lentement. La réunion va bientôt s'achever et Marchal s'apercevra alors de sa disparition. Conscient de la gravité de la situation, Maxime cherche désespérément un moyen de s'enfuir.

Il s'approche de la fenêtre... lorsque son regard est attiré par le téléphone fixe, posé sur la table en verre. Un instant d'hésitation. Et si... Et s'il lui restait une infime chance de pouvoir parler à Sandra ? Maxime fait quelques pas, puis décroche le combiné. Il compose le numéro de la jeune femme, mais tombe directement sur son répondeur. « Encore un essai », se dit-il intérieurement. Un dernier essai. Maxime compose de nouveau le numéro, mais ses doigts tremblants ripent sur les touches. Il frotte ses doigts contre son pantalon puis recommence. Une sonnerie. Maxime reprend espoir. Une seconde sonnerie. Puis une voix féminine se fait entendre à l'autre bout du fil. Maxime bafouille des mots incompréhensibles et s'emmêle dans ses explications... avant de s'apercevoir que la voix l'invite à laisser un message, ce qu'il se résigne à faire, à contrecœur.

« Sandra, tu dois partir ! Sacha n'est pas celui que tu crois. Il te ment depuis le début. Lis mes messages ! Il s'appelle Alex ! Alex, bon sang ! J'ai appris beaucoup de choses sur Marchal, aussi. Il nous a caché la vérité. Tu es en danger ! Fais-moi confiance pour une fois ! Tout à l'heure, tu recevras un lien vers une vidéo. Conserve-le absolument ! Et je t'en supplie, sauve-toi ! Sauve-toi avant qu'il ne soit trop tard. »

Maxime raccroche brutalement. Il ne parvient plus à respirer. Ses yeux humides scrutent chaque recoin de la pièce. « La fenêtre », se souvient-il. Maxime se précipite sur la poignée. Il ouvre l'un des battants et jette un coup d'œil à l'extérieur. En s'accrochant à la gouttière, il devrait pouvoir s'échapper. Mais tout à coup, alors qu'il s'apprête à descendre, une forme menaçante apparaît dans le reflet de la fenêtre. Maxime se retourne aussitôt et se retrouve nez à nez... avec la Mort. Elle est là, devant lui, impassible, drapée dans ses somptueux habits blancs, une matraque à la main. Le visage de Maxime se fige. Son bras droit, secoué par des spasmes violents, semble incontrôlable. Damir s'avance dans sa direction, et lui ordonne de se mettre à genoux, avant de rameuter le reste du clan.

— Il allait s'enfuir. Il est moins lâche qu'il n'en a l'air. Quant à toi, ajoute Damir, en s'adressant à l'homme qui était censé surveiller Maxime, nous aurons une discussion !

— Pitié, s'il vous plaît, se lamente Maxime, complètement affolé. Je ne dirais rien, je…

— Que fais-tu là ? demande Marchal, très calmement. Tu nous as espionnés ?

— Non, je vous jure, je...

Damir se tourne vers son chef. Il le regarde d'un œil interrogateur. Marchal acquiesce d'un léger hochement de tête. Les deux hommes se comprennent à demi-mot. Damir s'approche lentement de Maxime, qui se met à hurler de terreur. Il brandit sa matraque et lui assène un terrible coup derrière la tête. Maxime s'écroule avec fracas. Son corps gît sur le sol, totalement inerte.

Le plan vient de changer. Pourtant, Marchal demeure imperturbable. Cet imprévu va retarder le début des opérations. Mais l'homme d'affaires n'y voit là qu'un simple contretemps. Il ne ressent aucune émotion. Il agit de façon méthodique et continue à donner ses instructions comme si de rien n'était. Avec ses amis, ils se rendront dans un lieu public, un endroit où ils se feront remarquer. Car il leur faut un alibi, désormais. Damir, quant à lui, commencera par se débarrasser du corps. Puis, il fera un rapide détour par Saint-Cloud, avant de prendre la direction de Rouen. Les choses se compliquent sérieusement, mais Marchal, galvanisé par l'enjeu, refuse de remettre son projet à plus tard.

Au milieu de cette effervescence, un détail passera pourtant inaperçu aux yeux de Marchal et de ses complices : le Smartphone de Maxime, posé sur le haut de la bibliothèque, émettra bientôt un bip signalant la fin de l'enregistrement vidéo. Quelques minutes plus tard, une application de transfert de fichiers, la Dropbox, enverra automatiquement ces données vers un ordinateur distant. Les images ne présenteront que peu d'intérêt. La bande-son, en revanche, se révélera très instructive.

Chapitre 32 - Sacha

01h30

Sandra peine à trouver le sommeil. Elle a encore en tête la soirée de jeudi. Blessée dans son amour propre par les propos très durs de son ex-petit ami, la jeune femme n'a pas hésité à réagir avec fermeté. Maxime a néanmoins réussi à semer le trouble dans son esprit et Sandra se pose d'innombrables questions. Sacha mène-t-il réellement une double vie ? Que penser de cet homme attachant dont elle ne sait pas grand-chose, en définitive ? Pourquoi se montre-t-il si peu enclin à lui accorder sa confiance ? Est-il simplement timide ? Ou bien cache-t-il des secrets inavouables, comme le lui a suggéré Maxime ? Sandra se sent dépassée. Elle n'exclut aucune hypothèse. Car Maxime n'est pas irréprochable lui non plus. Il lui a fait une étonnante révélation : il la suit parfois. Les explications qu'il lui a fournies pour tenter de se justifier ne l'ont pas franchement convaincue. Maxime fait peut-être ça par jalousie ? Pour chercher à l'éloigner de Sacha ? Mais Sandra se rend à l'évidence, il est impossible que Maxime ait inventé toute cette histoire. Il y a forcément une part de vérité dans ce qu'il lui a dit.

Sacha et Sandra sont arrivés à Montigny il y a près de deux heures. Ils se sont installés dans le gîte que Sacha a loué pour l'occasion. Durant le trajet, Sandra a essayé d'éclaircir ses soupçons en choisissant d'adopter une attitude constructive. Les discussions sont allées bon train et l'ambiance se prêtait à toutes les confidences. Malheureusement, Sacha est resté fidèle à lui-même. Il s'est montré tendre et affectueux, comme toujours. Réservé, également. Sandra aimerait se convaincre qu'il est sincère, mais elle se méfie des apparences. Elle a donc épié ses moindres faits et gestes, sans rien déceler de particulier. Toutefois, ses derniers espoirs se sont envolés il y a une heure lorsque Sacha a quitté la maison sans prévenir. Elle suppose qu'il est sorti prendre l'air. S'il trompe réellement sa femme, il n'y aura rien d'étonnant à ce qu'il se sente mal à l'aise dans une telle situation.

Sacha redouble de prudence en raison de l'altercation qui a éclaté en début de soirée, au pied de l'immeuble de Sandra. Maxime semble bien renseigné à son sujet et celui-ci connaît probablement leur lieu de villégiature. C'est pourquoi Sacha a déplacé sa voiture. Ce n'est pas un gage de sécurité absolu. Mais si un intrus venait à s'immiscer dans ses affaires, cela lui ferait néanmoins gagner du temps.

Sacha marche tranquillement dans les rues du village, en direction du gîte. Il palpe la poche de son pantalon et en extirpe son alliance qu'il passe à son doigt. *Mel est là, devant lui, les yeux pleins de tristesse. Elle ne comprend pas. Alex ne ferait pas ça. Mais Alex a disparu. Sacha semble inflexible. Il ne ressemble pas à l'homme avec qui elle a partagé tous ces moments de bonheur. Pourquoi ne lui a-t-il jamais parlé de tout ça ? Elle aurait pu l'aider à sa manière.*

Sacha s'avance vers sa femme, mais cette dernière s'est volatilisée. Il est seul. Il regrette de la décevoir. Il regrette ses mensonges. Les petits mensonges, les mensonges par omission... et tout le reste. Il ne se reconnaît plus. Il ne sait plus où il en est. Il ne sait plus où il va. Il pense à sa fille également. Tout est confus. Il ne parvient pas à se libérer du poids de son passé. Pourtant, il ferait n'importe quoi pour atteindre son but. Sandra. La belle Sandra.

Tout à l'heure, alors qu'ils étaient encore à Paris, il lui a menti une fois de plus. Il lui a fait croire qu'il devait se rendre sur son lieu de travail pour régler un problème urgent. Il en a profité pour fixer un nouveau point de rendez-vous, près des

Champs-Élysées, et a demandé à la jeune femme de le rejoindre là-bas. « Pour éviter de perdre du temps inutilement et ne pas retarder davantage l'heure du départ. » Mais en réalité, c'est la seule solution qu'il a trouvée pour se débarrasser de Maxime.

Sacha entrouvre la porte et pénètre à l'intérieur de la maison, sans faire de bruit. Alors qu'il traverse le salon sur la pointe des pieds, la lumière de la cuisine s'allume soudain. Sandra l'attend de pied ferme. Le visage de Sacha se décompose. Lui qui s'était imaginé que son absence passerait inaperçue... Il baisse la tête et s'aperçoit que son alliance est toujours autour de son doigt, ce que Sandra ne manque pas de lui faire remarquer.

— Tu es marié ?

Sacha reste muet. La jeune femme n'en croit pas ses yeux, Maxime avait raison.

— Tu m'as menti depuis le début alors ? Comment j'ai pu être aussi naïve ? s'emporte-t-elle. Je m'étais attachée à toi.

— Arrête ! la coupe, Sacha.

— Arrête ? Tu me prends pour une idiote et je devrais me laisser faire ? À quoi tu joues ? Tu fais ça pour t'amuser ? Tu voulais te changer les idées le temps d'un week-end et rentrer chez toi comme si de rien n'était ? C'était ça ton plan ?

— Qu'aurais-je dû faire ?

— Me dire la vérité, peut-être ? lui lance Sandra avec une pointe d'ironie amère dans la voix.

— Je... je ne pouvais pas. J'ai... une fille, ajoute-t-il après une brève hésitation.

— Une fille ? Non, mais je rêve ! Tu as encore beaucoup de choses à m'annoncer ?

— Non. C'est juste que... J'ai pas trouvé le bon moment ! Il fallait que j'apprenne à te connaître.

— Tais-toi ! hurle Sandra. J'en ai assez entendu comme ça !

La jeune femme jette un regard noir à Sacha. Elle se sent humiliée. Cette terrible désillusion ravive en elle des blessures du passé.

— Ça fait cinq jours qu'on se connaît ! Tu attendais quoi ? Et puis, tu as déjà une famille ! Je pensais que tu étais prêt à t'engager. Mais si c'est pour une aventure, alors tu t'es trompée de personne. Nous aurions pu essayer, sauf que tu ne sais pas ce que tu veux.

— Je sais exactement...

Sacha s'interrompt au milieu de sa phrase. Avant d'aller plus loin, il tient à ce que la jeune femme retrouve son calme.

— Si je t'ai proposé de m'accompagner à Rouen, c'était pour que l'on puisse discuter.

— Dire que ma psychologue me conseillait de me rapprocher de toi. Ça me dégoûte ! Tu vois, en ce qui me concerne, je me suis livrée sans réserve. Je ne t'ai pas tout dit, mais je m'apprêtais à le faire !

— Et ce dont tu m'as parlé cette semaine ?

— C'était un début... Je voulais te parler mes problèmes de grossesse. Pour que tu saches ! J'ai fait beaucoup de fausses-couches.

Sacha regarde la jeune femme d'un air surpris.

— Et puis, le jour de l'accident, il y avait quelqu'un d'autre, poursuit-elle. J'ai tué quelqu'un ! Tu entends ça ? J'ai tué quelqu'un ! J'avais l'intention de te le dire ! Mais à quoi bon ?

Sandra, la voix étranglée par l'émotion, n'a plus la force de continuer.

— En fait, c'était un jeu pour toi. Tu faisais semblant de t'intéresser à moi.

— Non, tu te trompes, explique-moi !

— Après ce que tu viens de me dire ? Tu plaisantes, j'espère ?

— Je suis prêt à t'écouter !

— Sûrement pas ! On va en rester là ! Je suis épuisée, je vais me coucher. On part à quelle heure demain ? demande Sandra d'un air las.

— Aucune idée, répond froidement Sacha. Mais je te préviens, nous reprendrons cette discussion !

— Tu n'as pas saisi ? Je ne veux plus jamais entendre parler de toi. C'est plus clair comme ça ? Tu n'auras qu'à me déposer à la gare de Rouen demain matin, je rentrerai seule. Et n'insiste pas si tu tiens à ce que ta femme reste en dehors de ça !

— Tu as raison, allons dormir ! Je crois qu'il vaut mieux pour nous deux, conclut Sacha en foudroyant Sandra du regard.

Puis il fait volte-face, monte à l'étage, et disparaît dans un couloir mal éclairé, en abandonnant derrière lui la jeune femme médusée.

Quelques instants plus tard, Sandra sort de la cuisine, traverse le salon et s'arrête à côté de la grande baie vitrée qui surplombe le jardin. Sa longue chevelure frisée retombe en désordre sur ses épaules. Ses magnifiques yeux verts, qui brillent dans l'obscurité, sont empreints d'une indicible tristesse. Sandra se sent perdue. Les questions se bousculent de nouveau dans sa tête. Pourquoi Sacha est-il venu lui parler chez Astero ? Que veut-il exactement ? Est-ce la première fois qu'il s'autorise un tel écart de conduite ? Ou bien n'est-elle qu'une conquête parmi d'autres ? Comment réagir ? Sandra est décidée à en finir avec cet homme méprisable. Sa déception est à la hauteur des espoirs qu'elle avait placés en lui. Elle lui en veut terriblement et songe à se venger. Elle imagine la réaction de la femme de Sacha apprenant la vérité au sujet de son mari. Cela apaise ses souffrances... Et peu à peu, Sandra parvient à prendre du recul... jusqu'à ce qu'une étrange idée lui traverse l'esprit.

Sandra contemple les étoiles. Son visage est métamorphosé. Sacha, tapi dans l'ombre, observe la jeune femme du haut du premier étage. Il doute que Sandra soit prête à renouer le dialogue. Il pense à Mel et Anna, et éprouve de terribles remords. Il cherche un moyen de s'en sortir dignement. Pour sa fille, pour lui. Pour sa femme.

Chapitre 33 - Sacha

02h30

Le chaos règne partout dans la maison. Le grand salon, autrefois si confortable, ressemble à un véritable champ de bataille : papiers épars, tiroirs renversés, bris de verres, meubles fracassés. Le canapé, éventré sur toute sa longueur, semble agoniser en silence. Damir, planté au milieu de la pièce, observe la scène avec détachement. Il s'est contenté de faire son travail, ni plus ni moins. Il profite parfois de ces petits moments de relâche, lorsqu'il est seul, pour se réfugier dans ses rêves. Des rêves de liberté. Il n'a pas toujours été cet homme froid et violent, capable des pires atrocités, indifférent à la souffrance d'autrui. *Plus jeune, il s'imaginait marcher dans les traces de son père et songeait à reprendre l'entreprise familiale d'import-export basée à Sarajevo. Mais le destin en décida autrement. La guerre civile qui éclata en Ex-Yougoslavie dans les années quatre-vingt-dix allait remettre en cause tous ses projets. Damir fut enrôlé de force dans l'armée, sans vraiment comprendre pourquoi il devait combattre ses propres frères. Il fut contraint d'obéir aux ordres et infligea d'épouvantables sévices à des prisonniers ennemis. La plupart de ses compagnons d'infortune périrent sous ses yeux. Quand le conflit s'acheva trois ans plus tard, Damir avait perdu tous ses repères. Il retourna à Sarajevo, mais la ville n'était plus qu'un immense tas de ruines et il ne restait rien de l'entreprise que son père, mort durant un bombardement, lui avait laissée en héritage. Aussi, il préféra s'exiler loin de son pays natal, dans l'espoir d'entamer une nouvelle vie. Mais à son arrivée en France, Damir fit face à de sérieux problèmes. Sans papiers, sans ressources, sans aucune qualification, il ne trouva d'autre moyen pour s'en sortir que de commettre de petits larcins. Il fut alors entraîné dans un engrenage implacable. De délits mineurs en crimes impardonnables, il bascula, petit à petit, dans le grand banditisme. C'est ainsi qu'il fit la rencontre de Patrick Marchal, quelques mois plus tard. Ce dernier cherchait un homme de main capable de régler ses affaires les plus délicates. Damir accepta l'offre sans hésiter. Le salaire proposé dépassait largement ses espérances. Son rôle consistait à s'occuper des tâches les plus ingrates et à faire un peu de « ménage », de temps en temps. En contrepartie, il jouissait de certains privilèges et bénéficiait d'une totale impunité. Marchal vint même en aide à sa famille restée dans les Balkans.*

Damir regarde sa montre. Il doit être à Rouen dans moins de deux heures. Cependant, quelque chose le préoccupe. Il a fouillé la maison de fond en comble, sans trouver ni photo ni document un tant soit peu personnel... comme si la demeure n'avait jamais abrité que des fantômes. Pourtant, Sacha habite ici. Aurait-il effacé les traces de son passé ? Mais Damir n'a pas le temps de réfléchir. Son patron ne le paye pas pour ça, de toute façon.

La voiture de Maxime a été incendiée, puis abandonnée dans une forêt voisine. Quant au corps, il gît quelques mètres plus bas, dans l'une des caves du sous-sol. Le plan de Marchal, établi dans l'urgence, est d'une redoutable ingéniosité. Il ne reste plus à Damir qu'à mettre le feu à la maison, et à attendre un peu avant de prévenir les secours. La suite des évènements montrera que Sacha n'avait rien d'un innocent.

Après avoir retrouvé le cadavre en partie calciné, la police procédera à des investigations. En creusant un peu, le lien entre Sacha et Sandra apparaîtra au grand jour, tout comme le danger que représentait Maxime, l'ex-petit ami toujours épris. Maxime se sera interposé entre Sacha et celle qu'il considérait comme la femme de sa vie. L'avocat du couple confirmera cette hypothèse. Celui-ci transmettra à la justice des photos reçues quelques jours plus tôt, et sur lesquelles Sacha et Sandra apparaissent ensemble dans les rues de Paris. Qui pourrait mettre en cause l'intégrité d'un avocat recommandé par Patrick Marchal ?

L'enquête, s'appuyant sur les déclarations de témoins avisés, progressera rapidement. Le juge d'instruction tirera alors la seule conclusion raisonnable dans cette affaire. Le jour du drame, Maxime se sera rendu au domicile de Sacha avec la ferme intention d'en découdre. Une dispute aura éclaté entre les deux hommes et le conflit aura dégénéré. Les coups se seront mis à pleuvoir, et Maxime aura fait une chute mortelle. C'est le déroulement tragique de cette soirée qui aura contraint Sacha à maquiller maladroitement la scène de crime.

Damir a pour mission d'aiguiller les enquêteurs dans la « bonne direction ». Il doit donc dissimuler les circonstances exactes du décès. À son arrivée à Saint-Cloud, il a sorti Maxime, encore évanoui, du coffre de la voiture et a balancé son corps dans l'escalier de la cave.

Sacha, pris de panique, se sera alors enferré dans un piège redoutable. Au lieu d'alerter les secours, il aura préféré s'enfuir, de peur que la police ne le croie responsable de la mort de Maxime. Pour assurer ses arrières, il aura voulu s'abriter derrière l'alibi de son week-end à Rouen, en compagnie de Sandra. En outre, son absence du domicile aura servi à accréditer la thèse de « l'incendie accidentel »... dont l'objectif inavoué aura été de faire disparaître le corps de Maxime. Quelle personne saine d'esprit mettrait le feu à sa propre maison pour se débarrasser d'un cadavre ? Malheureusement pour Sacha, l'appel anonyme que passera Damir changera la donne. *Le feu aura été rapidement maîtrisé, ce qui aura permis à la police d'entamer ses investigations.*

Damir se frotte les mains. Sacha ignore qu'il sera la victime de cette effroyable machination. Un dernier détail reste néanmoins à régler. Sandra, témoin numéro un dans cette affaire, pourrait contredire cette version.

Damir se dirige vers la sortie en prenant soin d'éviter les flaques d'essence qui luisent dans le couloir. Une fois à l'extérieur, il glisse ses doigts dans la poche de son pantalon et en extrait un petit briquet argenté. Puis il jette un dernier coup d'œil en direction de la maison. Il sait qu'il ne peut pas transgresser les ordres. Pourtant, pour la première fois depuis très longtemps, Damir est envahi par un flot d'émotions. Tristesse, colère, regrets... Il ferme les yeux et finit par se ressaisir. Puis il allume son briquet. Alors, un sourire monstrueusement cynique se dessine sur ses lèvres.

Chapitre 34 - Alex

06h00

Mel, qui attendait cette journée depuis si longtemps, n'avait pas fermé l'œil de la nuit. Elle avait joué et rejoué la scène des centaines de fois dans sa tête. Elle appréhendait la réaction d'Alex et se demandait si la fête serait à la hauteur de ses espérances. Pour tenter de s'en convaincre, elle pensa très fort à son mari. Elle savait qu'il aimait se sentir entouré de sa famille et de ses amis. Et puis, avec ce qu'il avait enduré ces dernières semaines, un week-end de détente, loin de Paris, lui ferait assurément le plus grand bien.

Mel essaya de se rendormir, mais Anna, qui s'agitait bruyamment dans sa chambre, se mit à réclamer sa mère avec insistance. Mel la prit dans ses bras et revint avec elle. Anna avait été « mise dans le secret » et semblait très excitée, elle aussi. Elle affichait une mine joyeuse et gesticulait dans tous les sens. Mel en profita pour rallumer son téléphone portable et jeter un œil à ses messages. Une notification apparut aussitôt à l'écran. Mel consulta son répondeur et écouta la proposition que lui avait faite Alex la veille au soir. Ce dernier lui suggérait de partir pour Rouen. Il les rejoindrait dans l'après-midi. Mel hésita. Elle aurait aimé profiter du trajet pour discuter avec lui et tenter de lui remonter le moral. Mais avec cette grève qui perturbait le trafic ferroviaire, Alex risquait de rentrer tard sur Paris. Mel songea également à sa fille. Anna ne voyait ses grands-parents que trop rarement. La jeune mère de famille se décida donc à suivre les conseils de son mari et à partir pour Rouen sans plus attendre.

Anna ayant fini par se rendormir, Mel la recoucha dans sa chambre. Elle prépara ensuite les bagages et chargea la voiture. Dans la précipitation, elle posa machinalement son téléphone sur l'un des nombreux sacs qui s'entassaient dans le coffre, puis rentra à l'intérieur de la maison pour prendre son petit-déjeuner.

Alex avait très mal dormi, lui aussi. La semaine qui venait de s'écouler avait été particulièrement éprouvante. Il commençait d'ailleurs à en ressentir le contrecoup. En quittant les locaux de Synergie la veille au soir, il avait cru pouvoir tirer un trait définitif sur cette histoire. Mais il constatait amèrement que les choses n'étaient pas si simples en réalité.

Alex passa un coup de fil à Mel pour la tenir informée de l'évolution de la situation. Il serait à Paris plus tôt que prévu. Malheureusement, le téléphone portable de sa femme sonna dans le vide et il tomba une nouvelle fois sur son répondeur. Supposant à tort qu'elle dormait encore, il lui proposa d'attendre son retour. Mais lorsqu'elle recevrait ce message, Mel serait loin de chez elle, loin de son mari, légère et insouciante. Il serait pourtant déjà trop tard... trop tard pour changer le cours des choses... trop tard pour qu'ils puissent échapper à leur destin.

Patrick Marchal n'avait pas réussi à trouver le sommeil, lui non plus. Il avait passé la nuit à réfléchir. Il avait consulté ses plus fidèles alliés : son meilleur ami, Jacques Petigo, son avocat et bien évidemment son fils, Benjamin Carsani. L'affront qu'il avait subi la veille sur son propre terrain, dans les locaux de Synergie, le contrariait au plus haut point. Il se demandait comment la situation avait pu échapper à son contrôle. Il avait probablement sous-estimé ses adversaires... à moins qu'il n'ait eu affaire à des hommes totalement inconscients. Mais, quelles que fussent les raisons de cet échec, il n'avait d'autre choix que de riposter. Ses ennemis, car il en avait quelques-uns, surveilleraient chacune de ses décisions et ne manqueraient pas de saisir cette opportunité. Marchal venait d'essuyer un revers cinglant. Il devait envoyer un signal fort à tous ceux qui se réjouiraient de sa chute. Toutefois, cela ne l'effrayait guère. Il avait fait face à des problèmes bien plus graves tout au long de sa vie. *La mort de sa mère, alors qu'il n'avait que treize ans, aurait pu l'anéantir, lui qui n'avait jamais connu son père. Au lieu de ça, il s'était battu courageusement, jour après jour, pour parvenir à renaître de ses cendres. Sa soif de revanche l'avait poussé à se surpasser tandis que les épreuves l'avaient endurci. Après avoir tenté de créer son entreprise avec son ami Jacques Petigo, Marchal avait finalement démarré sa carrière professionnelle comme conseiller commercial dans une grande enseigne. Sa détermination inébranlable lui avait permis de gravir les échelons très rapidement. Il n'avait jamais bénéficié d'aucun traitement de faveur ni d'aucun privilège. Il s'était construit seul, sans l'aide de personne. Mais il y avait eu un prix à payer pour cela. Animé d'une ambition démesurée, l'homme d'affaires n'avait plus eu d'autre objectif que de chercher à aller toujours plus haut. Sa femme avait été reléguée au second plan après quelques mois de vie commune. Quant à son fils, il avait fini par trouver grâce aux yeux de son père après avoir réussi à intégrer une grande école de commerce, une dizaine d'années plus tôt.*

Son clan, qu'il avait bâti à la sueur de son front, était devenu sa seule et unique raison d'être. Petigo avait été le premier. Il était son bras droit, le seul en qui il vouait une confiance absolue. Les autres l'avaient rejoint au fur et à mesure. Quelques amis de longue date. Damir, son homme de main. Benjamin, son fils et « héritier ». Son clan était sa plus belle réussite. La chose dont il était le plus fier. La seule chose pour laquelle il se serait battu au péril de sa vie.

Marchal, qui était fermement décidé à en découdre, faisait les cent pas dans sa chambre, en attendant que le jour se lève. Alex et Christophe étaient au centre de ses préoccupations. L'homme d'affaires ne pouvait pas en rester là. Il devait laver cet affront. Laver son honneur. Alors, il téléphona à Damir. L'échange fut bref. Marchal se contenta de transmettre ses directives. Il désirait s'occuper d'Alex en priorité. Et pour cela, il comptait sur son homme de main. Damir n'aurait qu'une chose à faire : suivre la femme d'Alex jour et nuit. Et saisir la première occasion qui se présenterait à lui...

Chapitre 35 - Alex

09h45

Alex s'enferma dans la salle de bain et posa sa serviette sur le radiateur d'appoint. En découvrant le petit mot que lui avait laissé Mel sur le rebord du lavabo, son visage fatigué s'illumina tout à coup. Il lut les quelques lignes et esquissa un léger sourire. Il aurait aimé retrouver sa femme, ce matin-là, pour qu'elle l'aide à se changer les idées. Mais elle avait quitté la maison une heure plus tôt, sans penser à regarder son téléphone. Alex se sentait nerveux. L'épisode survenu la veille, chez Synergie, le préoccupait énormément. Que se passerait-il dans les jours à venir ? L'homme qui les avait raccompagnés jusqu'à l'accueil, Christophe et lui, les avait recontactés le soir même. Il leur avait demandé de se rendre disponibles la semaine suivante pour participer à une réunion téléphonique. Synergie tenait à éclaircir la situation au plus vite, afin de s'éviter un scandale qui ternirait l'image du groupe. L'appel d'offres serait annulé et une enquête serait diligentée pour faire toute la lumière sur cette affaire de corruption. Alex serait probablement assigné à comparaître devant un juge. Une perspective qui ne l'enchantait guère. Mais au moins, placé sous le feu des projecteurs, il pourrait témoigner sans risquer des représailles. Il ne désirait plus qu'une chose à présent : faire le vide dans sa tête. Alors, il se déshabilla et entra dans la douche. Il ferma les yeux et s'imagina sous une cascade d'eau chaude dont les murmures grondaient de tous côtés. Un flot ininterrompu jaillissait dans son dos et s'écoulait le long de son corps, comme un torrent déchaîné. Il s'évada quelques minutes, suffisamment longtemps, pour se rappeler qu'il fêterait bientôt son trentième anniversaire. S'il n'avait pas la moindre idée de ce qui l'attendait, Alex ne doutait pas un seul instant que Mel lui ait réservé une surprise pour cette grande occasion. Il pouvait compter sur sa femme en toute circonstance. Elle l'avait toujours soutenu, même dans les moments les plus difficiles. Il songea à sa fille également. Anna était la chose la plus merveilleuse qui lui soit jamais arrivée. Elle était si belle avec sa petite bouille ronde et ses yeux ébahis. S'il y avait quelque chose à changer dans sa vie, cela ne pouvait concerner que son travail. Trop de stress, trop de pression. Et puis, en raison du contexte, il lui était impossible d'imaginer poursuivre sa carrière chez Agility.

Des vibrations résonnèrent soudain dans la salle de bain sans qu'Alex y prête attention. Perdu dans ses pensées, il se demandait à quoi ressemblerait sa vie future. Les vibrations résonnèrent de nouveau. Alex crut discerner un léger bruit. Il coupa l'eau afin de s'assurer qu'il n'avait pas rêvé. Son téléphone, posé sur une vieille étagère en bois, cessa de vibrer et la pièce tomba dans le silence. Alex sortit de la douche, s'essuya le haut du corps et s'approcha de l'étagère, sa serviette blanche nouée autour de la taille. Alors qu'il tendait le bras en direction de l'appareil, ce dernier se mit à vibrer avec une telle intensité, qu'Alex tressaillit brusquement. Il se saisit finalement de son Smartphone et s'étonna de voir le nom de sa belle-mère affiché à l'écran. Isabelle ne l'appelait qu'en de rares occasions : nouvelle année, anniversaire... Son anniversaire, évidemment ! Alex, entièrement rassuré, décrocha enfin.

— Allô ? C'est toi Alex ?

— Oui...

— Il faut que... que je te parle, balbutia Isabelle d'une voix tremblante.

— Isabelle, qu'est-ce qui se passe ?

— Tu es... tu es bien... arrivé... ou tu es... tu es encore... à Lyon ?

Alex essaya de garder son calme, mais il pouvait sentir les battements de son cœur retentir avec force dans sa poitrine. Sa belle-mère semblait désespérée. Alex songea aussitôt à Mel et Anna, et son corps tout entier vacilla.

— Non, je suis rentré ! Dis-moi ce qu'il y a !

Isabelle s'effondra littéralement. Elle se mit à pleurer à chaudes larmes. Alex, qui ne pouvait plus attendre, se montra plus directif.

— Isabelle ! Parle-moi !

— Oui ! Je... je suis désolée.

Alex serra la mâchoire et s'arracha les cheveux pour tenter de contenir l'angoisse qui montait en lui.

— Mel et Anna sont... Elles sont à l'hôpital !

— Quoi ? Mais qu'est-ce que tu racontes ? hurla Alex.

Isabelle inspira profondément et lutta de toutes ses forces pour parvenir à articuler distinctement.

— Je crois que c'est grave ! Un médecin de l'hôpital de Garches nous a téléphoné ce matin. Elles sont en réanimation.

Isabelle reprit son souffle avant de poursuivre ses explications.

— On est sur la route. On vient de partir de Rouen. Le médecin nous a demandé de faire au plus vite. Il a dû essayer de t'appeler.

— Je pars ! On se retrouve là-bas !

Alex recula d'un pas et se laissa glisser contre le mur de la salle de bain. Il demeura prostré un long moment, sans voix, le regard vide, comme si le fait d'intérioriser ses peurs pouvait encore changer le cours des choses. Des images défilèrent dans sa tête. Des images du passé, des images en noir et blanc. Un frisson glacial parcourut son corps. Quelques minutes plus tôt, Alex envisageait l'avenir avec optimisme. Désormais, il s'attendait au pire. Alors, il se releva, s'habilla en vitesse et fila en direction de l'hôpital.

Chapitre 36 - Alex
14h00

— Mais il est où ? s'emporta Michel. Ça fait plus de deux heures qu'il est parti !

— Arrête, s'il te plaît ! rétorqua sa femme. C'est déjà assez dur comme ça !

— Tu trouves ça normal, toi, qu'il ne soit pas ici, avec nous ?

— Ce n'est pas ce que j'ai dit, mais je suis sûre qu'il a une bonne raison.

— Je suis désolé, mais je ne vois vraiment pas ce qui peut excuser son absence !

Michel, ulcéré par l'attitude de son gendre, se leva de sa chaise et entra dans une colère noire. Il quitta la salle qui avait été mise à leur disposition à leur arrivée dans l'établissement le matin même, claqua la porte derrière lui, et se précipita dans un long couloir en proférant des injures. Il fulmina contre son gendre, les médecins, les infirmières... jusqu'à ce qu'Isabelle parvienne à le rattraper et le conjure de se calmer. Plusieurs personnes qui s'étaient retournées sur son passage échangèrent des regards compatissants. L'atmosphère oppressante qui régnait dans le service invitait pourtant à la retenue. Mais seul un être insensible aurait pu rester stoïque en de telles circonstances. Ce qui n'était pas le cas de Michel, qui venait de subir un terrible choc émotionnel. Il n'était pas préparé à vivre ça. Aucun père ne saurait l'être.

Michel, cinquante-cinq ans bientôt, avait découvert la joie d'être grand-père à l'arrivée d'Anna. Et il remplissait son rôle à la perfection, toujours prêt à garder sa petite-fille ou à jouer avec. Lui qui n'était pas d'un naturel très expansif n'avait pu contenir ses larmes ce jour-là. De trop nombreux souvenirs avaient brusquement ressurgi. Presque trente ans s'étaient écoulés depuis la naissance de Mel sans qu'il ait vu le temps passer. Il avait franchi un nouveau cap, une étape importante de sa vie. Il y avait eu un commencement, il y aurait une fin, c'était l'ordre logique des choses... Pourquoi, alors, son existence si paisible avait-elle soudain basculé dans l'horreur ? Qu'avait-il fait pour mériter un tel châtiment ? Michel ressassait inlassablement les mêmes questions depuis que sa femme lui avait annoncé le décès de leur fille... de leur enfant... de sa propre chair... quelques heures plus tôt, alors qu'il se préparait pour l'anniversaire-surprise d'Alex. La terrible nouvelle avait eu l'effet d'une bombe. Plus rien ne serait jamais comme avant.

À l'instant précis où Alex posa le pied à l'intérieur de l'hôpital, celui-ci replongea dans son cauchemar. Bien qu'il ne laissât rien transparaître, une indicible tristesse dévorait son cœur. Quelque chose, en lui, s'était brisé. Il n'était plus le même homme.

Il emprunta l'escalier principal, descendit deux étages et s'engouffra dans un couloir sombre et exigu, en repoussant violemment la porte à double battant contre le mur. Des tubes à néon encastrés dans le plafond clignotaient dans la pénombre tandis que la peinture s'écaillait par endroit. D'année en année, l'état général du bâtiment s'était dégradé, conséquence inéluctable des baisses de budget dans la fonction publique. Alex déboucha alors dans une petite cour qu'il traversa à toute vitesse, et se dirigea finalement vers l'accueil du service de réanimation. Michel, qui l'avait aperçu au loin, vint aussitôt à sa rencontre. Mais un homme en blouse blanche surgit tout à coup et s'approcha d'Alex, ce qui coupa Michel dans son élan.

— Monsieur Masca ? Je m'appelle Pierre Valmon. Je suis le psychologue du service. Je souhaiterais m'entretenir avec vous, en privé. Cela ne prendra que quelques minutes.

Alex s'arrêta net et dévisagea le psychologue d'un air surpris.

— Nous n'avons pas eu l'occasion de nous entretenir ce matin. Vous êtes parti si vite, insista Pierre Valmon.

— Vous pensez pouvoir m'aider ?

— Vous avez besoin d'aide !

— Tout va bien ! Ça ne se voit pas ?

— Vous faites preuve d'une force de caractère peu commune. Je sais ce que vous ressentez.

— Non, vous ne savez rien ! le coupa Alex.

— Vous en voulez à la terre entière... à votre femme...

— Taisez-vous !

— Laissez-moi une chance, s'il vous plaît ! Suivez-moi dans mon bureau !

— Vous souhaitez éviter un incident au milieu de votre service ? À moins que vous ne soyez déjà en train d'étudier mon comportement pour remplir l'une de vos grilles d'analyse insignifiantes. Réactions imprévisibles, stress post-traumatique, et je ne sais quoi d'autre !

— Arrête ! hurla sa belle-mère, qui s'était approchée d'eux entre-temps. Calme-toi, Alex ! On est tous à cran. J'en peux plus. Je...

Isabelle se mordit les lèvres pour tenter de réprimer les sanglots qui étranglaient sa voix. Un rictus nerveux déformait son visage. Alex regretta ses dernières paroles et fit un effort pour se montrer conciliant.

— Très bien, je vous accompagne, soupira-t-il tout bas.

— Merci, Monsieur Masca.

Tandis que les deux hommes s'éloignaient lentement, Michel vint s'asseoir à côté de sa femme et s'employa à la réconforter. Il la prit dans ses bras et la serra fort contre lui.

Pierre Valmon invita Alex à entrer dans une petite pièce sombre. Il referma la porte derrière lui et s'installa à son bureau.

— Il faut du courage pour affronter une telle épreuve, mais il faut bien plus que cela pour accepter une main tendue. Pour être honnête, je dois avouer que vous aviez raison tout à l'heure. Je ne suis pas dans votre tête. Je ne ressens pas vos souffrances. Je pourrais vous servir un discours convenu sur le processus de deuil, mais cela n'aurait aucun intérêt... tout comme vous promettre des miracles qui ne se produiront pas. Seul le temps fera son œuvre. En revanche, je tiens à réitérer ma proposition. Rien ne vous oblige à revenir, bien entendu ! C'est vous qui déciderez. Mais, faites-moi confiance ! Il est absolument indispensable que vous extériorisiez cette colère qui bouillonne en vous.

Alex ricana amèrement.

— Je vais être franc, moi aussi ! Je suis quelqu'un de rationnel. Je ne crois pas à tout ça !

— Tout ça ?

— Tous ces mécanismes psychologiques. Mais, admettons que je me trompe ! De quoi devrais-je vous parler ? Que souhaiteriez-vous savoir ?

— Où étiez-vous ce matin ? demanda Pierre Valmon, de but en blanc.

— Je me suis rendu sur les lieux de l'accident… enfin… du crime.

Le psychologue, qui ne s'attendait pas à une telle réponse, sembla pris au dépourvu.

— Un meurtre ?

— Quelqu'un a tué ma femme, non ?

— Pourquoi êtes-vous allé là-bas ?

— Parce que j'ai besoin de comprendre ! Comment pourrai-je faire mon deuil si je n'ai pas la moindre idée de ce qui s'est passé ?

— Je ne suis pas sûr de saisir.

— Je devais visualiser la scène. Je voulais m'assurer que la police avait bien fait son travail.

— Et cela s'est avéré bénéfique ?

— Pardon ?

— Est-ce que cela vous a soulagé ?

— Excusez-moi, mais... je suis en train de participer à ma première séance ?

— Non, pas du tout, je...

— Votre rôle se résume à ça ?

— À quoi ?

— À me poser des questions sans jamais donner votre avis ?

— Mon avis n'a aucune espèce d'importance. Ce qui compte...

— Il y a quelqu'un derrière tout ça, l'interrompit Alex. Je le retrouverai et je le tuerai.

Pierre Valmon s'enfonça dans son siège et s'humecta les lèvres. Alex venait de vivre un drame épouvantable. Son comportement n'avait rien d'étonnant.

— Vous pensez vraiment que vous venger suffirait à combler le vide laissé par la mort de votre femme ? N'y a-t-il pas d'autres moyens de remédier à cette injustice ? Avec le temps, vous parviendrez à surmonter cette épreuve, à retrouver le goût de la vie. Seriez-vous prêt à revenir me voir régulièrement ?

— Je ne sais pas. Je n'ai pas l'impression que ces séances me seraient d'une grande utilité, lança Alex, en défiant le psychologue du regard.

— Vous êtes sur la défensive, c'est normal. Vous intériorisez beaucoup de choses. Vous refoulez vos sentiments. Dans votre situation, la plupart des gens se seraient effondrés. Acceptez mon aide ! Passez lundi après-midi !

— Je suis donc libre ?

— Oui.

— Très bien ! Dans ce cas, je vais retourner voir ma fille. Pourquoi ne m'en avez-vous pas parlé, d'ailleurs ? demanda Alex en se levant de sa chaise. J'imagine qu'il y a une bonne raison à cela ? Il vous faut toujours une raison, n'est-ce pas ?

— Vos décisions sont irrationnelles. Je ne vous juge pas. Vous ne l'avez pas abandonnée. Ses grands-parents sont avec elle, en pédiatrie. On l'a transférée il y a deux heures.

— Oh, mais, je ne culpabilise pas. J'ai fait ce que j'avais à faire. Et je prendrai soin d'elle dorénavant, conclut Alex, avant de quitter la salle.

Quelques instants plus tard, alors qu'Alex traversait le service de réanimation, son beau-père se précipita à sa rencontre.

— Alex ! Attends !

— Je vais voir Anna.

— Tu devrais déjà être avec elle !

— Je sais, Michel. Mais ne m'en demande pas plus, s'il te plaît !

— Tu dois veiller sur elle ! Elle n'a plus que toi !

— Je sais ! J'avais besoin de prendre l'air, c'est tout !

— Je comprends, répondit Michel, qui ne souhaitait pas épiloguer. Je voulais juste te dire que...

— Oui ?

— Mélanie avait préparé une surprise pour ton anniversaire. Elle avait invité tes amis, ta famille. Ça aurait dû être une grande fête ! Je me suis chargé de prévenir tout le monde. Il fallait faire vite et... je voulais t'épargner ça.

Alex acquiesça d'un hochement de tête, sans rien ajouter, puis s'éloigna en silence.

Anna avait été transférée en pédiatrie peu de temps après son entrée à l'hôpital. Elle avait été placée sous surveillance, en raison de son jeune âge, mais son état de santé n'était pas jugé préoccupant. Les parents d'Alex, qui avaient été mis au courant un peu plus tôt, patientaient juste à côté de la salle de soins. Ils vivaient séparés depuis quinze ans, mais ils avaient oublié leurs vieilles rancœurs pour voler au secours de leur fils. Lorsqu'Alex apparut devant eux, ils l'enlacèrent vigoureusement, à tour de rôle. Cependant, celui-ci abrégea ces retrouvailles. Il s'écarta légèrement et observa sa fille à travers une grande vitre, non sans un petit pincement au cœur. Anna était allongée sur le dos, les yeux fermés, prisonnière de son lit à barreaux, un masque à oxygène posé sur le visage. Deux tubes en plastique, fixés sur ses avant-bras, la reliaient à une étrange machine au son répétitif et monotone. L'image choqua profondément Alex. Ce dernier tourna la tête et croisa le regard d'un médecin qui lui fit signe d'entrer. Alex s'approcha d'Anna et glissa un doigt dans le creux de sa main gauche. Il perçut une légère pression en retour, comme si sa fille avait senti sa présence et tenait à le rassurer. Le médecin lui expliqua qu'elle resterait en observation un jour ou deux. L'hôpital ne souhaitait prendre aucun risque en raison du flou absolu qui régnait sur le déroulé des évènements de la matinée. L'arrière du véhicule dans lequel se trouvait Anna avait été légèrement touché. La petite fille avait certainement subi un choc, ce qui nécessitait de réaliser des examens de contrôle. Le médecin répondit ensuite aux questions d'Alex, puis il le laissa seul avec Anna. Alex chuchota alors quelques mots à l'oreille de sa fille.

—Je suis là, ma chérie. Ne t'inquiète pas ! Il y aura toujours quelqu'un pour toi. Tes grands-parents sont là, ils sont tous là ! Et puis, dans quelques jours, on rentrera chez nous pour de bon. Tout va s'arranger, je te le promets. Je t'aime plus que tout au monde !

Alex était retourné chercher quelques affaires chez lui. Il n'allait plus tarder à repartir en direction de l'hôpital. Il déposa son sac à dos dans le coffre de sa voiture et en sortit une vieille couverture de laine, à l'intérieur de laquelle se dessinaient les contours d'une forme rectangulaire. *Lorsqu'il était arrivé sur les lieux du drame le matin même, la police était déjà repartie. Alex en avait profité pour s'imprégner de l'atmosphère. Il avait parcouru les environs dans l'espoir de trouver un indice. Un tout petit indice. Quelque chose qui lui aurait permis d'y voir plus clair. C'est en revenant vers son véhicule qu'Alex était tombé sur la plaque d'immatriculation, qui gisait à même le sol. La plaque était restée coincée sous les roues d'un camion qui avait été bloqué plusieurs heures durant pour les besoins de l'enquête et qui était reparti quelques minutes auparavant. Les enquêteurs étaient passés à côté à plusieurs reprises, sans rien remarquer. De toute évidence, ils ne s'attendaient pas à faire une telle découverte. Peut-être s'étaient-ils précipités ? À moins que l'épais brouillard qui s'était lentement dissipé n'ait sérieusement compliqué leur travail...*

Alex avait d'abord songé à en informer la police, avant de se raviser. Grâce à cette pièce à conviction, il aurait été possible d'identifier le coupable dans les plus brefs délais. Cependant, Alex avait souhaité s'y prendre autrement. Obéir à sa conscience, respecter les règles, se montrer discipliné... c'était ce qu'il avait fait toute sa vie. Et si, pour une fois, il fonctionnait à l'instinct ? Il garderait ce secret pour lui. Il mènerait sa propre enquête. Et il se vengerait.

Alex craignait que le responsable de cette effroyable tragédie ne soit acquitté au terme d'un procès injuste et expéditif. Il hésita quelques instants et prit finalement la décision qui s'imposait. Il préférait traquer son ennemi plutôt que de partager ses souffrances avec un psychologue dont il avait déjà oublié le nom. Il se demanda également comment réagirait le meurtrier lorsqu'il s'apercevrait de son erreur. Reviendrait-il sur les lieux du drame pour tenter de retrouver la plaque d'immatriculation ? Mais Alex savait qu'il lui était impossible de passer des journées entières à attendre sur une aire d'autoroute. Anna avait besoin de lui.

Il referma le coffre de sa voiture, retourna à l'intérieur de la maison, descendit au sous-sol et s'enferma dans son atelier. Il arracha les posters placardés aux murs, renversa les étagères et balança ses outils à tout va. Il cria de plus en plus fort jusqu'à ce que ses forces déclinent lentement… et il se laissa tomber en arrière. Il resta de longues minutes allongé, les yeux dans le vague, à se demander si la vie sans Mel avait encore un sens. Mais Anna apparut soudain devant lui. Il n'avait pas le droit d'abandonner.

Finalement, il quitta la pièce et accrocha la plaque d'immatriculation sur la porte de son atelier, tel un premier trophée remporté dans la douleur. Après quoi, il sortit de la maison, remonta dans sa voiture et retourna en direction de l'hôpital.

Interlude

Quatre ans après la fin de l'appel d'offres

« Ça y est. Le moment est venu. Je suis fin prêt à affronter mon destin. Cela fait quatre longues années que j'attends cette journée si particulière. La maison est vide, il ne reste rien de mon passé. Toutes ces lettres ont disparu dans un nuage de fumée. La dernière également, cette lettre qui clôt cette parenthèse de quatre ans. Cette lettre marquée, elle aussi, du sceau du ministère de la Justice.

Tout à l'heure, je ferai face à mon ennemi. Le Visiteur du Soir. Pour la première fois. Je dois prendre mon temps. Ne pas me précipiter. Ne pas tout gâcher alors que je touche au but. Avant toute chose, il me faut des réponses. Je veux comprendre. Ensuite, j'ose croire que j'aurai la force d'aller au bout de mon idée. Mais à mesure que l'échéance approche, je sens des doutes s'immiscer dans mon esprit. En suis-je réellement capable ? N'ai-je pas tenté de me convaincre du bien-fondé de ma démarche, durant toutes ces années, simplement pour ne pas sombrer ? Je ne sais pas, je ne sais plus. Je ne parviens plus à réfléchir. Je suis fatigué.

Aujourd'hui marque le début d'une nouvelle étape, d'une nouvelle vie. Il me reste cinq jours pour en finir. Samedi, je tournerai la page et Sacha disparaîtra à jamais. Je redeviendrai Alex, pour le meilleur et pour le pire. »

Épilogue

Quatre ans après la fin de l'appel d'offres

Samedi
05h00

Deux hommes vêtus d'un uniforme de police discutent dans la rue, à côté d'une petite maison isolée. Un troisième homme descend d'un van garé le long du trottoir. Damir rejoint ses complices et délivre ses instructions. Ils devront agir vite et le plus discrètement possible. Rentrer. Faire le travail. Et disparaître.

— J'appelle Marchal. On intervient dès que j'ai son feu vert. Pour la fille, j'attends ses consignes.

— OK, Damir, on se tient prêt !

Sacha traverse la chambre et s'approche de la petite bibliothèque en bois, qui trône au fond de la pièce. Le miroir, accroché au mur, lui renvoie l'image d'un homme fatigué, usé par le chagrin. Il observe ses tatouages. Il regarde les visages de Mel et d'Anna. Et tout le reste. L'histoire de sa vie est gravée sur sa peau. Il ne sait plus très bien pourquoi il a fait ça. Sans doute pour conserver une trace. Sans doute aussi parce que la folie s'empare de lui peu à peu. Étrange décision dont les raisons exactes lui échappent. Il se saisit de la photo posée sur l'une des étagères de la bibliothèque. *Anna et Mel, assises côte à côte, lui sourient tendrement.* Sacha peut sentir leur présence. Il fait le vide dans sa tête. Des images resurgissent du passé. Il les voit toutes les deux. Il se revoit lui aussi. Sacha s'efface lentement. Alex reprend le dessus. Alors, comme si la mort rôdait dans les parages, sa vie se met à défiler devant ses yeux.

Son enfance en banlieue parisienne. L'adolescence. Le bonheur qui vire au cauchemar. Ses parents qui ne se supportent plus. Les disputes. Le divorce. Ces dimanches soir, seul dans sa chambre. Le lycée, les premières idylles. Ses études d'ingénieur, passionnantes, mais difficiles, qui le conduisent à travers l'Europe. Les choses sérieuses qui commencent. Ses premiers pas dans le monde du travail. Et puis Mel. Enfin, Mel. Leur rencontre. Inattendue et inoubliable. Les premiers rendez-vous. Le plaisir d'être ensemble, l'envie de se retrouver.

Ils se revoient régulièrement, puis de plus en plus souvent, jusqu'à ce qu'Alex fasse du studio de Mel, sa résidence principale. Ils s'aiment et décident de se marier. Puis ils se lancent dans de grands projets. La maison de Saint-Cloud. Un bébé. Ils en rêvent depuis si longtemps. Mais les mois passent sans que Mel tombe enceinte. Elle se sent responsable. Coupable même. Cela vire à l'obsession. Alex essaye de la réconforter. Mais rien n'y fait et ils s'éloignent l'un de l'autre.

C'était il y a six ans. Alex pense à Sandra. À cette époque, la jeune femme vivait en couple avec Maxime. Elle était heureuse et insouciante. Rien ne laissait présager que son existence si paisible basculerait dans l'horreur deux ans plus tard... Alex songe à ce qu'elle a vécu. Ses grossesses. Ses fausses-couches. Ses derniers espoirs. Il devine sa détresse... lui qui avait vu Mel s'enfoncer dans la mélancolie pour les mêmes raisons.

Sandra est enceinte. Cette fois, ce sera la bonne. La jeune femme en est persuadée. Elle va l'annoncer à ses parents. Bientôt. Avant cela, elle rendra visite à sa sœur...

C'était il y a quatre ans. Alex se remémore cette terrible semaine qui a précédé la mort de sa femme. Cette semaine qui a précédé sa rencontre avec le Visiteur du Soir. Cette semaine qu'il aurait préféré passer aux côtés de Mel et d'Anna, plutôt que de se battre en vain pour tenter de sauver Agility de la faillite.

L'appel d'offres Synergie. Les menaces. Cette photo prise à son insu. Cette tension insupportable.

Alex est à l'hôtel. Il découvre la trahison de Christophe, son collègue, son ami. Il ne veut pas y croire. Il aimerait pouvoir évacuer toute cette pression. Mais cette fois, les choses sont allées trop loin. Il craque. Le lendemain, lors de l'oral, il s'en prend à Benjamin Carsani, le fils de Patrick Marchal

Alex le sait aujourd'hui, on ne s'attaque pas à ces hommes-là impunément. Une larme coule le long de sa joue. Mais son regard est impénétrable. Il ne veut pas laisser transparaître ses émotions. Il jette un dernier coup d'œil à Mel et Anna, puis il range la photo dans son sac. Il s'approche de la fenêtre et examine la rue, en contrebas. Il scrute les voitures garées sous les halos jaunâtres des réverbères.

Depuis quatre ans, ses nuits sont hantées par les mêmes images. Celles de cette journée en enfer. L'histoire est toujours la même. Seul le dénouement est différent. À la fin, il y a Mel. Et alors, il se réveille. Ses réveils sont tous les mêmes. Douloureux. Cauchemardesques. Les cauchemars succèdent aux rêves, parfois. Les cauchemars succèdent aux cauchemars, le plus souvent. Illusion, réalité. Alex s'est si souvent perdu dans cette immensité sombre et silencieuse, comme un fantôme errant dans les ténèbres. Pourtant, une petite flamme brûle encore au plus profond de son être et le maintient en vie.

Alex est chez lui, à Saint-Cloud, dans la salle de bain, lorsqu'il apprend la terrible nouvelle. Mel et Anna sont à l'hôpital. Il s'effondre. Avant de reprendre espoir. Et si...et si tout cela était irréel ?

Alex est à l'hôpital. Le couperet vient de tomber. Mel les a quittés. Comment faire pour vivre avec cela ? Comment faire pour expliquer à Anna qu'un monstre a tué sa mère et que ce monstre va continuer à errer en liberté ?

D'une certaine manière, Alex est venu chercher des réponses aujourd'hui. Des réponses qui l'aideront à faire son deuil. Ce deuil qu'il n'a jamais fait. L'alliance qu'il porte encore aujourd'hui en est la preuve la plus flagrante.

Tout près d'ici, les trois individus vêtus d'un uniforme de police s'apprêtent à intervenir. Damir recharge son arme. Il regarde sa montre et annonce l'heure exacte du début de l'opération. L'aiguille qui trotte sous yeux immobiles les rapproche lentement du moment fatidique.

Alex fait quelques pas puis s'allonge sur le vieux lit grinçant.

Mel n'est plus là. Il reste auprès de sa fille. Il la réconforte. Il la rassure. Il ne la quitte pas des yeux. Ou presque. Il passe chez lui une fois par jour. Pour rapporter quelques affaires. Pour souffler quelques minutes aussi. Il ne veut pas qu'Anna le voie en train de pleurer.

C'est ainsi qu'il se retrouve sur le parking de l'hôpital, ce grand bâtiment de briques rouges, seul dans sa voiture, un soir de janvier.

Alex se redresse et enfile sa chemise de lin blanc. Puis il glisse une main au fond de son sac, et en extirpe ce petit paquet qu'il déballe minutieusement. La lame se dévoile peu à peu. Sa traque va bientôt prendre fin. Mais soudain, un bruit attire son attention. Dans quelques instants, il fera face à son destin.

L'heure est venue. Damir se frotte le menton. Il regarde une dernière fois sa montre et donne le signal du départ. La porte en bois éclate littéralement sous la pression du bélier en acier. Un fracas assourdissant retentit dans la maison. Les trois hommes pénètrent dans le vestibule et se séparent aussitôt. Ils doivent faire vite, car Alex est sûrement réveillé à présent. Tandis que ses deux complices commencent à fouiller le rez-de-chaussée, Damir se précipite vers l'escalier et grimpe à l'étage. Il aperçoit une lueur qui émane d'une pièce, sur sa gauche. Il s'avance lentement, son arme à la main. Un bruit de pas résonne dans le silence. Damir braque son arme droit devant lui. La porte s'ouvre tout à coup et une lumière vive jaillit comme un éclair. Damir devine une silhouette. Un homme.

Assez grand, plutôt maigre... chauve. Damir découvre avec stupeur qu'ils se sont trompés d'adresse. La voiture d'Alex est pourtant garée à côté de la maison...

— Bonsoir, Monsieur. Je suis navré pour le dérangement. Nous sommes à la recherche d'un criminel évadé de prison. Il s'est réfugié dans le village. Nous avons suivi sa piste jusqu'ici, c'est pour cette raison que nous sommes entrés. Mais il s'agit d'une erreur. Je dois prévenir mes collègues immédiatement. Voyez ma carte, ajoute Damir, en tendant à l'homme un morceau de carton qui ressemble vaguement à un badge de police.

L'homme regarde Damir d'un air hébété. Il paraît soucieux et inquiet. Il jette un coup d'œil au morceau de carton, sans se rendre compte de la supercherie. Damir promet de revenir rapidement. Mais au lieu de ça, il profite de ce petit moment de flottement pour déguerpir en vitesse. Il exhorte ses complices à en faire autant. Les trois hommes se rejoignent dans la rue et remontent dans le van qui disparaît dans la nuit.

Damir coupe le moteur en pleine campagne, à quelques kilomètres du village, puis il sort ton téléphone et rappelle son chef pour le tenir informé.

— Damir ? C'est fini ?

— Non ! On a un problème.

— C'est-à-dire ?

— On l'a perdu ! Sa voiture était garée à côté d'une maison isolée. On est montés, mais il n'était pas là ! On est tombés sur le propriétaire.

— Il doit s'inquiéter à cause de Maxime. C'est pour ça qu'il a déplacé sa voiture tout à l'heure. Il a pris ses précautions. Mais ce n'est pas très grave, j'ai pris des notes. Je t'envoie les coordonnées GPS de son premier arrêt. Allez-y !

— La police ne va pas tarder. Et on ne sait pas où il est...

— Envoie quelqu'un en repérage !

— Très bien, nous ferons au mieux !

— Non, vous ne ferez pas au mieux ! Vous devez réussir ! fulmine Marchal, avant de raccrocher brutalement.

Les bruits de pas se rapprochent. Alex tient fermement le couteau dans le creux de sa main. Quatre ans se sont écoulés depuis la mort de sa femme, depuis qu'il a croisé la route du Visiteur du Soir. Il lui est impossible d'oublier ce qu'il a vu cette nuit-là.

Le Visiteur du Soir vient de sortir du parking de l'hôpital. Alex le suit durant de longues minutes. Il se sent nerveux. Il n'est pas dans son état normal. Il se laisse guider par son instinct.

La voiture ralentit, ils sont arrivés. Alex coupe le contact. Son cœur cogne violemment contre sa poitrine. Le Visiteur du Soir descend enfin. Et Alex découvre son visage. Le choc est terrible. La scène est totalement surréaliste. Comment une créature à ce point monstrueuse peut-elle se cacher derrière une beauté si parfaite ? Son charme fou, sa féminité déconcertante, sa magnifique chevelure frisée... Cette femme au sourire mystérieux, qui s'apprête à pousser la porte de sa chambre, a pourtant renversé Mel sur une aire d'autoroute il y a quatre ans. La porte s'ouvre brusquement et Sandra apparaît devant lui.

La jeune femme demeure silencieuse. Elle a compris. Alex le lit dans ses yeux. Ils s'affrontent du regard l'espace d'un instant, avant que Sandra n'incite Alex à quitter les lieux. Car un grave danger les menace.

— Alex...

— Tu sais donc.

— Il faut qu'on parte.

— Non ! Je ne bougerai pas d'ici !

— Alex, je ferai ce que tu voudras. Mais on doit partir. Tout de suite !

— Qu'est-ce qui saurait être plus urgent qu'une discussion avec toi ? Ça fait quatre ans que j'attends ça. Tu cherches à fuir tes responsabilités, comme toujours !

— Tu penses sérieusement que je serais montée te voir si c'était le cas ? Tu me détestes. Je ne suis pas stupide. Mais ne crois pas que les choses soient si simples !

— Sandra, ne me raconte pas d'histoires !

La jeune femme recule instinctivement. Elle vient de remarquer cet objet dans la main d'Alex. Ce couteau à la lame acérée.

— S'il te plaît, écoute-moi ! J'ai reçu deux messages de Maxime ! Mon téléphone capte mal, je viens de les recevoir.

— Maxime... Tu suis ses conseils maintenant ?

— Il avait l'air inquiet.

— Il a peur que je m'en prenne à toi !

— Peut-être. Mais pas seulement ! Il m'a parlé d'une personne que nous connaissons lui et moi.

— Patrick Marchal ?

Sandra, stupéfaite, en reste sans voix.

— Je vois que ça t'étonne, poursuit Alex.

— Tu le connais ?

— Disons que nous avons eu un différend par le passé. Mais pourquoi t'a-t-il parlé de lui ?

— J'en sais rien... Maxime est chez lui. Il a utilisé sa ligne fixe. Je comprends pas ce qu'il fait là-bas...

— Je n'en ai pas la moindre idée, moi non plus. Et à vrai dire, je m'en contrefiche ! La seule chose qui m'intéresse, c'est de savoir ce qui s'est passé sur l'aire d'autoroute !

— Alex, je ferai tout ce que tu voudras ! Mais crois-moi, on doit s'en aller.

— Hors de question ! Je ne quitterai pas cette pièce sans avoir obtenu des réponses ! C'est clair ? Je veux entendre la vérité sortir de ta bouche ! tonne Alex. Je n'ai pas fait tout ça pour rien !

Sandra baisse les yeux. Que peut-il lui arriver de pire que ce qu'elle a vécu il y a quatre ans ? Et puis, sans l'aide d'Alex, elle sait qu'elle ne pourra pas s'enfuir.

— Très bien. Puisque tu ne me laisses pas le choix.

— Maxime t'a parlé de moi, n'est-ce pas ?

— Oui. Il est venu chez moi jeudi soir.

— Il était là ce soir aussi...

— Hein ?

— En bas de chez toi. Je ne l'ai pas reconnu tout de suite. Je ne me rappelais plus très bien de son visage. Je ne l'avais vu qu'une ou deux fois au procès...

— Pourquoi il était là ?

— Il voulait m'empêcher de t'emmener ici. J'ai dû... trouver une solution.

— C'est pour ça qu'on s'est retrouvés aux Champs-Elysées ?

— Oui... Enfin, bref. Comment as-tu fait pour comprendre ?

— Quand on s'est parlé chez Astero, lundi dernier, j'ai eu la sensation de t'avoir déjà croisé quelque part. Tu ressembles beaucoup à Anna. Mais ça paraissait tellement improbable ! J'ai eu le temps d'y réfléchir, tout à l'heure... J'ai remis les éléments bout à bout. Tu es marié, tu as une fille.

— Comment peux-tu être aussi indifférente ? s'écrie Alex avec indignation.

— Je ne suis pas indifférente ! Je suis juste une mort vivante !

— Mel n'a pas eu cette chance ! Écoute Sandra ! Si je suis ici aujourd'hui, c'est parce que j'ai besoin de comprendre ! Le procès ne m'a apporté aucune réponse. Il n'y a que toi qui peux réparer cette injustice. Toi seule étais présente ce jour-là !

— Tu as l'intention de te débarrasser de moi ensuite ? demande la jeune femme, qui ne quitte plus des yeux la lame métallique.

— Tout dépend de toi. Mais reprenons à zéro pour l'instant !

— Tu sais, j'attends ça depuis très longtemps, moi aussi !

— Ah oui ? Alors dis-moi pourquoi tu n'es pas venue au procès !

— C'est mon avocat qui m'en a empêchée !

— Eh bien, parle maintenant !

— Alex, tout ce que je t'ai raconté est vrai. Ma grossesse. L'accident... Je n'ai pas eu la force d'aller au bout, c'est tout. C'était encore trop dur pour moi !

— Le jour est venu ! Je suis tout ouïe !

Sandra inspire une grande bouffée d'oxygène pour se donner du courage.

— Je roulais tout doucement, à cause du brouillard. Elle est apparue devant moi, comme ça. D'un seul coup. J'ai essayé de freiner, mais c'était trop tard...

— Continue !

— Je suis désolée. J'ai perdu le contrôle. Je l'ai renversée. J'ai touché l'arrière de sa voiture et j'ai percuté un muret en béton. C'était un accident ! se justifie Sandra, les yeux brillants.

— Un accident ? répète Alex, le visage renfrogné.

— Oui, un accident !

Alex passe une main sur son front. Bien qu'il connaisse la fin de l'histoire, les images qui défilent dans sa tête le bouleversent littéralement.

— Mais qu'est-ce qu'elle faisait là ? se demande-t-il à voix haute. Elle aurait dû entendre la voiture !

— On a retrouvé son téléphone un peu plus loin.

Alex songe au message qu'il avait laissé à Mel ce matin-là. Sa femme était-elle morte au son de sa voix ?

— Elle était devant toi ! Pourquoi tu ne t'es pas arrêtée ? Est-ce que tu te rends compte de ce que tu as fait ? s'emporte Alex, qui cogne le mur de toutes ses forces.

— Je me suis arrêtée !

— Oui, c'est ce que ton avocat a toujours prétendu ! Pourtant, personne ne t'a vue ce jour-là. Et bizarrement, les témoins sont tous revenus sur leurs déclarations ! Ils n'étaient plus tout à fait sûrs... Voilà de quoi soulager ta conscience !

— Alex, c'est moi qui ai prévenu les secours.

— Quoi ? Comment peux-tu oser dire ça devant moi ?

Sandra répète les mêmes mots, tel un leitmotiv. Elle s'accroche à ses certitudes.

— Oui, c'est moi qui ai prévenu les secours ! Et ensuite, je suis retournée aux côtés de ta femme et de ta fille.

— Anna... murmure tristement Alex.

— Elle pleurait. Elle avait peur.

Sandra se tait brusquement. Le souvenir de cette journée tragique la hante encore aujourd'hui. Elle pose une main sur ses lèvres et déglutit avec difficulté.

— Elle était si jolie, se lamente-t-elle, des larmes dans la voix. J'ai pensé à ta fille, à ta femme, à Maxime, à mon bébé... C'était irrationnel ! J'avais peur...

— Peur de quoi ?

— D'aller en prison.

— En prison ?

— Oui. C'est pour ça que je n'ai pas donné mon nom. Il fallait que je réfléchisse !

— Mais il n'y avait pas à réfléchir ! rétorque Alex. Comment as-tu pu te poser autant de questions ?

— La raison tu la connais. J'ai fait plusieurs fausses-couches !

— Et alors ? Je ne vois pas le rapport !

— Le rapport, c'est que psychologiquement, c'était horrible ! De repartir à zéro, d'espérer et de voir le même scénario se répéter tous les mois. Une fois. Deux fois. Dix fois !

— J'ai connu ça moi aussi ! On a attendu un an avant que...

— Mais vous avez eu une fille ! le coupe Sandra. Pas nous ! On a rencontré des spécialistes. J'ai passé des tas d'examens. C'était sans fin. Sans intervention médicale, ça n'aurait jamais marché !

— Sandra...

— Attends, laisse-moi terminer s'il te plaît ! Tu voulais des réponses, alors écoute-les ! On est partis à Bali pour oublier nos problèmes, reprend Sandra. Maxime cherchait à me rassurer. Ça m'a fait du bien. Et j'ai fini par tomber enceinte grâce à mon traitement. Depuis le jour où j'ai fait le test de grossesse jusqu'au jour de l'accident, il ne s'est pas passé une heure sans que je ne m'inquiète pour le bébé. J'étais angoissée à l'idée de le perdre, je ne voulais pas revivre ça une fois de plus. Et puis, je ne supportais plus de devoir mentir continuellement. Mentir à nos amis, mentir à nos familles... Maxime ne disait rien, mais je savais qu'il était malheureux. Alors oui, ce jour-là, je me suis sentie totalement dépassée ! J'ai fait ce que j'ai pu pour ta femme et ta fille ! Mais je devais sauver mon bébé.

— Tu les as abandonnées toutes les deux !

— Non ! Je ne les ai pas abandonnées ! Et je ne cherche pas à fuir mes responsabilités contrairement à ce que tu penses ! Les images sont ancrées en moi. Je les revois sans cesse. Les yeux de ta fille à travers la vitre. Ta femme, allongée sur le sol, le visage ensanglanté ! Elle ne respirait plus, ajoute Sandra, avant de fondre en larmes. Je me suis approchée d'Anna, pour lui parler.

— Alors, dis-moi pourquoi tu n'étais pas là quand les secours sont arrivés !

— J'ai entendu les sirènes. Il n'y avait plus rien à faire ! J'ai posé ma main contre la vitre. Anna a levé sa tête dans ma direction. Ça m'a fendu le cœur. Je lui ai dit : « Pardonne-moi ! S'il te plaît, pardonne-moi, je suis tellement désolée. »

— Tu aurais dû rester ! Pour assumer tes actes !

— Je suis partie parce que j'avais peur pour mon bébé !

— Les secours auraient pu s'occuper de toi !

— Les secours ne venaient pas pour moi. J'avais fait un choix ! Je m'y suis tenue ! La suite, tu la connais.

— Tu ne courrais aucun risque ! La justice ne t'aurait pas condamnée ! Elle ne l'a pas fait d'ailleurs...

— Elle était morte, Alex ! Tu entends ça ? Elle était morte !

— Tu n'avais pas le droit de partir !

— Et toi, qu'aurais-tu fait à ma place ?

Alex ne dit rien. Il ne peut s'empêcher de penser à ce qu'il aurait fait dans la même situation.

— J'avais vu ta femme mourir sous mes yeux. Pourtant, j'espérais encore un miracle. Je ne dormais plus la nuit. Si je suis sortie le lundi soir contre l'avis des médecins, c'était pour aller à l'hôpital. J'avais besoin de savoir ! Je me suis fait passer pour une amie. Et l'infirmière de garde m'a confirmé ce que je savais déjà. Mais toi, tu étais où ce jour-là ?

— Peu importe ! réplique sèchement Alex.

— Je me suis confiée ! Tu me dois des réponses toi aussi !

Alex dévisage Sandra sévèrement. Son regard menaçant dissimule bien des interrogations. Il se rend compte, au fil des minutes, que les aveux de la jeune femme n'y changeront rien. Et si... et s'il devait lui aussi parler pour soulager sa peine ? Parler... dans l'espoir de se libérer.

— S'il te plaît ! insiste Sandra.

Alex ferme les yeux et inspire profondément.

— J'étais à Lyon pour le travail, commence-t-il. Je devais rentrer le vendredi soir, mais je suis resté bloqué là-bas, à cause d'une grève. Mel est partie à Rouen le lendemain, avec

Anna. Elle ne m'avait rien dit, mais elle avait préparé une surprise pour mon anniversaire. Je m'en veux tellement.

— Tu n'y es pour rien !

— Si ! J'étais trop distant, poursuit Alex, d'une voix mélancolique.

— Tu sais que tu n'as pas le droit de m'approcher ? lui demande subitement Sandra. Le juge te l'a interdit.

— Tu crois que c'est ça qui m'aurait arrêté ? De toute façon, je t'avais retrouvée bien avant le début du procès. C'est moi qui ai récupéré la plaque d'immatriculation sur l'aire d'autoroute.

— Toi ? répète Sandra en écarquillant ses yeux.

— Je suis tombé dessus par hasard. Elle était coincée sous les roues d'un camion

Les tensions se sont apaisées. Momentanément. Alex ne parvient pas à se défaire de l'idée que Sandra, au-delà de cet acte impardonnable, renferme sa propre douleur. Son cœur palpite quand il rêve de vengeance, mais son esprit s'accommode de ce statu quo.

— Je t'ai vue pour la première fois le jour où tu es passée à l'hôpital, lance tout à coup Alex.

— Tu étais là ?

— Oui ! Je t'ai suivie jusque chez ta sœur.

— Pourquoi n'as-tu jamais rien dit à la police ?

— Je ne comprenais pas ce que tu faisais là. Je ne comprenais pas pourquoi tu prenais un tel risque. Je voulais découvrir qui tu étais. En parler à la police, c'était faire une croix sur tout ça ! C'est pour ça que j'ai gardé la plaque.

— Alors c'était toi qui l'avais durant tout ce temps... On s'est demandé où elle était. Elle aurait pu tomber n'importe où… Elle était en mauvais état. Maxime est retourné sur l'aire d'autoroute, au cas où...

— La voiture avait été réparée quand tu es passée à l'hôpital !

— Oui, je me suis occupée des réparations, le coupe Sandra. Il fallait que je le fasse ! J'avais besoin de me mettre en danger. J'ai hésité tellement de fois à aller me dénoncer. Maxime essayait de me protéger... de moi-même, je crois. Malgré ça, des fissures ont commencé à apparaître. L'atmosphère devenait irrespirable. On s'évitait tout en s'imaginant qu'on arriverait à s'en sortir. Alors...

— Tu as tout avoué !

— C'est plus compliqué que ça ! Je ne supportais plus de vivre dans le mensonge. C'était au-dessus de mes forces. Deux mois après l'accident, j'ai pris rendez-vous avec une psychologue. Mais je savais que ça ne résoudrait pas tous mes problèmes : il fallait que la justice fasse son travail. Maxime a fini par accepter ma décision. Il m'a quand même conseillé de prendre un avocat. Ça a été dur de parler de tout ça, mais en fin de compte, ça m'a soulagé. J'attendais le procès avec impatience... sauf qu'un jour, mon avocat m'a annoncé qu'il jetait l'éponge. Trop de dossiers à gérer, soi-disant. Alors il m'a présentée...

— Marc Petigo, l'ami de Patrick Marchal.

Sandra affiche une moue étonnée. Qu'Alex connaisse le nom de son avocat ne la surprend pas vraiment. Elle devine cependant qu'il ne lui a pas encore tout dit.

— Alex, explique-moi !

— Sandra, je risque de te décevoir, mais Patrick Marchal n'est pas ton ami. Il s'est servi de toi.

— Je ne comprends pas. Pourquoi ?

— Il voulait se venger ! Pour lui, cette histoire, ce n'était rien d'autre qu'un moyen de parvenir à ses fins.

Sandra fronce les sourcils. Elle a beaucoup de mal à saisir ce que tout cela signifie. Marchal lui a toujours paru sincère. Qui doit-elle croire ? Le procès n'aurait-il été qu'un « coup monté » par l'homme d'affaires ? La jeune femme est assaillie par le doute. Alex, quant à lui, se remémore les propos que leur avait tenus Marchal, à l'issue de l'appel d'offres : *« Car un jour, vous ferez un faux pas. Une brèche s'ouvrira, et je m'immiscerai dans vos vies. Je vous détruirai à petit feu. Ma vengeance sera impitoyable. Soyez-en sûrs, nous nous reverrons ! »*

— Pourquoi avoir attendu un an avant de parler à un juge ? demande Alex. Je suis tombé des nues le jour où j'ai reçu la première lettre du tribunal. À chaque nouvelle lettre, à chaque nouvelle convocation, je reprenais espoir... Mais tout ça, ça n'était qu'un mirage.

— Mon avocat a tout géré seul. Il ne s'est jamais soucié de moi. Je croyais que c'était normal, que c'était ça le rôle d'un avocat. En fait, il cherchait seulement à m'écarter. Il ne voulait pas que je me présente devant les jurés. Les médecins ont jugé mon état de santé incompatible avec le procès. « Fragile et instable ». Je traversais une mauvaise passe, mais j'avais besoin de vider mon sac !

— Et moi dans tout ça ? Et ma fille ?

— Je sais Alex… Je sais. Je voulais venir ! On m'a montré quelques photos, rien de plus… Des photos de l'accident, des photos de toi… Ça a été si vite… Le visage de ta fille est resté ancré en moi, mais le reste s'est effacé peu à peu.

— Il y a quand même une chose que je ne comprends pas. Pourquoi Petigo ne t'a pas incité à renoncer au procès ?

— Il a essayé ! Mais s'il avait refusé de m'aider, j'aurais pris un autre avocat !

— Je vois. Marchal a vu ça comme une opportunité. Il avait compris que quoi qu'il fasse, tu ne lâcherais pas. Il s'est adapté. Avec Petigo, ils ont réussi leur coup ! Ils t'ont fait passer pour une victime. C'était un accident et je m'acharnais contre toi. Les jurés ont fermé les yeux sur les vrais problèmes. Pour eux, tu étais en état de choc, ce qui expliquait ton comportement. Ta fausse-couche a ému beaucoup de monde. Ton avocat n'est pas entré dans les détails, il n'a pas parlé de tous tes problèmes de grossesse. Il gardait peut-être ça en réserve, au cas où...

— Je sais que si je m'en suis aussi bien sortie, c'est grâce à Patrick Marchal. Mais dans le fond, ce procès m'a laissé un goût d'inachevé.

— Marchal voulait me détruire.

— Pourquoi ? Qu'est-ce qui s'est passé entre vous ?

— Hum... hésite Alex, peu enclin à se confier davantage.

— Je t'en prie !

— C'est une longue histoire...

Alex résume les faits à Sandra. *L'appel d'offres Synergie. L'implication de Patrick Marchal. Ses complices. Les menaces. Et tout ce qui en avait suivi.*

— Quand j'ai su que c'était Marc Petigo qui allait te défendre, j'ai compris que Marchal ne m'avait pas oublié. Il a profité de la situation.

— Il n'a jamais été condamné ?

— Il a écopé d'une peine de trois ans de prison avec sursis. Les rumeurs disent qu'il a passé un marché avec le juge. Personne d'autre n'a été mis en examen. Ni son fils ni ses amis.

— Ton avocat n'a jamais mentionné cette affaire durant le procès. Ça aurait changé beaucoup de choses !

— Ce procès, c'était une affaire entre toi et moi ! Et puis, de toute façon, je n'en ai jamais parlé à mon avocat.

— Pourquoi ?

Alex enfonce ses yeux dans ceux de Sandra. Il a obtenu les réponses qu'il attendait. Désormais, plus rien ne l'empêche de mettre ses menaces à exécution. Il va réaliser son rêve. Ce rêve qu'il caresse depuis si longtemps.

— Je voulais que tu restes libre pour avoir cette discussion avec toi ! Maintenant, on va pouvoir en finir !

— Pourquoi tu ne l'as pas fait avant, alors ? rétorque Sandra, en le fixant droit dans les yeux.

— Il me fallait des réponses. Et puis, ce n'est pas si simple de commettre un meurtre de sang-froid.

— J'imagine parfaitement ! Mais toi, tu n'as pas la moindre idée de ce qui t'attend ! Passer le restant de tes jours avec un meurtre sur la conscience... Je peux t'assurer que tu n'en as pas envie !

— Ah oui ? Et toi, comment vois-tu ton avenir ?

— Je cherche seulement à me reconstruire !

— Quelle réussite !

— Alex, s'il y a bien une chose dont je suis persuadée, c'est que tu te trompes ! Te venger n'y changera rien !

— Je ne reculerai pas. Pas maintenant !

— Alors, vas-y ! Enfonce ce couteau !

— Qu'est-ce que tu crois ? On m'a interdit de t'approcher durant le procès. J'aurais pu me débarrasser de toi dès le premier jour si je l'avais voulu. Mais à quoi bon ? J'ai appris à te connaître, j'ai découvert tes secrets. Et pour ça, je me suis fabriqué une fausse identité.

— Sacha...

— Mon nouveau téléphone, l'adresse mail que j'utilise pour t'écrire... Tout est factice ! Impossible de remonter jusqu'à moi. J'ai pris toutes les précautions nécessaires. Tout ça m'a demandé du temps ! Ne te méprends pas ! Il ne s'agit pas d'une faiblesse de ma part !

— Ce n'est pas dans ta nature de te comporter comme ça. Tu es quelqu'un de raisonnable.

— Rassure-toi comme tu veux ! réplique Alex, en esquissant un sourire machiavélique.

Sandra recule de nouveau de quelques pas.

— Pourquoi tu as fait semblant de t'intéresser à moi ?

— C'était un moyen comme un autre de m'approcher de toi. Si je t'avais abordée dans la rue, tu aurais repoussé mes avances. Tu n'aimes pas l'imprévu. Cet entretien chez Astero m'a offert un alibi en quelque sorte. Et puis, je connaissais tes habitudes, je savais que tu arrivais tous les matins à la même heure au bureau. Je n'étais pas là par hasard !

— Et si j'avais refusé de te revoir ?

— J'aurais forcé le destin !

Sandra doute de plus en plus de sa capacité à lire dans les pensées d'Alex. Et si elle se trompait sur toute la ligne ? Et si Alex était réellement décidé à en finir ? La jeune femme regrette de ne pas avoir suivi les conseils de Maxime. Alex s'avance avec détermination, le buste droit, le regard sévère. Mais alors qu'il n'est plus qu'à quelques centimètres de Sandra, un « bip » retentit soudain.

— Qu'est-ce que c'est ?

Sandra sort son téléphone de sa poche et prend un air étonné.

— C'est un mail ! Un mail de Maxime ! précise la jeune femme. Il l'a envoyé à une heure du matin.

— Et pourquoi tu ne le reçois que maintenant ?

— Ça capte mal, je te l'ai dit... Regarde, il y a un lien vers une vidéo. Il m'en a parlé dans son message tout à l'heure.

— Fais voir ! s'écrie Alex, en lui arrachant le téléphone des mains.

Alex lance la vidéo. L'image est entièrement noire et le haut-parleur émet un léger grésillement. Des voix se font entendre. Alex croit reconnaître celle de Patrick Marchal. *Ce dernier évoque l'appel d'offres Synergie. Ses petits arrangements. Il est question de Maxime. De lui également.* Sandra ne lui a pas menti. Ils sont en danger. *Damir est à leurs trousses. Deux hommes l'accompagnent.* À l'heure qu'il est, Damir et ses complices sont probablement tout près d'ici. Alex s'en veut. Pourquoi n'a-t-il pas songé à louer une voiture ? Il aurait pu agir en toute discrétion. Quelle imprudence, alors qu'il avait tout organisé, tout planifié. Heureusement, ce soir, il aura quitté le pays.

La vidéo continue de tourner. Une pièce sombre apparaît à l'écran. Un grand bureau. Sandra connaît cet endroit. C'est la maison de Patrick Marchal. Puis l'image redevient entièrement noire.

— Maxime a caché son téléphone, c'est pour ça qu'on ne voit rien, comprend Alex. Il savait que tu étais déjà allée chez Patrick Marchal. Il a filmé cette pièce pour que tu puisses le localiser !

— S'il a fait ça, c'est qu'il est en danger…

Alex et Sandra se reconcentrent. *Maxime téléphone à Sandra. Il laisse un message. Puis il tente de s'enfuir. Mais tout à coup, un silence absolu s'installe. Une voix à l'accent de l'Est retentit au loin. Damir.* La jeune femme s'inquiète de la tournure des évènements. *Des pas, des murmures. Un échange bref. Et un bruit sec qui résonne sourdement à leurs oreilles. Marchal donne des ordres. Faire disparaître le corps.* Maxime est mort à l'heure qu'il est. Sandra en est certaine. Elle éclate en sanglots. Alex avait raison, Marchal n'est pas celui qu'elle croyait. C'est un assassin. La jeune femme se met à divaguer. Les yeux révulsés, elle pleure, hurle, tombe à genoux et cogne le sol de toutes ses forces. Alex se mord les lèvres. Si Damir parvient à retrouver leurs traces, les choses se compliqueront sérieusement.

— Il faut qu'on parte, ils risquent d'arriver d'une minute à l'autre ! s'écrie Alex.

— On ? s'étonne Sandra, le visage recouvert de larmes.

Sandra se relève difficilement en s'appuyant contre le mur. Elle voudrait que tout s'arrête. Alex la fixe droit dans les yeux. Il ne la lâche pas du regard. Sa main droite resserre son étreinte. La lame se rapproche lentement. Sandra est collée au mur, le souffle coupé. Elle ne peut plus reculer. Alex demeure silencieux. Il étire son bras au maximum. La lame transperce le pull de la jeune femme et vient se loger à côté de son nombril. Sandra tressaille. Le métal, au contact de sa peau, réveille ses sens. Elle réprime un cri aigu. Elle ne bouge plus. Elle est tétanisée. De petites taches rouges apparaissent sur son long pull blanc.

— Tu n'es pas comme Patrick Marchal, lui lance-t-elle dans une tentative de la dernière chance. Tu n'es pas un assassin !

— Tu as une dette envers moi ! tonne Alex. Une dette qui ne s'effacera jamais ! Alors, écoute-moi bien ! Pour commencer, envoie-moi la vidéo de Maxime ! lui ordonne-t-il, en enfonçant la lame un peu plus profondément...

Damir compose le numéro de Patrick Marchal. L'homme qui est allé repérer les lieux a fait du bon travail. Damir et ses complices vont pouvoir intervenir.

— Allô, Boss ?

— Il est mort ?

— Pas encore. Mais on sait où il est. La fenêtre de sa chambre était ouverte.

— Alors, foncez ! Il fera bientôt jour !

— C'est risqué. On devrait peut-être s'y prendre autrement.

— Quoi ? s'offusque Marchal. Tu discutes mes ordres ? Dois-je te rappeler qui commande ? J'attends ce moment depuis trop longtemps. Hors de question de reporter cette opération !

L'homme d'affaires a failli perdre son sang-froid. Cela ne lui ressemble pas. Il sait aussi que Damir a besoin de ses encouragements, car ce dernier doit réussir sa mission. Coûte que coûte.

— Nous avons accompli de grandes choses ensemble, se ressaisit Marchal. Ton aide m'a toujours été précieuse. Si tu n'avais pas suivi sa femme il y a quatre ans, nous n'en serions pas là aujourd'hui !

— Je n'ai fait que mon travail, répond Damir, un peu gêné.

— Oui, mais tu l'as bien fait ! Tu étais sur l'aire d'autoroute quand l'accident a eu lieu. Tu t'es renseigné au sujet de Sandra. Tu as découvert qui était son avocat. C'est grâce à toi que je suis entré en contact avec elle. Elle croit que notre rencontre est le fruit du hasard... Alors qu'il m'a suffi de convaincre son avocat de nous laisser reprendre le dossier.

— Pourquoi me dites-vous ça ?

— Parce que tu le mérites. J'ai toujours pu compter sur toi. Aujourd'hui, il doit payer ! Je me suis fait licencier par sa faute. J'ai perdu de mon influence ! J'ai dû patienter plus de trois ans avant de retrouver une vie normale ! J'avais la justice sur le dos. On m'a dénigré.

— Je... Je vais m'occuper de lui.

— L'incendie de Saint-Cloud doit être maîtrisé à l'heure qu'il est. Les secours ne vont plus tarder à découvrir le corps. Il n'y a plus une minute à perdre.

— On fait quoi pour la fille ?

— Tue-la ! Après ça, la police fera son travail. J'y veillerai personnellement ! Rappelle-moi quand tout sera réglé. Et surtout, ne me déçois pas !

Le van roule au pas, tous feux éteints, dans les rues de la ville endormie. En passant au bas de la maison à l'intérieur de laquelle lui et ses complices se sont introduits il y a près d'une demi-heure, Damir remarque la présence de deux véhicules de gendarmerie garés dans le jardin. Il enfonce aussitôt l'accélérateur, car il ne tient pas à traîner dans les parages. Le van continue sa route et s'approche dangereusement du gîte où Alex et Sandra ont élu domicile. Et tout à coup, deux phares s'allument dans la nuit. La voiture d'Alex est là, garée le long du trottoir. Elle démarre lentement. Damir n'aime pas ça. Pour quelle raison Alex et Sandra sont-ils déjà sur le départ, à une heure aussi matinale ? Damir songe à Maxime. Ce dernier a-t-il réussi à prévenir son ex-petite amie avant de mourir ?

Le van reste à bonne distance. Damir compte sur l'effet de surprise. Il attend qu'une occasion s'offre à eux. Alors, ils les élimineront tous les deux.

La voiture d'Alex accélère progressivement, s'enfonce dans une épaisse forêt, avant de ralentir à l'approche de Rouen. Les deux véhicules traversent la ville puis s'engagent sur l'autoroute, en direction de Paris. La voiture d'Alex sort peu de temps après sur l'aire de Vironvay. Le van sort à son tour, longe la station-service et s'arrête à une cinquantaine de mètres de sa cible. Damir coupe le contact. Il scrute les environs. L'endroit est désert. Seule la station-service située à une centaine de mètres éclaire faiblement les alentours. Damir se retourne et fixe la voiture. Un mouvement attire son attention. La porte avant, côté passager, vient de s'ouvrir. Une silhouette apparaît puis s'éloigne à toute vitesse. Damir a bien du mal à distinguer quoi que ce soit dans l'obscurité. Il descend du van, et s'approche discrètement, son arme à la main. L'adrénaline monte en lui. Il plisse les yeux pour tenter d'apercevoir Alex. Il agrippe son arme plus fermement et pointe le canon droit devant lui. L'atmosphère est pesante. Le temps retient son souffle... lorsque soudain, plusieurs balles sifflent dans l'air. Les vitres volent en éclats. Et puis, de nouveau, le silence. Damir poursuit sa route. Il doit contrôler son travail, avant de s'occuper de Sandra. L'habitacle du véhicule se dévoile peu à peu sous ses yeux satisfaits. Quelques affaires sont posées en vrac sur la banquette arrière. Un sac de voyage occupe le siège passager. L'intérieur cuir, parsemé de petits débris, ressemble à une cible d'entraînement à l'issue d'une séance de tirs. Mais aucune trace d'Alex. Où est-il ? Damir se précipite vers la station-service qui se trouve un peu plus loin. Il aperçoit Sandra à l'intérieur de la boutique. Elle est seule. Alex n'est pas là. Damir revient sur ses pas, et remonte dans le van. Cette fois, il n'y a plus rien à faire. Alex leur a échappé.

Isabelle s'est occupée d'Anna durant toute la semaine. Alex la remercie chaleureusement. Il a pu « souffler un peu » et « rattraper le travail en retard ». Hors de question de révéler la vérité à sa belle-mère. Michel surgit alors, sa petite-fille hissée sur ses épaules. Anna est heureuse de retrouver son père. Elle se jette dans ses bras. Alex la serre contre lui et l'embrasse sur la joue.

— Désolé de vous avoir fait lever aussi tôt ce matin, mais je ne pouvais vraiment pas venir hier soir.

— Ne t'excuse pas, Alex ! répond Isabelle. Ça nous a fait plaisir de la garder. Elle est adorable.

Alex discute quelques minutes avec ses beaux-parents, mais il sait que le temps presse.

— Merci à vous. Bon, il faut qu'on y aille, ajoute-t-il en regardant l'heure sur son téléphone. L'avion ne nous attendra pas.

— Vous nous appelez à votre arrivée !

— Oui, évidemment !

— Vous restez un mois alors, c'est ça ?

Alex se fend d'un sourire embarrassé. Devoir mentir à ses beaux-parents ne l'enchante guère. Mais il est trop tard pour leur apporter des explications qui, de toute évidence, ne suffiraient pas à leur faire entendre raison.

Alex rêve de s'installer au Brésil. Il rêve de repartir à zéro, de recommencer sa vie avec sa fille, loin de tous ces problèmes qui le dépassent largement. *Marchal. Damir.*

Alors qu'il s'apprête à sortir de l'appartement, un flash lui traverse l'esprit. *Il voit Sandra. Son regard apeuré. Ses larmes brûlantes. Il hésite jusqu'au bout, mais finit par renoncer. Il ne peut pas. Il sait qu'il en est incapable.* Il l'a toujours su au fond de lui, même s'il a si souvent tenté de se persuader du contraire. Il n'est pas un meurtrier. Il s'est inventé un personnage pour ne pas sombrer, pour se donner un objectif, une raison de vivre. Désormais, il doit penser à sa fille. Il doit revenir à la réalité. Il doit reprendre le contrôle de sa vie. Il n'est plus Sacha. Il ne l'est plus depuis cette nuit, depuis qu'il a eu cette discussion avec Sandra. Sacha rêvait de vengeance. Alex voulait seulement des réponses. Il voulait entendre la version de Sandra. Il voulait l'écouter en la regardant droit dans les yeux. Il est Alex, et uniquement Alex. Voilà sa conclusion.

La lame glisse lentement et lui échappe des mains. Un son métallique résonne entre les murs de la chambre. Mel lui sourit. Elle est soulagée. Alex a obtenu ce qu'il désirait. À quoi bon aller plus loin ? Anna a besoin de son père. Et puis, Sandra a parfaitement reçu le message. Elle n'oubliera jamais. Lui non plus. Le destin les a liés pour toujours.

Alex et Sandra scellent un pacte. C'était un accident. Alex est prêt à l'admettre. Néanmoins, Sandra a commis une faute... une faute impardonnable. Elle a fui. À présent, elle ferait n'importe quoi pour l'aider. Et justement, Alex a une idée. Il va chercher sa voiture et cède sa place à Sandra. La jeune femme ne doit pas bouger. La veille au soir, en allant récupérer les clefs du gîte chez son propriétaire, Alex s'est emparé d'un trousseau qui traînait sur une petite table en bois. Les clefs d'une voiture. Alex monte à l'intérieur et part de son côté. Il s'en va retrouver Anna, qui l'attend à quelques kilomètres de là, à Rouen.

Sandra a les yeux rivés sur son rétroviseur. Un véhicule arrive soudain. Un van. La jeune femme démarre. Le van la suit. Elle traverse une forêt. Le van la suit toujours. Le cœur de Sandra s'emballe. Elle entre dans Rouen, traverse la Seine, puis s'éloigne peu à peu du centre-ville. Un voyant s'allume alors. Plus d'essence. Que faire ? Un panneau dans la nuit. Une aire d'autoroute. C'est comme ça que cette histoire a commencé, c'est comme ça qu'elle s'achèvera. Sandra se déporte sur la droite et s'arrête sur un parking désert. Le van s'arrête à son tour, un peu plus loin. Sandra descend côté passager. Cela vaut ce que ça vaut. Elle cherche à gagner du temps. Elle a peur. Elle fonce, tête baissée, vers la petite boutique située à côté de la station-service. Elle y reste un long moment. Lorsqu'elle en ressort, le van a disparu. La voiture d'Alex est criblée de balles. La police arrive peu après. La jeune femme est hors de danger.

Alex vient de quitter ses beaux-parents. Anna est à ses côtés. Ils marchent main dans la main dans les rues du centre-ville de Rouen. Ils se dirigent vers la gare.

Ils patientent quelques minutes sur le quai numéro deux et sautent dans le premier train en partance pour Paris.

Six heures plus tard, Alex et Anna montent à bord du vol « AF 442 » à destination de Rio. Anna est ravie de prendre l'avion pour la première fois. Elle ne tient pas en place et pose sans cesse des questions. Alex tente de la calmer par tous les moyens, mais il comprend son excitation. Il est, lui aussi, animé d'un enthousiasme débordant à l'idée de s'envoler pour le Brésil. Avec sa fille, ils rient de bon cœur jusqu'à ce que le commandant de bord fasse une annonce de la plus haute importance. L'avion ne va plus tarder à partir. Anna ne dit plus un mot. Elle attend le décollage avec fébrilité.

— Papa, j'ai peur !

— Ça va bien se passer ma chérie, chuchote Alex d'une voix rassurante. Il y aura un bruit énorme, ajoute-t-il en faisant de gros yeux. L'avion va rouler de plus en plus vite jusqu'à atteindre sa puissance maximale. Et puis, d'un seul coup, il va décoller. Tu seras scotchée à ton siège !

— Ça me fait vraiment peur, papa !

— Tu peux venir contre moi si tu veux. On regardera le paysage par le hublot. Les maisons vont devenir des tous petits points vues d'en haut. Dès que ce sera possible, je te mettrai un dessin animé. Un dessin animé avec des princesses.

Anna se tourne alors vers son père et lui pose une question pleine de naïveté.

— Quand on sera dans le ciel, est-ce qu'on verra maman ?

Alex se mord les lèvres. Il se sent pris au dépourvu. Les mots lui manquent. Une vive émotion l'envahit et le submerge littéralement.

— Non, on ne la verra pas. Mais elle ne sera pas très loin ! Elle n'est jamais très loin !

— J'ai envie de rester là-haut. Je ne veux pas qu'on redescende.

— Tu sais ma chérie, quoi que tu fasses, maman sera toujours là. Elle est très fière de toi. Elle t'aime plus que tout.

— C'est pas possible parce qu'elle est morte, d'abord ! Tu dis n'importe quoi ! réplique Anna, sûre d'elle.

— Tu te trompes ! J'ai passé tellement de temps avec elle, que je peux sentir son cœur battre en moi. Quand je m'endors le soir, j'entends sa voix qui me chuchote des secrets dans le creux de l'oreille. Elle me répète tous les jours que tu es une petite fille merveilleuse. C'est magique !

— Ah bon ?

— Tu me ressembles beaucoup, c'est ce que disent la plupart des gens. Mais quand je te regarde, c'est elle que je vois. Tu as perdu tes jolies boucles blondes, mais tu as les mêmes expressions sur ton visage. Et tu as aussi son caractère ! Vous êtes les deux plus belles femmes du monde !

— Pfft... Tu dis ça pour me flatter.

Alex éclate de rire, surpris par le vocabulaire employé par sa fille. Il regrette que Mel ne soit pas à leurs côtés pour partager avec eux cet instant de complicité. Il enlace Anna, serre ses mains moites, et dépose un tendre baiser sur sa joue. L'avion vient de s'arrêter. Le décollage est imminent

L'avion survole l'océan Atlantique. Anna est absorbée par le dessin animé qu'elle regarde depuis quelques minutes. Alex ferme les yeux. Il repense à cette longue histoire. *À Christophe qu'il n'a jamais revu. À Stéphane, son ancien collègue. Le premier s'est excusé pour son attitude déplacée. Il a laissé de nombreux messages à Alex restés sans réponses. Alex ne sait pas grand-chose à son sujet si ce n'est qu'il s'est engagé dans une grande entreprise et qu'il rembourse ses dettes, suite à la faillite d'Agility. Stéphane, quant à lui, s'est expatrié en Angleterre et vit à Londres depuis deux ans.*

Alex s'est mis à son compte il y a trois ans et demi. Il a fait ça pour s'offrir un peu de temps libre et mener à bien ses recherches. Il n'a jamais récupéré l'argent qu'il avait investi dans Agility. Faible préjudice cependant, au regard de ce qu'il a perdu par ailleurs.

Alex attrape son sac dans le coffre à bagages, puis se rassied à côté de sa fille. Il ouvre le sac avec délicatesse, et en sort un gros livre qu'il pose sur ses genoux. Il étudie attentivement la couverture et la caresse du bout des doigts. Il relit le titre plusieurs fois comme si l'instant était solennel. « Ce que le jour doit à la nuit ». Il avait promis à Mel de se plonger dans cette histoire dès qu'il le pourrait. C'est ce qu'il va faire aujourd'hui. Le livre n'a pas bougé en quatre ans. Alex n'a jamais osé y toucher. Mais hier soir, au moment de partir, il s'est finalement décidé à l'emporter avec lui. Il tourne les premières pages et hume l'odeur si particulière dont elles sont imprégnées. Il s'apprête à commencer la lecture, lorsqu'il remarque une petite note écrite au crayon.

« J'espère que ça te plaira. Et que tu retrouveras le sourire.
Ya lyublyu tebya. »

Alex referme instantanément le livre et le serre contre lui. Les émotions se bousculent dans sa tête. Il découvre ce petit mot pour la première fois. Il pense à sa femme. À sa fille également. Des larmes lui montent aux yeux. Alex est nostalgique. Mais il croit en l'avenir. Il veut se battre pour Anna. Il se sent enfin prêt à repartir de l'avant.

Le lundi suivant, Oscar, l'avocat d'Alex, arrive sur son lieu de travail aux environs de neuf heures. Il est d'humeur badine. Il faut dire qu'il est de retour après une semaine de vacances passée en Espagne. Des vacances qui lui ont fait le plus grand bien. Lorsqu'il se présente à l'accueil, l'hôtesse lui remet un colis livré durant son absence. Oscar se glisse dans le vieil ascenseur grillagé et monte au troisième étage. Il entre dans son bureau, dépose le paquet sur une étagère noire et ressort aussitôt pour aller saluer ses collègues. Il revient quelques minutes plus tard, un café bien sucré à la main. Oscar avale son café, jette le gobelet dans une corbeille en plastique et se saisit du paquet qu'il déballe enfin. À l'intérieur, il découvre une clef USB, ainsi qu'une lettre manuscrite.

« Bonjour, Oscar. Quand tu liras ces quelques lignes, je serai déjà loin. Je te donnerai de mes nouvelles prochainement. J'espère que tu sauras faire bon usage de ces précieuses informations. Donne-moi l'occasion de croire à nouveau en la justice ! Alex. »

Oscar branche la clef USB sur son ordinateur et regarde la vidéo « réalisée » par Maxime avec beaucoup d'intérêt. Comme le lui a suggéré Alex, il ne manquera pas d'en informer la police. Il lancera la contre-offensive l'après-midi même. Le clan Marchal sera démantelé quelques mois plus tard. L'homme d'affaires et ses complices se verront infliger de lourdes peines de prison.

Alex s'installera finalement au Brésil, avec sa fille, après avoir trouvé un emploi stable. Il n'éprouvera jamais le besoin de revenir vivre en Europe. Au contraire, fuir la France, la région parisienne... tous ces vieux souvenirs qui le hanteront encore longtemps... aura un effet salutaire. Les grands-parents d'Anna leur rendront visite aussi souvent que possible avant de s'installer là-bas à leur tour. Quant à Sandra, elle poursuivra sa convalescence, tout en entretenant une correspondance régulière, bien que peu fréquente, avec Alex. Cela lui permettra de retrouver un certain équilibre. Alex, qui vendra bientôt la maison de Saint-Cloud ravagée par les flammes, et qui se débarrassera également de son journal de bord, verra dans cette correspondance le dernier lien le raccrochant encore à Mel.

FIN

Remerciements

Je tiens à remercier ici tous ceux sans qui ce projet n'aurait pas été réalisable :

- Amélie pour avoir été la première à m'encourager et à me pousser durant plus de quatre ans,
- Mes parents et mes sœurs pour le temps qu'ils m'ont consacré et leur confiance absolue,
- Mes amis et ma famille pour leurs nombreuses relectures et leurs remarques constructives.

Imprimeur : Createspace, Etats-Unis
Dépôt légal : Septembre 2017

ISBN - 978-1521497739

18366579R00147

Printed in Poland
by Amazon Fulfillment
Poland Sp. z o.o., Wrocław